比较文学与世界文学 研究丛书

主编 曹顺庆

初编 第 **28** 册

沟口雄三"作为方法的中国"与近代日本中国学

朱 捷 著

花木兰文化事业有限公司

国家图书馆出版品预行编目资料

沟口雄三"作为方法的中国"与近代日本中国学／朱捷 著 ——
初版 —— 新北市：花木兰文化事业有限公司，2022〔民111〕
目 2+160 面；19×26 公分
（比较文学与世界文学研究丛书 初编 第28册）
ISBN 978-986-518-734-7（精装）

1.CST：中国研究 2.CST：中国学

810.8 110022074

ISBN-978-986-518-734-7

9 789865 187347

比较文学与世界文学研究丛书
初编 第二八册 ISBN：978-986-518-734-7

沟口雄三"作为方法的中国"与
近代日本中国学

作　　者	朱捷
主　　编	曹顺庆
企　　划	四川大学双一流学科暨比较文学研究基地
总 编 辑	杜洁祥
副总编辑	杨嘉乐
编辑主任	许郁翎

编　　辑 张雅淋、潘玟静、刘子瑄　美术编辑 陈逸婷
出　　版 花木兰文化事业有限公司
发 行 人 高小娟
联络地址 台湾235 新北市中和区中安街七二号十三楼
　　　　　电话：02-2923-1455 ／ 传真：02-2923-1452
网　　址 http://www.huamulan.tw 信箱 service@huamulans.com
印　　刷 普罗文化出版广告事业
初　　版 2022年3月
定　　价 初编28册（精装）台币 76,000 元　　　　版权所有 请勿翻印

沟口雄三"作为方法的中国"与近代日本中国学

朱捷 著

作者简介

朱捷，1988 年 12 月生，浙江人，北京语言大学、东京大学联合培养博士（国家留学基金管理委员会资助）。现供职于南京邮电大学，为南京大学博士后流动站研究员。主要学术兴趣领域是中国思想史、西方哲学史、近现代日本问题研究。

提　　要

　　沟口雄三（1932–2010）是日本著名中国学家，中国思想史家，他的著作《作为方法的中国》(『方法としての中国』，1989 年）在中国学界有着广泛的受众群体，为哲学、文学、史学等领域的专家学者所了解。本书主要围绕沟口中国学的形成脉络展开论述。笔者希望通过研究沟口的学术思想及其形成脉络来挖掘隐藏在他身后的那个时代日本中国学的某些基本问题，并在此基础上，以一个"局外人"的身份，尽可能客观评价沟口及其学术。

献给我的家人们

比较文学的中国路径

曹顺庆

自德国作家歌德提出"世界文学"观念以来，比较文学已经走过近二百年。比较文学研究也历经欧洲阶段、美洲阶段而至亚洲阶段，并在每一阶段都形成了独具特色学科理论体系、研究方法、研究范围及研究对象。中国比较文学研究面对东西文明之间不断加深的交流和碰撞现况，立足中国之本，辩证吸纳四方之学，而有了如今欣欣向荣之景象，这套丛书可以说是应运而生。本丛书尝试以开放性、包容性分批出版中国比较文学学者研究成果，以观中国比较文学学术脉络、学术理念、学术话语、学术目标之概貌。

一、百年比较文学争讼之端——比较文学的定义

什么是比较文学？常识告诉我们：比较文学就是文学比较。然而当今中国比较文学教学实际情况却并非完全如此。长期以来，中国学术界对"什么是比较文学？"却一直说不清，道不明。这一最基本的问题，几乎成为学术界纠缠不清、莫衷一是的陷阱，存在着各种不同的看法。其中一些看法严重误导了广大学生！如果不辨析这些严重误导了广大学生的观点，是不负责任、问心有愧的。恰如《文心雕龙·序志》说"岂好辩哉，不得已也"，因此我不得不辩。

其中一个极为容易误导学生的说法，就是"比较文学不是文学比较"。目前，一些教科书郑重其事地指出：比较文学不是文学比较。认为把"比较"与"文学"联系在一起，很容易被人们理解为用比较的方法进行文学研究的意思。并进一步强调，比较文学并不等于文学比较，并非任何运用比较方法来进行的比较研究都是比较文学。这种误导学生的说法几乎成为一个定论，

一个基本常识，其实，这个看法是不完全准确的。

让我们来看看一些具体例证，请注意，我列举的例证，对事不对人，因而不提及具体的人名与书名，请大家理解。在 Y 教授主编的教材中，专门设有一节以"比较文学不是文学比较"为题的内容，其中指出"比较文学界面临的最大的困惑就是把'比较文学'误读为'文学比较'"，在高等院校进行比较文学课程教学时需要重点强调"比较文学不是文学比较"。W 教授主编的教材也称"比较文学不是文学的比较"，因为"不是所有用比较的方法来研究文学现象的都是比较文学"。L 教授在其所著教材专门谈到"比较文学不等于文学比较"，因为，"比较"已经远远超出了一般方法论的意义，而具有了跨国家与民族、跨学科的学科性质，认为将比较文学等同于文学比较是以偏概全的。"J 教授在其主编的教材中指出，"比较文学并不等于文学比较"，并以美国学派雷马克的比较文学定义为根据，论证比较文学的"比较"是有前提的，只有在地域观念上跨越打通国家的界限，在学科领域上跨越打通文学与其他学科的界限，进行的比较研究才是比较文学。在 W 教授主编的教材中，作者认为，"若把比较文学精神看作比较精神的话，就是犯了望文生义的错误，一百余年来，比较文学这个名称是名不副实的。"

从列举的以上教材我们可以看出，首先，它们在当下都仍然坚持"比较文学不是文学比较"这一并不完全符合整个比较文学学科发展事实的观点。如果认为一百余年来，比较文学这个名称是名不副实的，所有的比较文学都不是文学比较，那是大错特错！其次，值得注意的是，这些教材在相关叙述中各自的侧重点还并不相同，存在着不同程度、不同方面的分歧。这样一来，错误的观点下多样的谬误解释，加剧了学习者对比较文学学科性质的错误把握，使得学习者对比较文学的理解愈发困惑，十分不利于比较文学方法论的学习、也不利于比较文学学科的传承和发展。当今中国比较文学教材之所以普遍出现以上强作解释，不完全准确的教科书观点，根本原因还是没有仔细研究比较文学学科不同阶段之史实，甚至是根本不清楚比较文学不同阶段的学科史实的体现。

实际上，早期的比较文学"名"与"实"的确不相符合，这主要是指法国学派的学科理论，但是并不包括以后的美国学派及中国学派的学科理论，如果把所有阶段的学科理论一锅煮，是不妥当的。下面，我们就从比较文学学科发展的史实来论证这个问题。"比较文学不是文学比较""comparative literature is not literary comparison"，只是法国学派提出的比较文学口号，只是法国学派一派的主张，而不是整个比较文学学科的基本特征。我们不能够把这个阶段性的比较文学口号扩大化，甚至让其突破时空，用于描述比较文学所有的阶段和学派，更不能够使其"放之四海而皆准"。

法国学派提出"比较文学不是文学比较"，这个"比较"（comparison）是他们坚决反对的！为什么呢，因为他们要的不是文学"比较"（literary comparison），而是文学"关系"（literary relationship），具体而言，他们主张比较文学是实证的国际文学关系，是不同国家文学的影响关系，influences of different literatures，而不是文学比较。

法国学派为什么要反对"比较"（comparison），这与比较文学第一次危机密切相关。比较文学刚刚在欧洲兴起时，难免泥沙俱下，乱比的情形不断出现，暴露了多种隐患和弊端，于是，其合法性遭到了学者们的质疑：究竟比较文学的科学性何在？意大利著名美学大师克罗齐认为，"比较"（comparison）是各个学科都可以应用的方法，所以，"比较"不能成为独立学科的基石。学术界对于比较文学公然的质疑与挑战，引起了欧洲比较文学学者的震撼，到底比较文学如何"比较"才能够避免"乱比"？如何才是科学的比较？

难能可贵的是，法国学者对于比较文学学科的科学性进行了深刻的的反思和探索，并提出了具体的应对的方法：法国学派采取壮士断臂的方式，砍掉"比较"（comparison），提出比较文学不是文学比较（comparative literature is not literary comparison），或者说砍掉了没有影响关系的平行比较，总结出了只注重文学关系（literary relationship）的影响（influences）研究方法论。法国学派的创建者之一基亚指出，比较文学并不是比较。比较不过是一门名字没取好的学科所运用的一种方法……企图对它的性质下一个严格的定义可能是徒劳的。基亚认为：比较文学不是平行比较，而仅仅是文学关系史。以"文学关系"为比较文学研究的正宗。为什么法国学派要反对比较？或者说为什么法国学派要提出"比较文学不是文学比较"，因为法国学派认为"比较"（comparison）实际上是乱比的根源，或者说"比较"是没有可比性的。正如巴登斯佩哲指出："仅仅对两个不同的对象同时看上一眼就作比较，仅仅靠记忆和印象的拼凑，靠一些主观臆想把可能游移不定的东西扯在一起来找点类似点，这样的比较决不可能产生论证的明晰性"。所以必须抛弃"比较"。只承认基于科学的历史实证主义之上的文学影响关系研究（based on scientificity and positivism and literary influences.）。法国学派的代表学者卡雷指出：比较文学是实证性的关系研究："比较文学是文学史的一个分支：它研究拜伦与普希金、歌德与卡莱尔、瓦尔特·司各特与维尼之间，在属于一种以上文学背景的不同作品、不同构思以及不同作家的生平之间所曾存在过的跨国度的精神交往与实际联系。"正因为法国学者善于独辟蹊径，敢于提出"比较文学不是文学比较"，甚至完全抛弃比较（comparison），以防止"乱比"，才形成了一套建立在"科学"实证性为基础的、以影响关系为特征的"不比较"的比较文学学科理论体系，这终于挡住了克罗齐等人对比较文学"乱比"的批判，形成了以"科学"实证为特征的文学影响关系研究，确立了法国学派的学科理论和一整套方法论体系。当然，法国学派悍然砍掉比较研究，又不放弃"比较文学"这个名称，于是不可避免地出现了比较文学名不副实的尴尬现象，出现了打着比较文学名号，而又不比较的法国学派学科理论，这才是问题的关键。

当然，法国学派提出"比较文学不是文学比较"，只注重实证关系而不注重文学比较和文学审美，必然会引起比较文学的危机。这一危机终于由美国著名比较文学家韦勒克（René Wellek）在 1958 年国际比较文学协会第二次大会上明确揭示出来了。在这届年会上，韦勒克作了题为《比较文学的危机》的挑战性发言，对"不比较"的法国学派进行了猛烈批判，宣告了倡导平行比较和注重文学审美的比较文学美国学派的诞生。韦勒克作了题为《比较文学的危机》的挑战性发言，对当时一统天下的法国学派进行了猛烈批判，宣告了比较文学美国学派的诞生。韦勒克说："我认为，内容和方法之间的人为界线，渊源和影响的机械主义概念，以及尽管是十分慷慨的但仍属文化民族主义的动机，是比较文学研究中持久危机的症状。"韦勒克指出："比较也不能仅仅局限在历史上的事实联系中，正如最近语言学家的经验向文学研究者表明的那样，比较的价值既存在于事实联系的影响研究中，也存在于毫无历史关系的语言现象或类型的平等对比中。"很明显，韦勒克提出了比较文学就是要比较（comparison），就是要恢复巴登斯佩哲所讽刺和抛弃的"找点类似点"的平行比较研究。美国著名比较文学家雷马克（Henry Remak）在他的著名论文《比较文学的定义与功用》中深刻地分析了法国学派为什么放弃"比较"（comparison）的原因和本质。他分析说："法国比较文学否定'纯粹'的比较（comparison），它忠实于十九世纪实证主义学术研究的传统，即实证主

义所坚持并热切期望的文学研究的'科学性'。按照这种观点，纯粹的类比不会得出任何结论，尤其是不能得出有更大意义的、系统的、概括性的结论。……既然值得尊重的科学必须致力于因果关系的探索，而比较文学必须具有科学性，因此，比较文学应该研究因果关系，即影响、交流、变更等。"雷马克进一步尖锐地指出，"比较文学"不是"影响文学"。只讲影响不要比较的"比较文学"，当然是名不副实的。显然，法国学派抛弃了"比较"（comparison），但是仍然带着一顶"比较文学"的帽子，才造成了比较文学"名"与"实"不相符合，造成比较文学不比较的尴尬，这才是问题的关键。

美国学派最大的贡献，是恢复了被法国学派所抛弃的比较文学应有的本义——"比较"（The American school went back to the original sense of comparative literature ——"comparison"），美国学派提出了标志其学派学科理论体系的平行比较和跨学科比较："比较文学是一国文学与另一国或多国文学的比较，是文学与人类其他表现领域的比较。"显然，自从美国学派倡导比较文学应当比较（comparison）以后，比较文学就不再有名与实不相符合的问题了，我们就不应当再继续笼统地说"比较文学不是文学比较"了，不应当再以"比较文学不是文学比较"来误导学生！更不可以说"一百余年来，比较文学这个名称是名不副实的。"不能够将雷马克的观点也强行解释为"比较文学不是比较"。因为在美国学派看来，比较文学就是要比较（comparison）。比较文学就是要恢复被巴登斯佩哲所讽刺和抛弃的"找点类似点"的平行比较研究。因为平行研究的可比性，正是类同性。正如韦勒克所说，"比较的价值既存在于事实联系的影响研究中，也存在于毫无历史关系的语言现象或类型的平等对比中。"恢复平行比较研究、跨学科研究，形成了以"找点类似点"的平行研究和跨学科研究为特征的比较文学美国学派学科理论和方法论体系。美国学派的学科理论以"类型学"、"比较诗学"、"跨学科比较"为主，并拓展原属于影响研究的"主题学"、"文类学"等领域，大大扩展比较文学研究领域。

二、比较文学的三个阶段

下面，我们从比较文学的三个学科理论阶段，进一步剖析比较文学不同阶段的学科理论特征。现代意义上的比较文学学科发展以"跨越"与"沟通"为目标，形成了类似"层叠"式、"涟漪"式的发展模式，经历了三个重要的学科理论阶段，即：

一、欧洲阶段，比较文学的成形期；二、美洲阶段，比较文学的转型期；三、亚洲阶段，比较文学的拓展期。我们将比较文学三个阶段的发展称之为"涟漪式"结构，实际上是揭示了比较文学学科理论的继承与创新的辩证关系：比较文学学科理论的发展，不是以新的理论否定和取代先前的理论，而是层叠式、累进式地形成"涟漪"式的包容性发展模式，逐步积累推进。比较文学学科理论发展呈现为层叠式、"涟漪"式、包容式的发展模式。我们把这个模式描绘如下：

法国学派主张比较文学是国际文学关系，是不同国家文学的影响关系。形成学科理论第一圈层：比较文学——影响研究；美国学派主张恢复平行比较，形成学科理论第二圈层：比较文学——影响研究＋平行研究＋跨学科研究；中国学派提出跨文明研究和变异研究，形成学科理论第三圈层：比较文学——影响研究＋平行研究＋跨学科研究＋跨文明研究＋变异研究。这三个圈层并不互相排斥和否定，而是继承和包容。我们将比较文学三个阶段的发展称之为层叠式、"涟漪"式、包容式结构，实际上是揭示了比较文学学科理论的继承与创新的辩证关系。

法国学派提出，可比性的第一个立足点是同源性，由关系构成的同源性。同源性主要是针对影响关系研究而言的。法国学派将同源性视作可比性的核心，认为影响研究的可比性是同源性。所谓同源性，指的是通过对不同国家、不同民族和不同语言的文学的文学关系研究，寻求一种有事实联系的同源关系，这种影响的同源关系可以通过直接、具体的材料得以证实。同源性往往建立在一条可追溯关系的三点一线的"影响路线"之上，这条路线由发送者、接受者和传递者三部分构成。如果没有相同的源流，也就不可能有影响关系，也就谈不上可比性，这就是"同源性"。以渊源学、流传学和媒介学作为研究的中心，依靠具体的事实材料在国别文学之间寻求主题、题材、文体、原型、思想渊源等方面的同源影响关系。注重事实性的关联和渊源性的影响，并采用严谨的实证方法，重视对史料的搜集和求证，具有重要的学术价值与学术意义，仍然具有广阔的研究前景。渊源学的例子：杨宪益，《西方十四行诗的渊源》。

比较文学学科理论的第二阶段在美洲，第二阶段是比较文学学科理论的转型期。从 20 世纪 60 年代以来，比较文学研究的主要阵地逐渐从法国转向美国，平行研究的可比性是什么？是类同性。类同性是指是没有文学影响关

系的不同国家文学所表现出的相似和契合之处。以类同性为基本立足点的平行研究与影响研究一样都是超出国界的文学研究，但它不涉及影响关系研究的放送、流传、媒介等问题。平行研究强调不同国家的作家、作品、文学现象的类同比较，比较结果是总结出于文学作品的美学价值及文学发展具有规律性的东西。其比较必须具有可比性，这个可比性就是类同性。研究文学中类同的：风格、结构、内容、形式、流派、情节、技巧、手法、情调、形象、主题、文类、文学思潮、文学理论、文学规律。例如钱钟书《通感》认为，中国诗文有一种描写手法，古代批评家和修辞学家似乎都没有拈出。宋祁《玉楼春》词有句名句："红杏枝头春意闹。"这与西方的通感描写手法可以比较。

比较文学的又一次危机：比较文学的死亡

九十年代，欧美学者提出，比较文学作为一门学科已经死亡！最早是英国学者苏珊·巴斯奈特 1993 年她在《比较文学》一书中提出了比较文学的死亡论，认为比较文学作为一门学科，在某种意义上已经死亡。尔后，美国学者斯皮瓦克写了一部比较文学专著，书名就叫《一个学科的死亡》。为什么比较文学会死亡，斯皮瓦克的书中并没有明确回答！为什么西方学者会提出比较文学死亡论？全世界比较文学界都十分困惑。我们认为，20 世纪 90 年代以来，欧美比较文学继"理论热"之后，又出现了大规模的"文化转向"。脱离了比较文学的基本立场。首先是不比较，即不讲比较文学的可比性问题。西方比较文学研究充斥大量的 Culture Studies（文化研究），已经不考虑比较的合理性，不考虑比较文学的可比性问题。第二是不文学，即不关心文学问题。西方学者热衷于文化研究，关注的已经不是文学性，而是精神分析、政治、性别、阶级、结构等等。最根本的原因，是比较文学学科长期囿于西方中心论，有意无意地回避东西方不同文明文学的比较问题，基本上忽略了学科理论的新生长点，比较文学学科理论缺乏创新，严重忽略了比较文学的差异性和变异性。

要克服比较文学的又一次危机，就必须打破西方中心论，克服比较文学学科理论一味求同的比较文学学科理论模式，提出适应当今全球化比较文学研究的新话语。中国学派，正是在此次危机中，提出了比较文学变异学研究，总结出了新的学科理论话语和一套新的方法论。

中国大陆第一部比较文学概论性著作是卢康华、孙景尧所著《比较文学导论》，该书指出："什么是比较文学？现在我们可以借用我国学者季羡林先

生的解释来回答了：'顾名思义，比较文学就是把不同国家的文学拿出来比较，这可以说是狭义的比较文学。广义的比较文学是把文学同其他学科来比较，包括人文科学和社会科学'。"¹这个定义可以说是美国雷马克定义的翻版。不过，该书又接着指出："我们认为最精炼易记的还是我国学者钱钟书先生的说法：'比较文学作为一门专门学科，则专指跨越国界和语言界限的文学比较'。更具体地说，就是把不同国家不同语言的文学现象放在一起进行比较，研究他们在文艺理论、文学思潮，具体作家、作品之间的互相影响。"²这个定义似乎更接近法国学派的定义，没有强调平行比较与跨学科比较。紧接该书之后的教材是陈挺的《比较文学简编》，该书仍旧以"广义"与"狭义"来解释比较文学的定义，指出："我们认为，通常说的比较文学是狭义的，即指超越国家、民族和语言界限的文学研究……广义的比较文学还可以包括文学与其他艺术（音乐、绘画等）与其他意识形态（历史、哲学、政治、宗教等）之间的相互关系的研究。"³中国比较文学早期对于比较文学的定义中凸显了很强的不确定性。

由乐黛云主编，高等教育出版社 1988 年的《中西比较文学教程》，则对比较文学定义有了较为深入的认识，该书在详细考查了中外不同的定义之后，该书指出："比较文学不应受到语言、民族、国家、学科等限制，而要走向一种开放性，力图寻求世界文学发展的共同规律。"⁴"世界文学"概念的纳入极大拓宽了比较文学的内涵，为"跨文化"定义特征的提出做好了铺垫。

随着时间的推移，学界的认识逐步深化。1997 年，陈惇、孙景尧、谢天振主编的《比较文学》提出了自己的定义："把比较文学看作跨民族、跨语言、跨文化、跨学科的文学研究，更符合比较文学的实质，更能反映现阶段人们对于比较文学的认识。"⁵2000 年北京师范大学出版社出版了《比较文学概论》修订本，提出："什么是比较文学呢？比较文学是一种开放式的文学研究，它具有宏观的视野和国际的角度，以跨民族、跨语言、跨文化、跨学科界限的各种文学关系为研究对象，在理论和方法上，具有比较的自觉意识和兼容并包的特色。"⁶这是我们目前所看到的国内较有特色的一个定义。

---

1 卢康华、孙景尧著《比较文学导论》，黑龙江人民出版社 1984，第 15 页。
2 卢康华、孙景尧著《比较文学导论》，黑龙江人民出版社 1984 年版。
3 陈挺《比较文学简编》，华东师范大学出版社 1986 年版。
4 乐黛云主编《中西比较文学教程》，高等教育出版社 1988 年版。
5 陈惇、孙景尧、谢天振主编《比较文学》，高等教育出版社 1997 年版。
6 陈惇、刘象愚《比较文学概论》，北京师范大学出版社 2000 年版。

具有代表性的比较文学定义是 2002 年出版的杨乃乔主编的《比较文学概论》一书，该书的定义如下："比较文学是以跨民族、跨语言、跨文化与跨学科为比较视域而展开的研究，在学科的成立上以研究主体的比较视域为安身立命的本体，因此强调研究主体的定位，同时比较文学把学科的研究客体定位于民族文学之间与文学及其他学科之间的三种关系：材料事实关系、美学价值关系与学科交叉关系，并在开放与多元的文学研究中追寻体系化的汇通。"[7]方汉文则认为："比较文学作为文学研究的一个分支学科，它以理解不同文化体系和不同学科间的同一性和差异性的辩证思维为主导，对那些跨越了民族、语言、文化体系和学科界限的文学现象进行比较研究，以寻求人类文学发生和发展的相似性和规律性。"[8]由此而引申出的"跨文化"成为中国比较文学学者对于比较文学定义所做出的历史性贡献。

我在《比较文学教程》中对比较文学定义表述如下："比较文学是以世界性眼光和胸怀来从事不同国家、不同文明和不同学科之间的跨越式文学比较研究。它主要研究各种跨越中文学的同源性、变异性、类同性、异质性和互补性，以影响研究、变异研究、平行研究、跨学科研究、总体文学研究为基本方法论，其目的在于以世界性眼光来总结文学规律和文学特性，加强世界文学的相互了解与整合，推动世界文学的发展。"[9]在这一定义中，我再次重申"跨国""跨学科""跨文明"三大特征，以"变异性""异质性"突破东西文明之间的"第三堵墙"。

"首在审己，亦必知人"。中国比较文学学者在前人定义的不断论争中反观自身，立足中国经验、学术传统，以中国学者之言为比较文学的危机处境贡献学科转机之道。

三、两岸共建比较文学话语——比较文学中国学派

中国学者对于比较文学定义的不断明确也促成了"比较文学中国学派"的生发。得益于两岸几代学者的垦拓耕耘，这一议题成为近五十年来中国比较文学发展中竖起的最鲜明、最具争议性的一杆大旗，同时也是中国比较文学学科理论研究最有创新性，最亮丽的一道风景线。

---

7 杨乃乔主编《比较文学概论》，北京大学出版社 2002 年版。
8 方汉文《比较文学基本原理》，苏州大学出版社 2002 年版。
9 曹顺庆《比较文学教程》，高等教育出版社 2006 年版。

　　比较文学"中国学派"这一概念所蕴含的理论的自觉意识最早出现的时间大约是 20 世纪 70 年代。当时的台湾由于派出学生留洋学习，接触到大量的比较文学学术动态，率先掀起了中外文学比较的热潮。1971 年 7 月在台湾淡江大学召开的第一届"国际比较文学会议"上，朱立元、颜元叔、叶维廉、胡辉恒等学者在会议期间提出了比较文学的"中国学派"这一学术构想。同时，李达三、陈鹏翔（陈慧桦）、古添洪等致力于比较文学中国学派早期的理论催生。如 1976 年，古添洪、陈慧桦出版了台湾比较文学论文集《比较文学的垦拓在台湾》。编者在该书的序言中明确提出："我们不妨大胆宣言说，这援用西方文学理论与方法并加以考验、调整以用之于中国文学的研究，是比较文学中的中国派"[10]。这是关于比较文学中国学派较早的说明性文字，尽管其中提到的研究方法过于强调西方理论的普世性，而遭到美国和中国大陆比较文学学者的批评和否定；但这毕竟是第一次从定义和研究方法上对中国学派的本质进行了系统论述，具有开拓和启明的作用。后来，陈鹏翔又在台湾《中外文学》杂志上连续发表相关文章，对自己提出的观点作了进一步的阐释和补充。

　　在"中国学派"刚刚起步之际，美国学者李达三起到了启蒙、催生的作用。李达三于 60 年代来华在台湾任教，为中国比较文学培养了一批朝气蓬勃的生力军。1977 年 10 月，李达三在《中外文学》6 卷 5 期上发表了一篇宣言式的文章《比较文学中国学派》，宣告了比较文学的中国学派的建立，并认为比较文学中国学派旨在"与比较文学中早已定于一尊的西方思想模式分庭抗礼。由于这些观念是源自对中国文学及比较文学有兴趣的学者，我们就将含有这些观念的学者统称为比较文学的'中国'学派。"并指出中国学派的三个目标：1、在自己本国的文学中，无论是理论方面或实践方面，找出特具"民族性"的东西，加以发扬光大，以充实世界文学；2、推展非西方国家"地区性"的文学运动，同时认为西方文学仅是众多文学表达方式之一而已；3、做一个非西方国家的发言人，同时并不自诩能代表所有其他非西方的国家。李达三后来又撰文对比较文学研究状况进行了分析研究，积极推动中国学派的理论建设。[11]

　　继中国台湾学者垦拓之功，在 20 世纪 70 年代末复苏的大陆比较文学研

10 古添洪、陈慧桦《比较文学的垦拓在台湾》，台湾东大图书公司 1976 年版。
11 李达三《比较文学研究之新方向》，台湾联经事业出版公司 1978 年版。

究亦积极参与了"比较文学中国学派"的理论建设和学科建设。

季羡林先生 1982 年在《比较文学译文集》的序言中指出:"以我们东方文学基础之雄厚,历史之悠久,我们中国文学在其中更占有独特的地位,只要我们肯努力学习,认真钻研,比较文学中国学派必然能建立起来,而且日益发扬光大"[12]。1983 年 6 月,在天津召开的新中国第一次比较文学学术会议上,朱维之先生作了题为《比较文学中国学派的回顾与展望》的报告,在报告中他旗帜鲜明地说:"比较文学中国学派的形成(不是建立)已经有了长远的源流,前人已经做出了很多成绩,颇具特色,而且兼有法、美、苏学派的特点。因此,中国学派绝不是欧美学派的尾巴或补充"[13]。1984 年,卢康华、孙景尧在《比较文学导论》中对如何建立比较文学中国学派提出了自己的看法,认为应当以马克思主义作为自己的理论基础,以我国的优秀传统与民族特色为立足点与出发点,汲取古今中外一切有用的营养,去努力发展中国的比较文学研究。同年在《中国比较文学》创刊号上,朱维之、方重、唐弢、杨周翰等人认为中国的比较文学研究应该保持不同于西方的民族特点和独立风貌。1985 年,黄宝生发表《建立比较文学的中国学派:读〈中国比较文学〉创刊号》,认为《中国比较文学》创刊号上多篇讨论比较文学中国学派的论文标志着大陆对比较文学中国学派的探讨进入了实际操作阶段。[14]1988 年,远浩一提出"比较文学是跨文化的文学研究"(载《中国比较文学》1988 年第 3 期)。这是对比较文学中国学派在理论特征和方法论体系上的一次前瞻。同年,杨周翰先生发表题为"比较文学:界定'中国学派',危机与前提"(载《中国比较文学通讯》1988 年第 2 期),认为东方文学之间的比较研究应当成为"中国学派"的特色。这不仅打破比较文学中的欧洲中心论,而且也是东方比较学者责无旁贷的任务。此外,国内少数民族文学的比较研究,也应该成为"中国学派"的一个组成部分。所以,杨先生认为比较文学中的大量问题和学派问题并不矛盾,相反有助于理论的讨论。1990 年,远浩一发表"关于'中国学派'"(载《中国比较文学》1990 年第 1 期),进一步推进了"中国学派"的研究。此后直到 20 世纪 90 年代末,中国学者就比较文学中国学派的建立、理论与方法以及相应的学科理论等诸多问题进行了积极而富有成效的探讨。

12 张隆溪《比较文学译文集》,北京大学出版社 1984 年版。
13 朱维之《比较文学论文集》,南开大学出版社 1984 年版。
14 参见《世界文学》1985 年第 5 期。

刘介民、远浩一、孙景尧、谢天振、陈淳、刘象愚、杜卫等人都对这些问题付出过不少努力。《暨南学报》1991 年第 3 期发表了一组笔谈,大家就这个问题提出了意见,认为必须打破比较文学研究中长期存在的法美研究模式,建立比较文学中国学派的任务已经迫在眉睫。王富仁在《学术月刊》1991 年第 4 期上发表"论比较文学的中国学派问题",论述中国学派兴起的必然性。而后,以谢天振等学者为代表的比较文学研究界展开了对"X+Y"模式的批判。比较文学在大陆复兴之后,一些研究者采取了"X+Y"式的比附研究的模式,在发现了"惊人的相似"之后便万事大吉,而不注意中西巨大的文化差异性,成为了浅度的比附性研究。这种情况的出现,不仅是中国学者对比较文学的理解上出了问题,也是由于法美学派研究理论中长期存在的研究模式的影响,一些学者并没有深思中国与西方文学背后巨大的文明差异性,因而形成"X+Y"的研究模式,这更促使一些学者思考比较文学中国学派的问题。

经过学者们的共同努力,比较文学中国学派一些初步的特征和方法论体系逐渐凸显出来。1995 年,我在《中国比较文学》第 1 期上发表《比较文学中国学派基本理论特征及其方法论体系初探》一文,对比较文学在中国复兴十余年来的发展成果作了总结,并在此基础上总结出中国学派的理论特征和方法论体系,对比较文学中国学派作了全方位的阐述。继该文之后,我又发表了《跨越第三堵'墙'创建比较文学中国学派理论体系》等系列论文,论述了以跨文化研究为核心的"中国学派"的基本理论特征及其方法论体系。这些学术论文发表之后在国内外比较文学界引起了较大的反响。台湾著名比较文学学者古添洪认为该文"体大思精,可谓已综合了台湾与大陆两地比较文学中国学派的策略与指归,实可作为'中国学派'在大陆再出发与实践的蓝图"[15]。

在我撰文提出比较文学中国学派的基本特征及方法论体系之后,关于中国学派的论争热潮日益高涨。反对者如前国际比较文学学会会长佛克马(Douwe Fokkema)1987 年在中国比较文学学会第二届学术讨论会上就从所谓的国际观点出发对比较文学中国学派的合法性提出了质疑,并坚定地反对建立比较文学中国学派。来自国际的观点并没有让中国学者失去建立比较文学中国学派的热忱。很快中国学者智量先生就在《文艺理论研究》1988 年第

---

15 古添洪《中国学派与台湾比较文学界的当前走向》,参见黄维梁编《中国比较文学理论的垦拓》167 页,北京大学出版社 1998 年版。

1 期上发表题为《比较文学在中国》一文，文中援引中国比较文学研究取得的成就，为中国学派辩护，认为中国比较文学研究成绩和特色显著，尤其在研究方法上足以与比较文学研究历史上的其他学派相提并论，建立中国学派只会是一个有益的举动。1991 年，孙景尧先生在《文学评论》第 2 期上发表《为"中国学派"一辩》，孙先生认为佛克马所谓的国际主义观点实质上是"欧洲中心主义"的观点，而"中国学派"的提出，正是为了清除东西方文学与比较文学学科史中形成的"欧洲中心主义"。在 1993 年美国印第安纳大学举行的全美比较文学会议上，李达三仍然坚定地认为建立中国学派是有益的。二十年之后，佛克马教授修正了自己的看法，在 2007 年 4 月的"跨文明对话——国际学术研讨会（成都）"上，佛克马教授公开表示欣赏建立比较文学中国学派的想法[16]。即使学派争议一派繁荣景象，但最终仍旧需要落点于学术创见与成果之上。

比较文学变异学便是中国学派的一个重要理论创获。2005 年，我正式在《比较文学学》[17]中提出比较文学变异学，提出比较文学研究应该从"求同"思维中走出来，从"变异"的角度出发，拓宽比较文学的研究。通过前述的法、美学派学科理论的梳理，我们也可以发现前期比较文学学科是缺乏"变异性"研究的。我便从建构中国比较文学学科理论话语体系入手，立足《周易》的"变异"思想，建构起"比较文学变异学"新话语，力图以中国学者的视角为全世界比较文学学科理论提供一个新视角、新方法和新理论。

比较文学变异学的提出根植于中国哲学的深层内涵，如《周易》之"易之三名"所构建的"变易、简易、不易"三位一体的思辨意蕴与意义生成系统。具体而言，"变易"乃四时更替、五行运转、气象畅通、生生不息；"不易"乃天上地下、君南臣北、纲举目张、尊卑有位；"简易"则是乾以易知、坤以简能、易则易知、简则易从。显然，在这个意义结构系统中，变易强调"变"，不易强调"不变"，简易强调变与不变之间的基本关联。万物有所变，有所不变，且变与不变之间存在简单易从之规律，这是一种思辨式的变异模式，这种变异思维的理论特征就是：天人合一、物我不分、对立转化、整体关联。这是中国古代哲学最重要的认识论，也是与西方哲学所不同的"变异"思想。

---

16 见《比较文学报》2007 年 5 月 30 日，总第 43 期。
17 曹顺庆《比较文学学》，四川大学出版社 2005 年版。

由哲学思想衍生于学科理论，比较文学变异学是"指对不同国家、不同文明的文学现象在影响交流中呈现出的变异状态的研究，以及对不同国家、不同文明的文学相互阐发中出现的变异状态的研究。通过研究文学现象在影响交流以及相互阐发中呈现的变异，探究比较文学变异的规律。"[18]变异学理论的重点在求"异"的可比性，研究范围包含跨国变异研究、跨语际变异研究、跨文化变异研究、跨文明变异研究、文学的他国化研究等方面。比较文学变异学所发现的文化创新规律、文学创新路径是基于中国所特有的术语、概念和言说体系之上探索出的"中国话语"，作为比较文学第三阶段中国学派的代表性理论已经受到了国际学界的广泛关注与高度评价，中国学术话语产生了世界性影响。

四、国际视野中的中国比较文学

文明之墙让中国比较文学学者所提出的标识性概念获得国际视野的接纳、理解、认同以及运用，经历了跨语言、跨文化、跨文明的多重关卡，国际视野下的中国比较文学书写亦经历了一个从"遍寻无迹""只言片语"而"专篇专论"，从最初的"话语乌托邦"至"阶段性贡献"的过程。

二十世纪六十年代以来港台学者致力于从课程教学、学术平台、人才培养，国内外学术合作等方面巩固比较文学这一新兴学科的建立基石，如淡江文理学院英文系开设的"比较文学"（1966），香港大学开设的"中西文学关系"（1966）等课程；台湾大学外文系主编出版之《中外文学》月刊、淡江大学出版之《淡江评论》季刊等比较文学研究专刊；后又有台湾比较文学学会（1973 年）、香港比较文学学会（1978）的成立。在这一系列的学术环境构建下，学者前贤以"中国学派"为中国比较文学话语核心在国际比较文学学科理论、方法论中持续探讨，率先启声。例如李达三在 1980 年香港举办的东西方比较文学学术研讨会成果中选取了七篇代表性文章，以 *Chinese-Western Comparative Literature: Theory and Strategy* 为题集结出版，[19]并在其结语中附上那篇"中国学派"宣言文章以申明中国比较文学建立之必要。

学科开山之际，艰难险阻之巨难以想象，但从国际学者相关言论中可见西方对于中国比较文学学科的发展抱有的希望渺小。厄尔·迈纳（Earl Miner）

---

18 曹顺庆主编《比较文学概论》，高等教育出版社 2015 年版。

19 *Chinese-Western Comparative Literature：Theory & Strategy*，Chinese Univ Pr.1980-6

在 1987 年发表的 *Some Theoretical and Methodological Topics for Comparative Literature* 一文中谈到当时西方的比较文学鲜有学者试图将非西方材料纳入西方的比较文学研究中。(until recently there has been little effort to incorporate non-Western evidence into Western com- parative study.) 1992 年，斯坦福大学教授 David Palumbo-Liu 直接以《话语的乌托邦：论中国比较文学的不可能性》为题（*The Utopias of Discourse: On the Impossibility of Chinese Comparative Literature*）直言中国比较文学本质上是一项"乌托邦"工程。(My main goal will be to show how and why the task of Chinese comparative literature, particularly of pre-modern literature, is essentially a *utopian* project.) 这些对于中国比较文学的诘难与质疑，今美国加州大学圣地亚哥分校文学系主任张英进教授在其 1998 编著的 *China in a polycentric world: essays in Chinese comparative literature* 前言中也不得不承认中国比较文学研究在国际学术界中仍然处于边缘地位（The fact is, however, that Chinese comparative literature remained marginal in academia, even though it has developed closely with the rest of literary studies in the United Stated and even though China has gained increasing importance in the geopolitical world order over the past decades.）。[20]但张英进教授也展望了下一个千年中国比较文学研究的蓝景。

新的千年新的气象，"世界文学""全球化"等概念的冲击下，让西方学者开始注意到东方，注意到中国。如普渡大学教授斯蒂文·托托西（Tötösy de Zepetnek, Steven）1999 年发长文 *From Comparative Literature Today Toward Comparative Cultural Studies* 阐明比较文学研究更应该注重文化的全球性、多元性、平等性而杜绝等级划分的参与。托托西教授注意到了在法德美所谓传统的比较文学研究重镇之外，例如中国、日本、巴西、阿根廷、墨西哥、西班牙、葡萄牙、意大利、希腊等地区，比较文学学科得到了出乎意料的发展（emerging and developing strongly）。在这篇文章中，托托西教授列举了世界各地比较文学研究成果的著作，其中中国地区便是北京大学乐黛云先生出版的代表作品。托托西教授精通多国语言，研究视野也常具跨越性，新世纪以来也致力于以跨越性的视野关注世界各地比较文学研究的动向。[21]

---

20 Moran T . Yingjin Zhang, Ed. China in a Polycentric World: Essays in Chinese Comparative Literature[J].现代中文文学学报,2000,4(1):161-165.

21 Tötösy de Zepetnek, Steven. "From Comparative Literature Today Toward Comparative Cultural Studies." CLCWeb: Comparative Literature and Culture 1.3 (1999):

以上这些国际上不同学者的声音一则质疑中国比较文学建设的可能性，一则观望着这一学科在非西方国家的复兴样态。争议的声音不仅在国际学界，国内学界对于这一新兴学科的全局框架中涉及的理论、方法以及学科本身的立足点，例如前文所说的比较文学的定义，中国学派等等都处于持久论辩的漩涡。我们也通晓如果一直处于争议的漩涡中，便会被漩涡所吞噬，只有将论辩化为成果，才能转漩涡为涟漪，一圈一圈向外辐射，国际学人也在等待中国学者自己的声音。

上海交通大学王宁教授作为中国比较文学学者的国际发声者自 20 世纪末至今已撰文百余篇，他直言，全球化给西方学者带来了学科死亡论，但是中国比较文学必将在这全球化语境中更为兴盛，中国的比较文学学者一定会对国际文学研究做出更大的贡献。新世纪以来中国学者也不断地将自身的学科思考成果呈现在世界之前。2000 年，北京大学周小仪教授发文（*Comparative Literature in China*）[22]率先从学科史角度构建了中国比较文学在两个时期（20 世纪 20 年代至 50 年代，70 年代至 90 年代）的发展概貌，此文关于中国比较文学的复兴崛起是源自中国文学现代性的产生这一观点对美国芝加哥大学教授苏源熙（Haun Saussy）影响较深。苏源熙在 2006 年的专著 *Comparative Literature in an Age of Globalization* 中对于中国比较文学的讨论篇幅极少，其中心便是重申比较文学与中国文学现代性的联系。这篇文章也被哈佛大学教授大卫·达姆罗什（David Damrosch）收录于《普林斯顿比较文学资料手册》（*The Princeton Sourcebook in Comparative Literature*，2009[23]）。类似的学科史介绍在英语世界与法语世界都接续出现，以上大致反映了中国学者对于中国比较文学研究的大概描述在西学界的接受情况。学科史的构架对于国际学术对中国比较文学发展脉络的把握很有必要，但是在此基础上的学科理论实践才是关系于中国比较文学学科国际性发展的根本方向。

我在 20 世纪 80 年代以来 40 余年间便一直思考比较文学研究的理论构建问题，从以西方理论阐释中国文学而造成的中国文艺理论"失语症"思考

---

22 Zhou, Xiaoyi and Q.S. Tong, "Comparative Literature in China", Comparative Literature and Comparative Cultural Studies, ed., Totosy de Zepetnek, West Lafayette, Indiana: Purdue University Press, 2003, 268-283.

23 Damrosch, David (EDT)*The Princeton Sourcebook in Comparative Literature*: Princeton University Press

属于中国比较文学自身的学科方法论，从跨异质文化中产生的"文学误读""文化过滤""文学他国化"提出"比较文学变异学"理论。历经 10 年的不断思考，2013 年，我的英文著作：*The Variation Theory of Comparative Literature*（《比较文学变异学》），由全球著名的出版社之一斯普林格（Springer）出版社出版，并在美国纽约、英国伦敦、德国海德堡出版同时发行。*The Variation Theory of Comparative Literature*（《比较文学变异学》）系统地梳理了比较文学法国学派与美国学派研究范式的特点及局限，首次以全球通用的英语语言提出了中国比较文学学科理论新话语："比较文学变异学"。这一新概念、新范畴和新表述，引导国际学术界展开了对变异学的专刊研究（如普渡大学创办刊物《比较文学与文化》2017 年 19 期）和讨论。

欧洲科学院院士、西班牙圣地亚哥联合大学让·莫内讲席教授、比较文学系教授塞萨尔·多明戈斯教授（Cesar Dominguez），及美国科学院院士、芝加哥大学比较文学教授苏源熙（Haun Saussy）等学者合著的比较文学专著（Introducing Comparative literature: New Trends and Applications[24]）高度评价了比较文学变异学。苏源熙引用了《比较文学变异学》（英文版）中的部分内容，阐明比较文学变异学是十分重要的成果。与比较文学法国学派和美国学派形成对比，曹顺庆教授倡导第三阶段理论，即，新奇的、科学的中国学派的模式，以及具有中国学派本身的研究方法的理论创新与中国学派"（《比较文学变异学》（英文版）第 43 页）。通过对"中西文化异质性的"跨文明研究"，曹顺庆教授的看法会更进一步的发展与进步（《比较文学变异学》（英文版）第 43 页），这对于中国文学理论的转化和西方文学理论的意义具有十分重要的价值。（"Another important contribution in the direction of an imparative comparative literature-at least as procedure-is Cao Shunqing's 2013 *The Variation Theory of Comparative Literature*. In contrast to the "French School" and "American School" of comparative Literature, Cao advocates a "third-phrase theory", namely, "a novel and scientific mode of the Chinese school," a "theoretical innovation and systematization of the Chinese school by relying on our *own* methods" (*Variation Theory* 43; emphasis added). From this etic beginning, his proposal moves forward emically by developing a "cross-civilizaional study on the heterogeneity between

---

24 Cesar Dominguez,Haun Saussy,Dario Villanueva Introducing Comparative literature: New Trends and Applications，Routledge,2015

Chinese and Western culture" (43), which results in both the foreignization of Chinese literary theories and the Signification of Western literary theories.）

法国索邦大学（Sorbonne University）比较文学系主任伯纳德·弗朗科（Bernard Franco）教授在他出版的专著（《比较文学：历史、范畴与方法》）*La littératurecomparée: Histoire, domaines, méthodes* 中以专节引述变异学理论，他认为曹顺庆教授提出了区别于影响研究与平行研究的"第三条路"，即"变异理论"，这对应于观点的转变，从"跨文化研究"到"跨文明研究"。变异理论基于不同文明的文学体系相互碰撞为形式的交流过程中以产生新的文学元素，曹顺庆将其定义为"研究不同国家的文学现象所经历的变化"。因此曹顺庆教授提出的变异学理论概述了一个新的方向，并展示了比较文学在不同语言和文化领域之间建立多种可能的桥梁。（Il évoque l'hypothèse d'une troisième voie, la « théorie de la variation », qui correspond à un déplacement du point de vue, de celui des « études interculturelles » vers celui des « études transcivilisationnelles . » Cao Shunqing la définit comme « l'étude des variations subies par des phénomènes littéraires issus de différents pays, avec ou sans contact factuel, en même temps que l'étude comparative de l'hétérogénéité et de la variabilité de différentes expressions littéraires dans le même domaine ».Cette hypothèse esquisse une nouvelle orientation et montre la multiplicité des passerelles possibles que la littérature comparée établit entre domaines linguistiques et culturels différents.）[25]。

美国哈佛大学（Harvard University）厄内斯特·伯恩鲍姆讲席教授、比较文学教授大卫·达姆罗什（David Damrosch）对该专著尤为关注。他认为《比较文学变异学》（英文版）以中国视角呈现了比较文学学科话语的全球传播的有益尝试。曹顺庆教授对变异的关注提供了较为适用的视角，一方面超越了亨廷顿式简单的文化冲突模式，另一方面也跨越了同质性的普遍化。[26]国际学界对于变异学理论的关注已经逐渐从其创新性价值探讨延伸至文学研究，例如斯蒂文·托托西近日在 *Cultura* 发表的（Peripheralities: "Minor" Literatures, Women's Literature, and Adrienne Orosz de Csicser's Novels）一文中便成功地将变异学理论运用于阿德里安·奥罗兹的小说研究中。

---

25 Bernard Franco La littérature comparée: Histoire, domaines, méthodes，Armand Colin 2016.

26 David Damrosch Comparing the Literatures,Literary Studies in a Global Age,Princeton University Press,2020.

国际学界对于比较文学变异学的认可也证实了变异学作为一种普遍性理论提出的初衷，其合法性与适用性将在不同文化的学者实践中巩固、拓展与深化。它不仅仅是跨文明研究的方法，而是一种具有超越影响研究和平行研究，超越西方视角或东方视角的宏大视野、一种建立在文化异质性和变异性基础之上的融汇创生、一种追求世界文学和总体问题最终理想的哲学关怀。

以如此篇幅展现中国比较文学之况，是因为中国比较文学研究本就是在各种危机论、唱衰论的压力下，各种质疑论、概念论中艰难前行，不探源溯流难以体察今日中国比较文学研究成果之不易。文明的多样性发展离不开文明之间的交流互鉴。最具"跨文明"特征的比较文学学科更需要文明之间成果的共享、共识、共析与共赏，这是我们致力于比较文学研究领域的学术理想。

千里之行，不积跬步无以至，江海之阔，不积细流无以成！如此宏大的一套比较文学研究丛书得承花木兰总编辑杜洁祥先生之宏志，以及该公司同仁之辛劳，中国比较文学学者之鼎力相助，才可顺利集结出版，在此我要衷心向诸君表达感谢！中国比较文学研究仍有一条长远之途需跋涉，期以系列丛书一展全貌，愿读者诸君敬赐高见！

曹顺庆

二零二一年十月二十三日于成都锦丽园

目

次

绪　论

第一节　沟口雄三与"沟口中国学"的成立

沟口雄三（1932-2010），1932 年 7 月（"九·一八"事变后不到一年）生于日本爱知县名古屋市，他在战争年代度过幼年时期，在中学时代直接体验了日本的战败。

此后，抱着成为一名外交官的想法[1]，沟口雄三（以下简称"沟口"）考进了东京大学。因为受同时代中国革命的感染，沟口主动放弃升入法学部的机会，从德文系转入中文系，继而开始了自己的中国研究之路。[2]

1958 年，沟口从东京大学文学部中国文学科毕业，期间沟口对日后被视为中国现代文学奠基人的鲁迅[3]（1881-1936），以及中国人民文学先锋人物的

1　根据沟口本人陈述，成为外交官的目的是为了在战后世界秩序的再构建当中，将亚洲的位置、关系正当化。参考：沟口雄三、伊東貴之、村田雄二郎：『中国という視座』，平凡社，1995 年 6 月，第 26 页。原文：私が大学に入った目的は外交官になること、つまり戦後の世界秩序の再編の中で、アジアの位置、関係を正当なものにすること、であった。

2　参考：沟口雄三、伊東貴之、村田雄二郎：『中国という視座』，平凡社，1995 年 6 月，第 26 页。原文：それが中国革命に触発されて、ドイツ語のクラスから中国語のクラスに転じたため、法学部への進学をあきらめさせられ、……

3　沟口是当时日本"鲁迅研究会"的中心成员，他最初发表的论文即是在杂志《鲁迅研究》（『魯迅研究』）31-35 号（5 号连载）的《〈呐喊〉笔记》（『呐喊』ノート））。并且，沟口也正是通过鲁迅，才开始思考"中国近代"的。参考：沟口雄三、伊東貴之、村田雄二郎：『中国という視座』，平凡社，1995 年 6 月，第 27 页。此外，值得注意的是，当时在东大驹场校区的沟口与丸山升（1931-2006 年）、木山英雄（1934-）同属于驹场初期 E 班中文升学班。参考：戶川芳郎：「沟口雄三君を悼む」，

赵树理（1906-1970）产生了兴趣，并以赵树理为研究对象完成了本科毕业论文《有关赵树理的文学》（「趙樹理の文学について」）。

  毕业后，依据日本传统，沟口回到家乡名古屋经营家族事业。事实上，在东大就读期间，沟口就已经开始经营家业。并且在"毕业前后，（沟口）已经得到了测量器标尺的制造专利，靠自己的能力在全国范围内拓宽销售网络。"[4]《朝日新闻》报曾对沟口的公司做过如下报道：

    1954 年，沟口雄三投资 50 万日元创建了沟口制造所股份有限公司，沟口任董事长。制造所研发出使用木屑的制图板等产品，扩大了产品销售渠道，大大提高了公司的销售额。1965 年，沟口制造所已经成长为拥有 30 名员工，年销售额高达 8000 万日元的大公司。这一年，雄三把董事长的位置让给了弟弟沟口富博，自己辞职离开了制造所。当时雄三年仅 33 岁，富博才 25 岁。[5]

  如上所述，1965 年，沟口将家业转给弟弟，随即进入名古屋大学研究生院深造[6]。在名古屋大学沟口师从入矢义高[7]（1910-1998）教授，因为偶然的

  『東方学』第百二十一集，東方学界編，2011 年。戶川芳郎、小島毅など：「先学を語る一沟口雄三先生──」，『東方学』第百三十集，東方学会編，2015 年。另外，在笔者看来，鲁迅的自我否定、自我批评精神在竹内、沟口等众多日本的中国研究者身上得到了继承，或者说是他们与鲁迅之间享有某种共鸣，而这一共鸣则主要在于自我否定与自我批评的精神。竹内与沟口等中国研究者批评的终极对象正是日本（战前、战中、乃至战后的美国跟随）本身、以及日本的中国研究。

4 戶川芳郎：「沟口雄三君を悼む」，『東方学』第百二十一集，東方学界編，2011 年，第 3 頁。原文：卒業前後、すでに測量器の筐尺マイゾックを特許制作し、全国に販売網をみずから拡げていた。

5 戶川芳郎：「沟口雄三君を悼む」，東方学』第百二十一集，東方学界編，2011 年，第 3 頁。原文：創業社長の沟口雄三……は、三十四年（一九五九）、資本金五十萬圓で株式会社沟口製作所を設立、木材チップを使った製圖板などを開發して賣り上げを伸ばした。社員三十人、年商八千萬圓の規模まで成長した四十（一九六五）年、雄三は（弟の）富博に社長の座を譲り、社業から離れた。雄三三十三歳、富博二十五歳の時だった。初出：「これがベンチャーだ一沟口製作所」朝日紙八四・六・二十九「経済」。

6 据沟口自述："我想重回学校学习，就拿着小野忍老师帮我写的介绍信，到名古屋大学中国文学研究室拜访了入矢义高老师。"（日文原文为：勉強をしなおしたいという思うにかられ、小野忍先生の紹介状をもって、名古屋大学の中国文学科の研究室に入矢義高先生をお訪ねした。）详见：沟口雄三：「中国思想史における近代・前近代・近世」、「沟口雄三教授退官記念特集」，『中国哲学研究』第五号，東京大学中国哲学研究会，1993 年。

7 入矢义高为中国古典文学研究家，同时也是以中国禅宗为主要研究对象的佛学研

原因[8]，他将自己研究生涯起步阶段的研究对象锁定为明末的李贽[9]（字卓吾，1527-1603），通过对李贽《焚书》的阅读、翻译与研究[10]，沟口开始对这位被视为明末思想家的人物有了一定的认知。

然而，让沟口感到十分困惑的是，通过阅读岛田虔次（1917-2000）《中国近代思维的挫折》（『中国における近代思惟の挫折』）所获得的李贽印象与通

究家。后调入京都大学，并成为京都大学名誉教授，日本学士院会员。专攻中国传统诗文、禅语录以及中国明代文学的口语表达。著作有《明代诗文》（「明代詩文」）、《求道与悦乐　中国的禅和诗》（「求道と悦楽　中国の禅と詩」）、《自己与超越　禅人　言语》（「自己と超越　禅人　ことば」）等。

8　拜访入矢义高先生当天，沟口被问及："研究生阶段想做什么研究。"（沟口拜访的目的仅仅是想传达想进入研究生院学习的意愿，因此当时的沟口并未为自己设定具体的研究目标及对象），但沟口突然想到前一天晚上阅读的仓石武四郎《中国文学史》当中李贽的《童心说》，于是不经意间就回答说"对李贽等人感兴趣。"但事实上沟口并没有读过李贽的相关书籍，甚至都不知道李贽写过哪些书。进入研究生院以后，沟口怀着忐忑的心情问入矢先生："欲了解李贽，应该读些什么比较好。"（沟口本想着从相关论文开始阅读）入矢先生回答说："欲了解李贽，不是得先读他的著作嘛。"于是沟口去神田的书店买了李贽的《焚书》并开始阅读。（日文原文为：名古屋大学の中国文学科の研究室に入矢義高をお訪ねした。できれば大学院を受験したい旨お話ししたところ、「何を勉強したいのですか」と逆に尋ねられ、とっさに前の晩に倉石武四郎の『中国文学史』を読み李贽の「童心説」が記憶にひっかかっていたので、つい尤もらしい「李贽などに興味があります」とお答えしてしまった。が、実際は李贽の書物など読んだこともなく、それどころか、どんな著書があるかさえ知らなかった。そこで、大学院に入れていただいたあと、入矢先生に恐る恐る「李贽を知るのに何を読んだらいいでしょうか」と、本人の心づもりでは何かとりあえず関連論文の類でもあれば、との思惑からお訊ねしたところ、「李贽を知るには李贽の著作を読むことでしょう」というお答えで、結局『焚書』などを神田の本屋で買いこみ、読み始める仕儀となった。）详见：沟口雄三：「中国思想史における近代・前近代・近世」、「沟口雄三教授退官記念特集」，『中国哲学研究』第五号，東京大学中国哲学研究会，1993年。

9　在日本对李贽的研究有着一定的传统脉络。而根据岛田虔次的介绍，最早将李贽介绍进日本学术界的是内藤湖南。而将李贽研究向前推进的重要研究者则是岛田虔次。当然，岛田的介绍与其欲寻求明代思想价值的研究动机密切相关。并且这一李贽研究在沟口中国学里得到了批判性地继承。详见：島田虔次：『中国の伝統思想』，みすず書房，2011年5月第一刷、2016年5月第2刷，第434頁。原文：「古今未曾有の危険思想家」李卓吾をはじめて日本の学界に紹介したのは内藤湖南であった。

10　具体阅读、翻译与研究的经历可参见：沟口雄三：「中国思想史における近代・前近代・近世」、「沟口雄三教授退官記念特集」，『中国哲学研究』第五号，東京大学中国哲学研究会，1993年。

过《焚书》所获得的印象发生了龃龉，困惑激起了沟口进一步探寻岛田式"近代"[11]之根据的欲求，他开始相继阅读丸山真男（1914-1996）、水田洋（1919-）、中村雄二郎（1925-）、野村浩一（1930-）等学者的相关论著。此外，由于不满足仅仅阅读研究类的书籍，沟口又开始阅读福泽谕吉（1835-1901）、托马斯·霍布斯（1588-1679）、卢梭（1712-1778）、孙文（1866-1925）等相关具有原创性思想的人物著作。渐渐地，沟口意识到一个基本的问题点："中国的近代，至少在思想史层面与西方、日本经历了截然不同的进程"。[12]抱着上述问题意识，在研究生入学后的第三年（1967）沟口提交了题为《日本的近代和中国的近代》（「日本の近代と中国の近代」）的硕士毕业论文，以探寻中国式的"近代"为原点，沟口逐渐进入了中国思想史研究领域。[13]此后，他将明清思想史作为基点，更确切地说是以某位思想性人物为原点来展开研究的，向上主要可追溯到宋代，下至清末民国时期，乃至近现代。[14]所以，一般情况下，

---

11 即"现代性"。

12 日文原文为：中国の近代というのは、少なくとも思想史に関するかぎり、西洋や日本とは非常に違う過程を辿っているのではないかと疑問を抱くようになり、結局、入学後三年目に「日本の近代と中国の近代」という題目の修士論文を提出することになった。详见：沟口雄三：「中国思想史における近代・前近代・近世」、「沟口雄三教授退官記念特集」、『中国哲学研究』第五号、東京大学中国哲学研究会、1993 年。

13 硕士毕业当年，沟口来到东京大学文学部中国文学科做助教，1969 年成为埼玉大学教养学部副教授，1975 年被聘为埼玉大学教授。1978 年接任西顺藏，成为一桥大学社会学部教授。1980 年沟口取得文学博士学位，其论文题为《中国前进的思想的曲折与展开》（「中国前近代思想の曲折と展開」），这部论文实际上是沟口前期发表论文的合集，这一合集后被视为沟口的代表性著作。1982 年，沟口接任山井湧任东京大学文学部中国哲学科教授。1983 年退休后到大东文化大学文学部出任教授，直到 2003 年正式退休。

14 伊东贵之在对沟口著作《中国思想的精髓 II》（「中国思想のエッセンス II」）的解说中对沟口学术生涯的研究范围作了总结，认为其从宋代开始，延续至清末、民国、近现代。但笔者认为这个范围也是不够准确的，沟口的研究在时间上来讲贯通古今，并没有具体的范围，只能说以上述范围为主。比如对中国传统概念"天"的阐释中，沟口同样研究并解释了汉唐时期的"天"概念及其前后的演变过程，因此更客观的说法应该是"主要"从宋代开始。正如沟口在谈及自己的中国研究时所言："我从开始从事中国思想史研究的时候起，就思索着一个问题：所谓近代，就中国而言，它意味着什么？从那时以来，直至今日，我一直探究着这个课题。不过，虽说一直从事有关近代问题的研究，但我的专业并非所谓的中国近代思想史。由于我并未仅仅把鸦片战争后的中国作为研究对象，而是把唐、宋，经明、清至近现代的中国放在视野之中，所以，既成的'近代框架'是容不下我的

对于沟口，"就其学术领域来说，可以将其定位为中国思想史、特别是明清思想史研究。"[15]但是，当我们回溯沟口的研究历程就不难发现，从严格意义上来讲，将其研究定义为狭义的中国思想史研究是不准确的。

　　事实上，沟口学术生涯的问题意识始终围绕的是所谓的"近代"。在深刻理解"普遍近代"的基础之上，沟口提出了中国式的"近代"，以及"前近代"[16]的概念。在这一思维理路内中国思想史，特别是明清思想史便顺其自然地被纳入了沟口的研究视角，并逐渐成为其研究的基石。小岛毅（1962-）曾说："（沟口的）问题意识在近代，他将比较中国的近代与日本的近代，或者说是从中国研究的立场来重新理解，最初的欧洲近代是什么，以作为自己的课题。"[17]所以，欲了解沟口的学问，关于"近代"的一切问题便无法回避。而与对"近代"问题所持执念互为表里的是沟口强烈的反省与批判精神。并且，他的检讨批判对象不仅仅局限于日本的中国思想史研究领域，其对象涵盖了从古至今日本中国研究的整体。

　　即便在专业的明清思想史领域，沟口的研究亦与传统的中国思想史研究方法不同。在伊东贵之（1962-）看来，沟口的学问是一种革新：

> 脱离了（日本）固有的中国哲学研究套路，在方法论上沟口将东洋史学，特别是社会经济史学领域的诸多研究成果纳入自己的研究体系，关注包含政治、经济等诸领域的思想流变，并注意将其与日本思想史、西欧政治社会思想史在构造上的相异性进行互相比较从而探究中国思想的构造性特征。此外，可以说此时（沟口的研究）主要以中国前近代为中心，对这一时期一连串具有连续性的思想史轨迹及内涵进行了梳理研究。[18]

研究的。"（参考：沟口雄三：『中国の衝撃』，東京大学出版会，2004 年 5 月初版，第 259 页）

15 戸川芳郎、小島毅など：「先学を語る―沟口雄三先生――」，『東方学』第百三十集，東方学会編，2015 年，第 2 页。原文：学術分野では中国思想史、特に明・清の思想史研究者と位置付けられるかと思います。

16 沟口所用的"前近代"主要指明末清初到清末这一时间段。

17 戸川芳郎、小島毅など：「先学を語る―沟口雄三先生――」，『東方学』第百三十集，東方学会編，2015 年，第 2 页。原文：沟口先生の問題意識は近代にありまして、中国の近代と日本の近代と比較する、あるいはそもそもヨーロッパの近代とは何であったのかを、中国研究の立場から捉え直すということを課題にしておられました。

18 伊東貴之：「解説――伝統中国の復権、そして中国的近代を尋ねて」『中国思想

上述基于他者意识的，多维度、宽视野的研究态势和学术立场所产生的学术成果必然会超越狭义的思想史研究边界，成为广义层面的中国史研究、中国研究。所以，小岛毅（1962-）表示："沟口先生的研究涉及多方面，因此很难加以概括"[19]。

在笔者看来，称沟口的研究为"沟口中国学"更为妥帖。或许也正是基于上述理由，沟口说："我不是中国思想的研究者，也不是专家。我并没有什么所谓的专业。"[20]

第二节 "沟口中国学"的历史脉络

具体到沟口的研究领域，对方法论的革新[21]、基于比较视野的广角度研究样式，以及以对历史"纵断面"的连贯性捕捉为前提的，对中国社会思想文化内在演变轨迹的探究等等可以说是沟口中国学的核心要素。

事实上，沟口的上述研究理念、治学方法与西方中国学、欧洲史学的发展趋势，以及日本史学的内部演变密切相关。从日本传统的东洋史学研究到欧洲年鉴学派的历史研究，从由西方兴起的地域研究到带有"东方学"色彩的后殖民研究。以上种种研究所内含的思想立场与理论方法都潜移默化地渗入了"沟口中国学"的宏大治学理想与实践当中，构成了言说其学问脉络无

のエッセンスII』，岩波書店，2011年11月，第209页。原文：従来の中国哲学研究の旧套を脱し、方法論的には東洋史学、ことには社会経済史学の分野での達成を大幅に摂取して、政治・経済を含む幅広い思想の流れを追い、日本思想史や西欧の政治・社会思想史との構造的な異質性の比較をも念頭に置いて、中国思想の構造の特質を探り出そうとしたこと、また、その際に、主に中国の前近代（近世）を中心として、この時期に一貫する思想史の大きな道筋とその内実とを掴み出したことにあると言えよう。笔者基本认同伊东贵之对沟口学术的整体评价，故引之。

19 戸川芳郎、小島毅など：「先学を語る一溝口雄三先生——」，『東方学』第百三十集，東方学会編，2015年，第2页。原文：溝口先生の業績は多岐にわたりますので、まとめるのが非常に難しいわけですが……

20 溝口雄三、伊東貴之、村田雄二郎：『中国という視座』，平凡社，1995年6月，第27页。原文：私は中国思想の研究者でも専門でもない。専門などというものは私にはない。

21 沟口本人并没有特意提出所谓的治学"方法论"，但当非要让其讲出治学方法论之时，沟口说自己的中国研究方法属于"基体展开论"。详见：溝口雄三：『方法としての中国』，東京大学出版会，1989年6月初版、2014年4月第5刷，第56页。笔者认为"基体展开论"即是沟口中国学的方法论。

法规避的学术背景。

比如对于中国的"近代"社会，沟口要求从长时间段、"纵断面"的连贯性来捕捉基于中国这一"基体"的历史。正如当沟口谈及从自己开始从事中国研究的时候起，就一直在思考的"近代"问题时所说："虽说一直从事有关近代问题的研究，但我的专业并非所谓的中国近代思想史。由于我并未仅仅把鸦片战争后的中国作为研究对象，而是把唐、宋，经明、清至近现代的中国放在视野之中，所以，既成的'近代框架'是容不下我的研究的。"[22]又如当沟口谈及洋务、变法运动与"西方冲击"的关系时所言："'西方的冲击'所带来的力学作用确实可称得上是一种'冲击'，洋务运动、变法运动正是由'冲击'引起的反作用。但如果用三百年的长期单位来实际检测这些运动的频率，就很容易看出这些运动基本上仍是'旧中国'基体的延续。"[23]

而以上通过长时间段来看历史的研究姿态即在很大程度上受到了法国年鉴学派（法文：L'école des Annales、英文：Annales School）以布罗代尔（Fernand Braudel，1902-1985）为代表的史学研究方法的影响。可以说，布罗代尔及年鉴学派的历史研究方法是对世界史学传统（兰克学派实证主义等）的一次革命。"实际上，布罗代尔、以及年鉴学派的登场，不仅给历史学界，而且给人类科学的整个领域带来了极大的冲击和影响。"[24]当然，这一影响遍及日本人文社科学界。

具体以布罗代尔的史学研究为例，他"关注的是历史的基底或者说是深

---

22 沟口雄三：『中国の衝撃』，東京大学出版会，2004 年 5 月初版，第 259 頁。原文：ただ近代の問題を抱えながら、専門がいわゆる中国近代思想史ではなく、つまりアヘン戦争以後の中国だけを専門として研究対象にするのではなく、唐・宋代から元・明・清をへて近現代までを視野に入れているため、この私の研究は既成の近代枠の中に入りきれない。

23 沟口雄三：『方法としての中国』，東京大学出版会，1989 年 6 月初版、2014 年 4 月第 5 刷，第 57 頁。原文：たしかに"西洋の衝撃"は、衝撃というにふさわしい力作用を及ぼし、洋務運動、変法運動はまさしくそれに対する反作用であったが、それらの運動の周波数を長い三百年単位のスパンで検分してみれば、それが基本的に「旧中国」のそれの連続型であることは、容易に明らかにされる。

24 フェルナン・ブローデル著、金塚貞文訳：『歴史入門』，中公文庫，2009 年 11 月初版、2015 年 11 月第 5 刷，第 185 頁。原文：実際、ブローデル、そして、アナール学派の登場は、歴史学のみならず、人間科学の全分野に大きな衝撃と影響を与えるものであった。

层不动的某种东西。那是一种被认为是长期持续的，具有持续时间的东西，（它是）'无名的，深层的历史，但却时常在沉默中发挥着作用'。"[25]金塚贞文（1974-）也曾在布罗代尔的代表性著作之一《资本主义的活力》（《LA DYNAMIQUE DU CAPITALISME》，1976 年。参考：日译本：『歴史入門』、中公文庫、2015 年 11 月第 5 刷）中做过相类似的解说："布罗代尔的本领就是，'发现'外表看起来基本不动的，却是在几个世纪的长时间段内变化的'物质文明'，以及对历史长河中不动的东西给予最高的重视……"[26]。

可以看出，在很大程度上，沟口"基体论"的研究方法是对这一研究理念的再生产。即重视"基体"（国家、民族）内，长期历史进程中潜藏的所谓"不动"的，但却发挥着持续影响力的某些要素。受年鉴学派影响的还包括滨下武志（1943-）[27]等众多日本学者。葛兆光（1950-）即举例将"年鉴学派'长时段'的历史研究观念"[28]视为由沟口与滨下牵头主编的《从亚洲出发思考》（『アジアから考える』）系列丛书中所使用理论与方法的重要来源之一。

回到日本学界内部，沟口的学术、思想脉络则显得更为复杂。本书亦主要围绕此部分内容展开论述。笔者关切的对象，除了沟口思想本身外，更希望通过研究其学术思想的形成脉络来挖掘隐藏在沟口身后的那个时代日本中国学的基本问题，并在此基础上，以一个"局外人"的身份，尽可能客观地评价沟口及其学术。

战后的日本中国研究在二十世纪 80 年代以前，亦即从 1945 年日本战败到上世纪 70 年代后期，主要沿着两条脉络展开。第一，对中国革命产生共鸣，

---

25 浜林正夫、佐々木隆爾編：『歴史学入門』，有斐閣，1992 年 9 月初版、2011 年 6 月第 11 刷，第 201 页。原文：歴史の基底あるいは深層にあって変わらないものに注目する。それは長期持続とか、持続的時間とかといわれるものであって、「無名の歴史であり、深層において、しばしば沈黙のうちに作用する」ものである。

26 フェルナン・ブローデル著、金塚貞文訳：『歴史入門』，中公文庫，2009 年 11 月初版、2015 年 11 月第 5 刷，第 189 页。原文：ブローデルの本領が、見た目にはほとんど動かぬように見え、何世紀という長いタイム・スパンの中でしか変化しないという「物質文明」の「発見」と、歴史の流れの中での、そのほとんど不動のもの最重要視……

27 滨下武志的"朝贡贸易体系"论、"亚洲交易圈"论等，通过研究华人商人及其组织、关系网的持续性及坚固性，欲从一个角度说明"西方的冲击"并未达到此前人们认为的那般强大。他与沟口的"基体论"有着大致类似的研究目的。

28 葛兆光：《思想史研究课题讲录续编》，生活·读书·新知三联书店，2012 年 12 月，第 129 页。

用"革命中心史观"[29]的视野，以积极的姿态来处理中国的历史，特别是在近现代史研究领域。并对这一不断朝着社会主义方向前进的"新中国"产生憧憬。其背后有着马克思主义"唯物史观"理论的影响。第二条脉络则是沿袭了美国战后初期中国研究的主要方法，即以中国的某些具体经济指标为标准而展开的研究。这一研究潜在地将欧美的近代化过程视为社会发展的典型（具体情况非常复杂，此处的分类主要针对日本的中国近现代史研究）。值得注意的是，沟口在中国研究的起步阶段便受到了"中国革命"的感染。正如沟口所言："我自己也是受到中国革命的感染走上中国研究道路的"[30]。但这一研究脉络沟口日后亦进行了自我否定与批评。

在这以后，伴随着中国社会在上世纪 70 年代的整体变革，以及 80 年代末冷战格局的结束等等现实层面的原因，日本的中国研究也随即发生了巨大的变化。对以往"革命史观"的批判逐渐变多，而从历史内在的"连续性"角度来看待中国的研究则逐渐受到了重视。与此互为表里的是对历史唯物主义、近代化论、"冲击——反应"论等西方中心史观的批判。并且，在这一研究态势下，将鸦片战争视为中国近代史起点的时代划分也随即成为了批判对象。而沟口即是上世纪 80 年代开始的这一轮中国研究的中坚力量及主要推手。

而具体到日本的中国思想史研究领域，以朱子学为例，从战后初期到上世纪五六十年代，虽然传统汉学式的研究依旧强盛，但丸山真男（1914-1996）、西顺藏（1914-1984）等学者已经不再一味埋头于朱子学内部。他们将欧洲的"近代主义"、"西洋文化"（自由、个人等）视为普世价值与世界文化的同时，将研究视野扩大至整个中国的思想文化，并用上述源自欧洲的"世界标准"得出了一系列中国停滞、落后的原因。而沟口的"近代"问题意识则是起源于上述时期的"近代"，可以说，丸山等人的"近代"构成为了沟口学术生涯问题意识的一个起点。

同样值得注意的是这一时期岛田虔次（1917-2000）、荒木见悟（1917-2017）的阳明学研究。他们虽然同样以欧洲的历史价值为基准，但通过阳明学，他们发现了蕴含于其中的（如"个体"、"内在"等）"近代意识"之萌芽。

---

29 即受"辛亥革命"，"1949 年中华人民共和国的建立"等视为历史发展的主要契机，并将革命视为历史文化"断层"的依据与主要原因加以处理。

30 沟口雄三：『方法としての中国』，东京大学出版会，1989 年 6 月初版、2014 年 4 月第 5 刷，第 4 页。原文：……わたくし自身が、中国革命に触発されて中国研究の道に入った一人であり、……

继而发现了中国思想史发展的一面，并对以往被贬低的明代中国思想进行了肯定。沟口即继承了这一中国思想发展而非停滞的学说，虽然沟口并不赞同岛田最终的"挫折"论。

另外，沟口的研究还批判性地继承了以内藤湖南（1866-1934）为首的，京都学派（史学层面）的中国史宏观框架，津田左右吉（1873-1961）的"异别化"原理主义，上原专禄（1899-1975）"主体性"的亚洲史观、竹内好（1910-1977）以"作为方法的亚洲"为核心的亚洲理想等一系列的亚洲、中国相关思想观念及理论研究。

虽然身处多元主义、文化相对主义盛行年代的沟口提出了"作为方法的中国"这一命题。正如沟口所说："欧洲与亚洲、多元主义、文化个别主义、相对主义、对历史来说什么是价值、最初的价值是什么，类似这样的关切，作为我们的时代性刺激着我，这样的时代特征，使我的观点与先学的观点并不相同。"[31]

但即便如此，在意识形态层面，沟口的思想脉络依旧与近代以来从属于日本自我认知空间内的一系列亚洲[32]相关观念互相交错，暗藏其理念深处的仍然是从近代日本（明治维新）、乃至前近代日本开始一直延绵至今的，与"亚洲主义"相关联的等一系列认知观念与资源。它们互相交织形成了极其复杂的网络谱系。可以说，这一网络谱系是一张类似于"基因图谱"的，富有张力且以极其复杂形态相互勾连、制约的立体螺旋式网状结构图。虽然之中间断包含有欲脱离目的性历史观点制约（过往历史学方法论）并排斥价值判断的所谓具备某种原理性的"亚洲主义"理想[33]（理想层面），但表象背后所暗含

---

31 沟口雄三、伊東貴之、村田雄二郎：『中国という視座』，平凡社，1995 年 6 月，第 28 頁。原文：ヨーロッパとアジア、多元主義、文化的個別主義、相対主義、歴史にとって価値とは何か、そもそも価値とは何か、そういった関心が、われわれの時代性として私を刺戟してきたのであり、この時代が先学諸氏らの観点に一線を画させただけなのである。

32 需要强调的是，日本的亚洲论述视野基本局限于中国与日本，虽然时而有朝鲜、韩国、越南等国家的位置，但它们从来不构成也不影响日本人的主流亚洲认知框架。

33 "亚洲主义"的定义纷繁复杂，作为与日本军国主义相对应的亚洲主义是一种反动思想，它与膨胀主义、侵略主义相捆绑，在 20 世纪 30、40 年代被日本政府当作政治宣传道具，借此对付西方霸权的同时，发动对亚洲的侵略，最终发展为臭名昭著的"大东亚共荣"政策。此外还有孙文以"王道"为基础亚洲主义，章太炎的"亚洲和亲"思想等等，其形态各式各样，内涵也各不相同，如此丰富的内

的"基因图谱"及谱系内所隐藏的主轴脉络是各时期日本知识人所共有的，它同时也是沟口所无法规避的。换言之，沟口既是"基因图谱"的构成要素，同时也是主轴脉络的继承者，沟口式的"中国方法，世界目的"不但具备上述谱系性，并且其土壤的形成养分亦摄取于近代以来日本形成的种种认识论资源，也正是上述资源最终构成了沟口思想深层的暗流，并潜移默化地影响了沟口的治学方向、思维理路以及沟口中国学的整体构建。

最后必须明确的是，沟口的亚洲"原理"也好、亚洲"主体"也罢，它们都是作为"反"日本的近代主义、"反"日本的西欧中心主义而存在的。换言之，作为同样以"鲁迅"研究为学术生涯起点的战后知识分子，沟口与竹内都抱着自我批评的目的，通过"亚洲"、"中国"的视线来完成自我（战前、战中的日本，以至战后跟随美国资本主义的日本）的否定与批判。因此，需要注意的是，他们话语成分中的"亚洲"、"中国"并不是完全客观意义上的亚洲与中国，是伴有理想成分的客体。而对于沟口个人，可以说，在战后日本伴随着"憧憬"式自我否定构造而出现的那股强烈的"亚洲"、"中国"能量逐渐趋于弱势的"后竹内时代"，他批判性地继承了"主体"的、"原理性"的亚洲方法，并将"东亚"这一场域打造为话语，进一步推进了前人的研究。

第三节　沟口雄三的主要业绩

沟口基于自身的知识关怀并围绕着上述学术理念，从处女作《中国前近代思想的曲折与展开》（『中国前近代思想の曲折と展開』）[34]开始，相继创作并出版了近十部专著、八部翻译著作及百余篇论文[35]。

涵与表现形式也正是"亚洲主义"的特质之一。笔者所使用的"亚洲主义"不具有特定实质性的内容，也不是被客观规定的思想，它更多的是一种具备倾向性的理想，一种思想资源的原初状态，如果非要定义，那么它更接近冈仓天心的东洋理想。

34 该著作实际上主要由上世纪 70 年代沟口创作的一些列代表性论文组成，是一部论文集，凭此著作沟口获得文学博士学位。日后，该著作也被视为沟口中国思想史研究的代表性著作。

35 详见沟口雄三著作目录。其中即包含在中国及中国台湾地区引起广泛关注并被持续解读的《作为方法的中国》（『方法としての中国』）一书。1989 年，东京大学出版会出版了沟口的著作《作为方法的中国》。10 年后的 1999 年由台湾国立编译馆出版负责编译，并在台湾地区出版。2011 年，北京生活·读书·新知三联书店在中国大陆出版了该书。

被视为沟口学术生涯处女作兼其中国思想史研究代表性著作的《中国前近代思想的屈折与展开》以明末清初思想家李卓吾为基点,分"中国式近代的渊源""明代后期的思想转换"和"前近代思想的中国式展开"三大板块展开论述,批判性继承了岛田虔次、荒木见悟(1917-2017)以及西顺藏(1914-1984)等战后中国思想史研究代表性学者的成果,对从明到清代中国式思想(如"理观")的展开与流变进行了缜密的考证,并以此为中心,构建了沟口关于中国思想史内发、自发机制的构想。可以说,这部书是沟口学术生涯的基点,大量朴实无华的实证研究却内涵了沟口式强大的思维能量,但因大量实证性材料的罗列分析,规定了这部书性格的朴实与沉稳,它注定不会也不需要像日后《作为方法的中国》(『方法としての中国』)[36]、《中国的冲击》(『中国の衝撃』)[37]等著作那般引起知识阶层的广泛讨论,然而,对沟口来说这无疑是他一生中最重要的著作之一。

假如说《中国前近代思想的屈折与展开》主要是基于对中国"近代"问题的朦胧意识而自觉得去攫取前近代的相关材料与思想资源,那么,1989年出版的《作为方法的中国》则可以看作是基于问题意识本源的对自我意识的去朦胧化过程,从这一意义上来讲,它同时也是对《中国前近代思想的屈折与展开》的补充与延续。《作为方法的中国》第一部分主要是对中国"近代"相关问题的考察;第二部分沟口以日本中国学研究中的诸问题为线索,提出基于上述问题意识的新一轮的中国研究范式;第三部分则涉及具体事例,如清末洋务运动及相关人物历史的评价,并以此来为前两部分的思维构想提供部分的材料支撑。三部分内容有具体、有抽象,从问题的表层到深层再到表层,但基本上沿着一条清晰的思维主线,一个相同的目的意识:"以中国为方法,以世界为目的",同时这也是贯穿沟口整个学术生涯的核心命题之一。这部书在中日知识分子中间引起了广泛关注,对其评价也褒贬不一,但这部书的价值也正在此,除了影响了众多的年轻学者,它还在不断地被赋予新的阐

---

36 原著由东京大学出版会于1989年出版。中文本最初将标题译为《日本人视野中的中国学》,1996年由中国人民大学出版社出版。后被收入生活·读书·新知三联书店出版的沟口雄三著作集,标题改为《作为方法的中国》,并于2011年再次出版。

37 原著由东京大学出版会于2004年出版,中文本收入由生活·读书·新知三联书店出版的沟口雄三著作集,2011年出版。

释。[38]

上世纪 90 年代以后，沟口将研究重心逐渐转移至对中国传统思想关键概念的解读方面，继而创作了大量与中国传统精髓思想相关的论文。这些文章不以相关历史性人物及哲学式形而上的逻辑推演为主干进行罗列式的论述，而是将概念化的传统思想精髓放入中国社会变迁这一流动的历史视角当中加以考察，以中国传统思想中的"天"、"道"、"理"、"自然"、"心"、"天理"、"理气"、"公"、"私"等关键字为线索，结合中国各时代的社会背景（涵括政治、经济、文化等诸多因素），阐明上述概念在形成期的原初状态及其在传承过程中的一系列嬗变，探究在中国传统社会中相关观念得以构建的成因。此外，作为一位日本中国思想史研究者，沟口自觉地将中国传统思想中的关键词同日本的相关概念进行了横向的比对与纵向的勾连，在相互对照的基础上，突出其问题意识的同时也进一步凸显了沟口思想史的主干思想。《中国的公与私》（『中国の公と私』）、《中国的视野》（『中国という視座』）、《公私》（『公私』）等著作即是沟口在上述期间创作的，稍加细读便能明显体察到以上著作带有这一时期创作的性格烙印。

1995 年出版的《中国的视野》（『中国という視座』）、2001 年出版的《中国思想文化事典》（『中国思想文化事典』）、2007 年出版的《中国思想史》（『中国思想史』）等基于沟口"内发式"中国思想研究理路的多方位、广角度的综合性研究著作，可以说是沟口毕生中国思想史研究理念的直观反映、执行与呈现。上述著作均通过俯瞰长时间段中国历史发展的内在脉路，"深入到中国的历史中去"，并通过这一唯一的途径，[39]来寻求其中蕴含的长期稳定的某种思想材料与文化资源，在沟口学术思路的引导下，相关材料得到筛选、攫取

38　与沟口同时代的日本思想史家子安宣邦即在 2012 年出版的《日本人如何言说中国》（『日本人は中国をどう語ってきたか』）对沟口的这一著作进行了批判。2002年，中国学者葛兆光在《重评九十年代日本中国学的新观念——读沟口雄三〈日本人视野中的中国学〉》中在肯定沟口突破西方中心主义框架的同时，也对其中的诸观点产生了质疑。此外，中国的孙歌、李长莉等，中国台湾地区的陈光兴、曾倚萃等诸多学者都对这一著作进行过评价。笔者也正是受到这部著作的影响开始进入沟口雄三的思维世界的。

39　沟口在谈及构建在自我问题意识之上的中国研究时说道："在已知的既有素材和设计图都是欧洲制造的情况下，要选择中国制造的素材，制作中国制造的设计图，从而建立起一座殿堂来，我们能有什么样的方法呢？结论是：深入到中国历史中去。归根到底，只此一途。"详见：沟口雄三：『中国の衝撃』，東京大学出版会，2004 年，第 259 页。

与重组，最终呈现出了沟口中国学相对完整与统一的样态。

在《中国的视野》的后记部分，沟口开门见山地写到：

> 这部书通过儒教思想来考察中国从近世到近代的思想文化世界。大家所熟知的专业领域的近世儒教思想是以朱子学和阳明学为基轴展开的，到清代则被汉学与考证学取代了，这部书则跳出上述学术脉络，通过更为宽广的"礼治系统"的框架来考察中国从近世到近代的思想文化世界。

> ……

> 今后，我们要学习并吸收社会史等领域的研究成果，有时也可以与上述领域的学者一起协作，将中国的社会构造纳入研究视野，从而使思想文化研究结出丰硕的果实。[40]

沟口在为《中国思想文化事典》作的序言部分，写道：

> 在这里（著作中），中国是指代一个什么样的世界，首先，它并不是指代现在中华人民共和国的领土范围，或者是说汉语圈这样的宽泛概念，它指的是基于历史意识的，作为一种连续体而被自我认知的这一历史概念。有时是一个地理概念，有时是一个政治概念，有时也是一个文化概念，它并没有被固定化了的领域和被抽象化了的本质，它是时刻变动、流动着的。从民族与语言的角度来看，它是多民族、多语言的，从文化的角度，它是混交的、多元文化。但是，尽管如此，在这之中，"中国"作为一个被共有的观念，被认知的连续体，被继承的习惯，不可否认它具有属于自己的观念与制度。

> ……

> 本事典就是与上述中国思想文化相关的事典。那么，思想文化又为何物，事实上，这是包含了我们（编者）意图的一种表达。首先，它不是历史事典，也不是哲学事典。换言之，这一事典不仅仅停留在以客观的历史事实、实际的历史人物为研究对象，也不局限于作为主观思维的哲学概念框架之内，它关注产生哲学概念背后的政治、经济、社会等历史背景，它不是哲学的，而是关乎思想的。

---

40 沟口雄三、伊東貴之、村田雄二郎：『中国という視座』，平凡社，1995 年 6 月，第 289、300 页。

此外，它并不单捕抓静态的思想特征，它将思想视为具备历史变化的东西进行攫取，而且不仅局限于知识人的思想世界，也关注大众世界的宗教、日常伦理、生活习惯、社会观念等诸多方面。上述的总体特征即是我们通过思想文化这一用语想要表达的意图。[41]

在《中国思想史》的前言部分，沟口写道：

这本书虽然是思想史研究，但它并不带有哲学式的言说话语，也没有采用通过罗列事项和固有名词来构造通史的叙述方式。在历史长河中，最初的中国是什么在变化，它又是如何变化的，这些又与现在有着什么样的关联。可以说，从思想史的角度，顺着变化的横面寻求历史暗流中的动力并将之呈现出来即是本书的课题。

……

在这之前的中国历史往往都是外来的，换言之，是通过欧洲、有时是欧化的日本的相关概念和框架来组装叙述的。与之相对，本书将研究视野放置在中国内部，通过中国内在的历史逻辑来论述中国思想史。[42]

事实上，上述三部著作的序、前言、后记都是沟口对自身研究范式，思维理路的概括阐释，三部著作的具体内容也相对准确得反映了沟口的治学理念与"要求"。换言之，共著者与沟口的中国论述都具备以下两个共通点，这两个共通点基本贯穿三部著作的核心内容，毫无疑问，它们也是沟口中国研究的一贯思想立场。

具体来看，第一，对观察视角的主张，即上述"基体展开论"[43]式的中国研究理念，将对中国的观察视角置于中国的内部，认同中国思想文化的内在连续性，并认为在各自相对表层的思想文化形态之下有一股连续性的暗流在为其指引走向。与此互为表里的是对近代西方历史学、"历史哲学"、"世界史普遍法则"的批判，它们是近代西方话语建构过程中的产物，它以架构西方

41　沟口雄三、丸山松幸、池田知久：「序」『中国思想文化事典』，東京大学出版会，2001 年 7 月，第 i、ii 页。

42　沟口雄三、池田知久、小岛毅：「はしがき」『中国思想史』，東京大学出版会，2007 年 9 月，第 i、ii 页。

43　可被视为沟口中国学的方法论，虽然沟口本人并没有特意提出所谓的治学"方法论"，但当非要让其讲出治学方法论之时，沟口说自己的中国研究方法属于"基体展开论"，详见……笔者认为"基体展开论"即是沟口中国学的完备方法论，详见第二章。

中心主义体系为己任，对中国的研究，沟口显然希望突破上述西式"历史哲学"的界限，在中国固有的文脉当中寻求原理，来构建未被束缚的，所谓自由的中国学。第二，对研究路径的要求，即跳出以往哲学思想研究的纯粹思辨与脱离社会现状的研究范式，从历史、思想、政治、制度、文学、社会、风俗、宗教等多条路径对研究对象进行考察研究，脱离旧有的学科分类方式，展开综合性思想文化研究。

在上述学术思想脉络的延长线上，沟口主要参与并主导了两项大型国际学术活动，它们分别是：在日本以东京大学为据点的"中国社会文化学会"[44]与在中国北京举办的"日中·知的共同体"[45]活动。

沟口积极推动着东京大学旧有中国研究机制的改革，在这一意义上，甚至可以说他是一位革命者。作为东京大学"中国社会文化学会"的主要创始人及其核心成员（后担任理事长），沟口通过亲身实践来贯彻实行自己的研究理念，学会的构想与方针[46]与沟口的治学理念互为表里。学会消除了传统人文学科的研究壁垒，在文学、史学、哲学以外，招募了大量与社会科学（经济学、人类学、地域研究等）相关的研究人员，乃至少部分的自然科学研究者，研究范围不仅局限在中国，而是覆盖整个东亚地域。会员除了日本学者以外，还有来自中国、韩国、欧洲、美国等国家和地区的相关领域的学者专家，他们基于学会宗旨所呈现的学术报告及研究成果为沟口"将东洋史学，特别是社会经济史学领域的诸多研究成果纳入自己的研究体系，关注包含政治、经济等诸领域的思想流变"成为可能，为沟口的中国研究提供线索的同时也间

---

44 其前身可追溯到"东京大学中国哲学文学会"，1985 年 6 月该学会改名为"东京大学中国学会"，后因沟口在东大期间，致力于以新的中国研究为目的（即通过打通学科框架，更全面客观地观察研究中国的治学理念）对"东京大学中国学会"进行了改组，并于 1993 年 1 月 1 日正式改名为"中国社会文化学会"，延续至今。现任会长佐藤慎一即是受到沟口学术热情的影响下加入学会的。另：该学会发行的刊物《中国——社会与文化》也具有广泛的影响力。

45 由国际交流基金提供资金方面援助，下文简称"知的共同体"。

46 学会的主要宗旨有三：1. 学会参会者不局限于思想、文学和历史等人文学研究人员，呼吁政治学、经济学、文化人类学等社会科学领域的研究者也积极参加，构筑多领域研究者能够共同交流的知识场域。2. 不局限于狭义的中国研究者，呼吁日本、朝鲜、越南等与中国有密切关系的各地域研究人员的积极参与，力争构建多地区研究者互相交流的知识平台。3. 不局限于是日本人研究人员，也欢迎外国人研究人员积极参与学会，构建多个国籍研究者互相交流的知识平台。
详见学会主页网站：http://www.l.u-tokyo.ac.jp/ASCSC/osasoi.html。

接丰富并完善了沟口中国学的内涵。[47]

　　从 1997 年至 2002 年连续举办了 6 届的"知的共同体"研讨会则是由中日双方共同发起的，基于中日学者自身知识心情——"亚洲情感"[48]的一系列知性对话活动，中方的发起人是中国社会科学院的孙歌[49]，日方的牵头人即是沟口。沟口将最初孙歌提出的想法[50]付诸于实践，"提供了让中国和日本的一些知识人可以对话的空间"[51]。活动的最大关注点在于："不使'共同体'成为常见的评论家之间轻松愉悦的联谊以及知识的交换、或针对个别问题的实践活动，而是探讨如何依靠知性积极参与现实，逼近问题的深层。"[52]事实上，"参与现实，逼近问题的深层"反映的正是沟口所坚持的治学立场与学术准则，而上述立场准则的深层隐藏的则是对历史真实的渴望以及基于学者内心的良知，按沟口说法就是一种"不满足的感觉"。这种"不满足的感觉，通常是一种被动的形态，但它又是现在时态的，因此具有对于当下具体问题的批判精神。同时，它不仅仅是向外的，这种不满足通常是指向自身的，包含着自我批判和自我否定的精神。"[53]"知的共同体"的特征即是不间断的不满足感的外在表现。孙歌是与沟口抱有同样不满足感的学者，类似知识心情的纽带为"知的共同体"活动打下了基础，活动为中国知识分子打开一扇观察真实日本知识界的窗口的同时，也为以沟口为代表的日本知识分子构建了一条

47　正如沟口曾借用学会发言人经济史学家滨下武志的"朝贡贸易体系"来阐释自己中国研究中的部分现象及问题。

48　换言之即是沟口所说的"一种可以称之为亚洲认同的相同情感。"详见：沟口雄三：『中国の衝撃』，東京大学出版会，2004 年，第 261 页。

49　孙歌（1955-）：日本东京都立大学法学部政治学博士，现任中国社会科学院文学研究所研究员，北京日本学研究中心兼任教授。专攻日本政治思想史。主要著作有：《主体弥散的空间》、《竹内好的悖论》、《我们为什么要谈东亚》、《亚洲意味着什么》、《求错集》等。

50　据孙歌回忆这一想法及其来源："是在和日本的与会代表一起去韩国开会的时候，正像我在序言里提到的那样，产生了一个朴素的想法，就是在东亚的人们，特别是所谓知识人里面，是否可以有一个共通的立场呢？"基于这一思考，孙歌向沟口提出了"知的共同体"这一想法。详见：沟口雄三、孙歌：《关于"知识的共同体"》，载于《开放时代》，2001 年 11 月。

51　沟口雄三、孙歌：《关于"知识的共同体"》，载于《开放时代》，2001 年 11 月，第 6 页。

52　《"日中·知识共同体"的轨迹》，原载于《亚洲中心新闻》，2002 年第 22 期，国际交流积极亚洲中心发行。

53　沟口雄三、孙歌：《关于"知识的共同体"》，载于《开放时代》，2001 年 11 月，第 8 页。

深入思考中国、观察世界，继而反观日本的思维理路。[54]

第四节　中外沟口学术研究概述

上世纪 90 年代初，沟口经哲学专业的相关学者介绍逐渐进入中国学人的视野。[55]随着 1995 年赵士林翻译的《中国的思想》（中国社会科学出版社）、1996 年李甦平等翻译的《日本人视野中的中国学》（中国人民大学出版社）、1997 年龚颖等译介的《中国前近代思想的演变》（中华书局）等相关著作在中国的相继出版，越来越多的中国学人开始了解并关注沟口的中国研究，当然，这其中也包括一部分本身便能读懂日文的研究者对沟口学术一手资料的阅读与研究。

但毋庸置疑，沟口著作的中文译介对国人关注研究沟口的学术起到了至关重要的推动作用，特别是从 6 年前开始由生活·读书·新知三联书店陆续出版的，经孙歌牵头翻译的《沟口雄三著作集》[56]为中国的沟口学术研究者带来了便利的同时，也在一定程度上扩大了沟口中国学的影响力。可以说，从上世纪 90 年代初开始，伴随着译著与先行研究的不断充实与完善，与"沟口

---

54 有关"知的共同体"具体内容与成果，可参见《"日中·知识共同体"的轨迹》，原载于《亚洲中心新闻》，2002 年第 22 期，国际交流积极亚洲中心发行。此外，作为该活动的成果之一，2004 年由东京大学出版会出版了《中国的冲击》（『中国の衝撃』）一书，书中沟口透过现实中国的知识状况，结合日本当时的知识处境进行了一些列基于自身情感的论述，并涉及直面了日本侵华战争、南京大屠杀谢罪问题等中日间的敏感话题。

55 中国国内最早涉及沟口的论文应当是中国哲学研究者李甦平的《沟口雄三（日）教授谈研究中国》和《构筑儒学的新框架——读沟口雄三的〈作为方法的中国〉》。前一篇刊于 1991 年第 3 期《哲学动态》中，后一篇刊于 1991 年第 7 期的《国外社会科学》当中。

56 前四部著作于 2011 年出版，分别是《中国前近代思想的屈折与展开》、《作为方法的中国》、《中国的公与私·公私》、《中国的冲击》；后四部著作计划于 2012 年、实际于 1014 年出版，分别是：《中国思想史——宋代至近代》、《李卓吾·两种阳明学》、《中国的思维世界》、《中国的历史脉动》。需要指出的是，其中《作为方法的中国》（原版为 1989 年由东京大学出版会出版）是关注度最高的作品，在日本这一著作近年的第五次复刊即是有力的证明。正如孙歌所说："……这本书影响了很多人，也改变了很多人。我听一位年轻的日本学人说，他就是因为读了这本书，改变了原来的研究方向，决定转而到中国来追寻中国的原理。"（详见：孙歌：《中国如何成为方法》，载于《中国学季刊》试刊号，世界中国学论坛组织委员会、上海社会科学院，2010 年。）

式"中国思想史研究相关的哲学思想方法研究、在日本中国学框架下的沟口中国学研究以及与此紧密相关的"现代性"问题研究等，都逐渐在人文社科系学术研究当中占有一席之地。[57]

---

[57] 与沟口学术研究相关的论文参见如下：

陈来：《简论东亚各国儒学的历史文化特色》，载于《北京大学学报（哲学社会科学版）》，1991 年第 1 期。

叶坦：《日本中国学家沟口雄三》，载于《国外社会科学》，1992 年第 6 期。

汪晖、沟口雄三：《没有中国的中国学》，载于《读书》，1994 年第 4 期。

张萍：《日本人认识中国文化的五个阶段——沟口雄三教授访谈录——》，载于《中国文化》，1995 年第 2 期。

孙歌：《作为方法的日本》，载于《读书》，1995 年第 3 期。

孙歌：《在历史中寻找什么——再读〈在亚洲思考〉》，载于《读书》，1996 年第 7 期。

许纪霖：《以中国为方法，以世界为目的》，载于《国外社会科学》，1998 年第 1 期。

李长莉：《揭示多元世界中的中国原理——沟口雄三的中国思想研究——》，载于《国外社会科学》，1998 年第 1 期。

桂明：《沟口雄三及其中国思想研究》，载于《华侨大学学报》，1999 年第 1 期。

顾乃忠：《论文化的普遍性和特殊性（上）——兼评孔汉思的"普遍伦理"与沟口雄三的"作为方法的中国"》，载于《浙江社会科学》，2002 年第 5 期。

顾乃忠：《论文化的普遍性和特殊性（下）——兼评孔汉思的"普遍伦理"与沟口雄三的"作为方法的中国"》，载于《浙江社会科学》，2002 年第 6 期。

葛兆光：《重评九十年代日本中国学的新观念——读沟口雄三〈日本人视野中的中国学〉》，载于《二十一世纪》，2002 年 12 月号。

蔡庆：《沟口雄三的中国学方法研究》，载于《武汉大学学报（人文科学版）》，2003 年第 2 期。

方旭东：《Modern 之后：中国思想史研究范式的转移》，载于《哲学研究》，2003 年第 4 期。

杨芳燕：《明清之际思想转向的近代意涵——研究现状与方法的省察》，载于《开放时代》，2004 年第 4 期。

何培忠：《日本中国学研究考察记（二）——访日本著名中国学家沟口雄三》，载于《外国社会科学》，2004 年第 3 期。

韩东育：《中国传统"平衡论"的前提假设与反假设》，载于《社会科学战线》，2004 年第 1 期。

史艳琳、张如意：《日本中国学研究的新视角——当代汉学家沟口雄三的中国学研究——》，载于《河北大学学报（哲学社会科学版）》，2008 年第 5 期。

罗岗：《革命、传统与中国的"现代"——沟口雄三的思想遗产》，载于《文汇报》，2010 年 7 月。

孙歌：《送别沟口雄三先生》，载于《中国社会科学报》，2010 年 8 月。

孙歌：《在中国的历史脉动中求真——沟口雄三的学术世界——》，载于《开放时代》，2010 年第 11 期。

　　继 1991 年李甦平的《沟口雄三（日）教授谈研究中国》和《构筑儒学的新框架——读沟口雄三的〈作为方法的中国〉》刊出之后，1992 年社会科学研究院的叶坦在《国外社会科学》期刊上发表了题为《日本中国学家沟口雄三》一文，对沟口的生平及其研究状况做了相对全面的介绍：

> 沟口雄三是日本中国学界颇具开拓精神的著名教授……沟口教授专攻宋——清思想史，而以其广博的功力和独到的思辨涉猎文学、哲学、语言学、社会学、文化学、政治学、经济学以及比较研究诸领域，从而享誉世界。他曾以《中国前近代思想的曲折与展开》（1980 年）一书，荣获东京大学文学博士学位。其著作之丰，可谓"等身"。……上至孟子、朱熹之考辨，下迄中国'文革'与'现代化'之钩沉；从林罗山、中江兆民与中国思想之比较，到儒教与资本主义的探索，无不表现出他那种批判性超越的特征，从他深邃而明晰的论理中，我们不能不理性地思索：日本汉学跨世纪拓展的方

石之瑜、徐耿胤：《亚洲国家视野下的中国历史基体——兼论从中国、韩国和越南发展研究视角的可能性》，载于《世界经济与政治》，2011 年第 5 期。

江湄：《〈中国的冲击〉的冲击》，载于《21 世纪经济报道》，2012 年 2 月。

张小苑：《关于日本战后知识界对"近代化"反思的思考》，载于《山西师大学报》，2012 年第 4 期。

夏明方：《生态史观发凡——从沟口雄三〈中国的冲击〉看史学的生态化》，载于《中国人民大学学报》，2013 年第 3 期。

齐钊：《〈中国的冲击〉对中国有何冲击——评沟口雄三的〈中国的冲击〉》，载于《国外社会科学》，2013 年第 3 期。

孙歌：《"自然"与"作为"的契合》，载于《读书》，2014 年第 1 期。

何小芬：《论沟口雄三之中国革命的动因与内发性近代》，载于《时代文学》，2014 年第 4 期。

王杰：《耿李论争以后的李卓吾思想——以儒学的宗教化为中心》，载于《北京社会科学》，2014 年第 6 期。

孙歌：《中国历史的"向量"——沟口雄三的中国思想史研究》，载于《山东社会科学》，2014 年第 7 期。

葭森健介、徐谷芃：《"共同体论"与"儒教社会主义论"——以谷川道雄、沟口雄三的"公"、"私"言说为中心》，载于《江海学刊》，2015 年第 6 期。

曹峰：《日本中国哲学研究的大致走向》，载于《中国社会科学报》，2015 年 6 月。

何培忠：《"宿命之事"：日本的中国研究》，载于《中国社会科学报》，2015 年 7 月。

任立：《沟口雄三对中日思想概念的比较》，载于《日本问题研究》，2016 年第 3 期。

孙歌：《寻找亚洲的原理》，载于《读书》，2016 年第 10 期。

向。[58]

叶坦分"批判性超越精神"、"系统性研究方法"、"'欧洲中心论'否定"、"'全球视野'的着眼点"、"'学问'之于现实"五个部分对沟口的学术进行了精简的概括与梳理。譬如在谈及沟口对"欧洲中心论"的批判时叶坦说道：

这样的主张不仅仅从观念上，理性上明辨'欧洲中心论'的局限，更重要的在于以具体的、客观的研究方式与成果，为中国学的研究提供了珍贵的理论方法与评判标准。在否定'欧洲中心论'的同时，沟口教授并未将视野驻足于各国各民族独有的价值标准与历史进程，而是超越了各自有别的文化类型与评判标准之上，希图将学问建立于博大的'全球视野'的着眼点。[59]

中国哲学研究者康庆在《沟口雄三的中国方法研究》中进行了如下评述：

沟口雄三是日本当代中国学研究久负盛名的学者，他广泛涉及中国学研究的诸多领域，包括思想史、哲学史、社会史、经济史等，取得了相当的成就。尤其在中国学治学方法上，沟口雄三一反过去以西方的范畴、逻辑、价值评判标准来衡量东方思想文化，主张文化价值多元观，提出了"亚洲近代"的主体性问题，引起了中日学界的广泛关注。沟口雄三的中国学研究方法也具有时代意义和学术意义。[60]

康庆对沟口一反过去以西方的范畴、逻辑、价值评判标准来衡量东方思想文化，主张文化多元化的观点给予了高度评价。

史艳玲与张如意在《日本中国学研究的新视野——当代汉学家沟口雄三的中国学研究》当中，对沟口的研究从"多元化"、"内发的近代"和"欧洲价值体系的相对化"三个方面进行了解析。中国社科院近代史研究所的李长莉在《揭示多元世界中的中国原理——沟口雄三的中国思想研究》一文中，主要从对欧洲中心论的彻底批判与世界多元化的视野两点对沟口进行了高度评价：

---

58 叶坦：《日本中国学家沟口雄三》，载于《国外社会科学》，1992 年第 6 期。

59 叶坦：《日本中国学家沟口雄三》，载于《国外社会科学》，1992 年第 6 期，第 60 页。

60 蔡庆：《沟口雄三的中国学方法研究》，载于《武汉大学学报（人文科学版）》，2003 年第 2 期。

　　　　沟口雄三对这种沿袭已久的认识方式给予了彻底批判，指出这
　　　种把西方的近代模式普遍化、唯一化的认识方式，扭曲了亚洲国家
　　　的本来面目，他主张站在世界多元和平等的立场，力求从中国历史
　　　本身来把握中国思想的内在流脉，从中国自己的价值观念内部发现
　　　其固有理念。

　　　　……

　　　　沟口通过自己的研究认为，世界近代化的过程是多元化的，而
　　　以往把西方原理视为世界普遍、唯一近代性准则的看法，是西方中
　　　心主义和西方优越意识而产生的偏见。这一结论，对于人们所一直
　　　沿袭的近代化认识，是一种根本性的改观，对'近代性'的价值内
　　　涵也提出了本质性的质疑。[61]

　　在中国的沟口学术研究当中，特别值得注意的是孙歌的研究，作为沟口
学术研究的先驱，孙歌认为沟口中国学具有深刻的革命性，继而说道："在沟
口学术领域内解决的一系列认识论问题不但与我们的历史观与世界观前提息
息相关，而且也关系到我们知识生产的知的本能。"孙歌甚至在沟口中国学的
基础之上创造性地提出了"作为方法的日本"的研究视野与理论。

　　总体来说，在中国，以沟口中国学为研究对象的研究大致始于 1991 年至
1992 年间，直到近年，伴随着中国研究者对自身的反省与反思，沟口中国学
得到了更为广泛地关注。

　　而与中国以肯定为主的沟口学术研究不同，日本的沟口学术研究则以批
判为主[62]，最早的研究是 1982 年围绕沟口处女作《中国前近代思想的曲折与

61　史艳琳、张如意：《日本中国学研究的新视角——当代汉学家沟口雄三的中国学
　　研究——》，载于《河北大学学报（哲学社会科学版）》，2008 年第 5 期。
62　与沟口学术相关的论文主要有：
　　奥崎祐司：〈書評〉「沟口雄三『中国前近代思想の曲折と展開』」，『歴史学研究』
　　504，1982 年。
　　三浦秀一：〈書評〉「沟口雄三著『中国前近代思想の曲折と展開』」，『集刊東洋
　　学』48，1982 年。
　　久保田文次：「近代中国像は歪んでいるか一沟口雄三氏の洋務運動史理解に対
　　して一」，『史潮』新 16，1985 年。
　　杉山文彦：「近代中国像の「歪み」をめぐって一沟口雄三氏の「中国基体論」に
　　ついて一」，『文明研究』6，1988 年。
　　臼井佐知子：「沟口雄三著『方法としての中国』，『史学雑誌』98（9），1989 年。
　　子安宣邦：「思想の言葉：方法として中国」，『思想』783，1989 年。

展开》进行的两则书评。到 1985 年真正意义上的沟口学术研究才出现，久保田文次撰写了《近代中国形象是否歪曲了——对沟口雄三的洋务运动史理解——》一文，但如题所示，其主要围绕的是沟口对洋务运动史的理解，对于沟口的洋务运动阐释，久保田表示：

　　　　（我）是完全无法认同沟口对洋务运动研究的基本看法的，即因为"无视和歪曲事实"、"偏见"而认为洋务运动研究遭到了扭曲。[63]

基于此，久保田认为沟口最大的问题是：

　　　　没能领会先行研究的主旨和成果，不能宽容对待不同观点，而且其标题哗众取宠，文章内容却很空洞。[64]

代田智明：「「溝口方法論」めぐって一続・近代論の構図（上）——」，『野草』46 号，1990 年。

本野英一：「中国の現状を歴史学はどう説明するか一日米の近刊二書を中心に一」，『東方』107，1990 年。

並木瀬寿：「日本に於ける中国近代史の動向」，小島晋治、並木瀬寿編：『近代中国研究案内』，岩波書店，1993 年。

伊東貴之：「「挫折」論の克服と「近代」への問い一戦後日本の中国思想史研究と溝口氏の位置」，『中国哲学研究』5，1993 年。

岸本美緒：「アジアからの諸視覚——「交錯」と「対話」（批判と反省）」，『歴史学研究』676，1995 年。

伊東貴之：「「他者の来歴」、「現象」としての中国——状況論的、文脈的、そして、原理的に一」，『現代思想』29（4），2001 年。

代田智明：〈書評〉「溝口雄三著『中国の衝撃』」，『中国研究月報』59（3），2005年。

西野可奈：〈書評〉「溝口雄三『中国の衝撃』」，『北東アジア研究』8，2005 年。

穐山新：「中国を作る作法と「近代」」，『社会学ジャーナル』32，2007 年。

伊東貴之：「解説——伝統中国の復権、そして中国的近代を尋ねて」，『中国思想のエッセンスⅡ　東西往来』，岩波書店，2001 年。

子安宣邦：「現代中国の歴史的な弁証論　溝口雄三『方法としての中国』『中国の衝撃』を読む」，『現代思想』40（14），2012 年。

63　久保田文次：「近代中国像は歪んでいるか一溝口雄三氏の洋務運動史理解に対して一」，『史潮』新 16，1985 年。原文：洋務運動研究が「事実への無視と歪曲」「偏見」によって歪められてきたという、溝口氏の基本的な論旨には、まったく承伏できない。

64　久保田文次：「近代中国像は歪んでいるか一溝口雄三氏の洋務運動史理解に対して一」，『史潮』新 16，1985 年。原文：先行研究の論旨・成果に対する無理解と、異説に対する不寛容、そして、大げさなタイトルの割合に、まことに貧弱な提案である。

对于沟口对洋务运动史研究的结论，在久保田看来：

> 实际上沟口的研究在研究史上，并不能说有多么大的独创性。
> 当然，如前所述，沟口的理解与提议有其可取之处，但抨击一般说
> 法是由于"无视和歪曲事实"而导致了事实的歪曲，可以算是非常
> 陈旧的结论了吧。[65]

实际上，对于打破既有框架的旧的中国研究来说，沟口中国学确实不具备独创性，甚至可以将其看作是日本战后响应时代要求的研究共同产物中的一个组成部分。但纵观沟口的中国研究，他从中国思想史的视角进入历史，并提出"作为方法的中国"这一为"日本中国研究共同体"发出声音的命题是值得肯定的。尤其对于后者，在战后日本"二度西化"的风潮中，重视"东亚"知识共同体，批评西方中心主义立场的日本学者，继而将"中国"打造为话语，恐怕沟口是竹内之后的第一人。

但在 1985 年，也就是久保田撰写上文之时，沟口的"作为方法的中国"方法论还没有成型，至少还没有受到日本学界注目的迹象，因此久保田在文章最后再一次质疑沟口：

> 沟口将这些"分类法"无视之后，把握近代史的"历史人物"
> 的"别的基准"应该去哪里寻求呢？[66]

尽管《作为方法的中国》在 1989 年才由东京大学出版会出版，但其中的方法论，即沟口所提倡的"中国基体论"已于前一年被东洋史学者杉山文彦关注并作了相关介绍。杉山文彦从《近代中国像歪曲了么》(『近代中国像は歪んでいないか』) 与《再次围绕〈近代中国像〉》(『ふたたび〈近代中国像〉をめぐって』) 两篇文章对沟口的方法论进行了探讨。在杉山看来沟口的"中国基体论"倡导：

---

65 久保田文次：「近代中国像は歪んでいるか—沟口雄三氏の洋務運動史理解に対して—」，『史潮』新 16，1985 年。原文：実は沟口氏の結論は、研究史上、それほど独創的とはいえないのである。もちろん沟口氏の理解や提言にとるべき所もあることは、すでに述べたとおりであるが、通説は「事実への無視・歪曲」にもとづく「ゆがみ」の所産であると騒ぎたてたにしては、あまりにも陳腐な結論ではあるまいか。

66 久保田文次：「近代中国像は歪んでいるか—沟口雄三氏の洋務運動史理解に対して—」，『史潮』新 16，1985 年。原文：いったい沟口氏はこれらの「分類法」を無視して、近代史の「歴史人物」を把握する「別の基準」をどこに求めようとするのだろうか。

各文明是独立存在的，在这之间并不存在所谓先进—落后的关
系，基于此，它是对用欧洲尺度看待近代中国史的全面否定。[67]

杉山认为上述方法论"让人看见了昔日亚洲主义一类的东西"[68]。沟口的
思想里流淌了"亚洲主义"一类的水脉也是笔者赞同的，但这仅仅是一个层
面，毋宁说，思想的复杂性与交融性以及潜藏其后的对战后日本的知识环境
变迁的整体把握才是沟口研究的价值所在。

此外，对于"中国基体论"的纯粹性问题，杉山提出了如下质疑：

众所周知，近代史是相对独自发展的各文明圈在西欧文明的冲
击下被合为一体，异文明之间真正意义上的斗争与交融开始的时
代，应该将它展望为是一个各自文明所具有的价值标准相互重叠，
创造出新的衡量标准的过程。沟口在别文中所提倡的"中国方法，
世界目的"即是在上述展望的前提下成立的。[69]

换言之，在杉山看来，沟口的"中国基体论"依旧没有脱离西欧话语体
系的大框架，仍旧受限于西欧"近代"，甚至作为沟口论述的前提条件，早已
进入了沟口的话语框架。

最后，对于"中国基体论"自身，在杉山看来，它就像中国固有的"公
理"、"大同"与"万物一体之仁"等概念一样，具有无限的可阐释性，亦即其
内涵的空洞化，以及其作为方法论的无效性。

进入上世纪90年代，代田智明发表了《围绕"沟口方法论"——续·近

---

67 杉山文彦：「近代中国像の「歪み」をめぐって―沟口雄三氏の「中国基体論」に
ついて―」，『文明研究』6，1988年。原文：各文明はそれぞれ独自のものであ
って、その間に先進後進の関係は成り立たないとして、ヨーロッパの物差を軸
として近代中国史を見ることを全面的に否定し……

68 杉山文彦：「近代中国像の「歪み」をめぐって―沟口雄三氏の「中国基体論」に
ついて―」，『文明研究』6，1988年。原文：何やらかつてのアジア主義のよう
なものが見えてきて……

69 杉山文彦：「近代中国像の「歪み」をめぐって―沟口雄三氏の「中国基体論」に
ついて―」，『文明研究』6，1988年。原文：周知のごとく、近代史とはそれま
で相対的に独自の発展を続けてきた各面明圏が、西ヨーロッパ文明の衝撃によ
って一つに結ばれ、異文明間の本格的闘争と融合が始まった時代であり、それ
はそれぞれの文明の持つ価値の物差しが互いに重ね合わされて、新しい物差し
を作り出してゆく過程として展望すべきである。沟口氏が別の文で提唱してい
る「中国を方法として世界を目的とする中国学」も、このような展望を前提と
してはじめて成り立つ。

代论的构图——》(『「溝口方法論」をめぐって一統・近代論の構図——』)一文,对沟口方法论在重审"西洋"与"东亚"关系层面的相对化作用以及沟口对明代已降思想史论研究所带来的启示进行了肯定。但此外,代田认同本野英一[70]的看法,即对于前近代到近代历史连续的研究与例证,美国学者柯文的著作《在中国发现历史——中国中心观在美国的兴起》(原著出版于 1984年,题目为 *Discovering History in China*)已做了相关研究,认为沟口的著作《作为方法的中国》与美国的类似研究比起来,只是"迟到的证文"[71]而已,但代田并未否认各自著作的历史价值,相反的,在代田看来,两者的著作在各自独特的历史脉络当中都具有积极的意义。

值得注意的是,针对沟口的另一部,也是其生前最后一部著作《中国的冲击》(『中国の衝撃』),代田智明在 2005 年写了书评,在代田看来与早期的《作为方法的中国》相比,"让人感觉到本书的语感变的相当柔和。"[72]认为沟口是"在承认西洋近代作用的基础之上,保留了自己的主旨"[73]。

对于中国近代化的内发过程,代田将沟口的论点总结为两方面,其一是"民间空间"的扩大,其二是现代中国对统治理念的继承。相对于 1989 年出版的《作为方法的中国》沟口对西方近代史观抽象得批判,代田认为"本书让人感觉较《作为方法的中国》更进了一步,它欲描绘出与西方迥异的'另一个近代'的宏图。"[74]另外,代田对沟口表示了如下的敬意:"以 300 年的长时间段为对象,挑战用新的方式去不断摸索并构筑历史这一宏伟的目的。在这期间一定伴随了巨大的困难。近年来以类似宏观课题作为志向的研究者已

---

70 本野英一:「中国の現状を歴史学はどう説明するか一日米の近刊二書を中心に一」,『東方』107, 1990 年。

71 代田智明:「「溝口方法論」めぐって一統・近代論の構図(上)——」,『野草』46 号,1990 年。原文:アメリカのある研究と比較して、氏の書物が「出し遅れの証文」にすぎないものだとする。

72 代田智明:〈書評〉「溝口雄三著 『中国の衝撃』」,『中国研究月報』59 (3), 2005年。原文:本書ではかなり柔軟な物言いになっているかんじはするのだ。

73 代田智明:〈書評〉「溝口雄三著 『中国の衝撃』」,『中国研究月報』59 (3), 2005年。原文:西洋近代に一定の重要な役割を認めたうえで、趣旨を温存するという論法であろうか。

74 代田智明:〈書評〉「溝口雄三著 『中国の衝撃』」,『中国研究月報』59 (3), 2005年。原文:本書では、そこから一歩踏み出して、西洋とは異なる「もう一つの近代」を具体的に描こうとする壮図が感じられる。

经很难见到了。"[75]

　　此外，1993 年正值沟口雄三从东大退官之际，伊东贵之撰写了《克服"挫折"论与对"近代"的疑问——战后日本的中国思想史研究与沟口雄三的位置》(「「挫折」論の克服と「近代」への問い—戦後日本の中国思想史研究と溝口雄三氏の位置」) 一文，较为全面地展现了沟口学问的状况，在伊东看来:

　　　　沟口作为现在日本中国思想史研究的代表性学者，不论是对其业绩持肯定态度的，抑或是批判态度的都应该能够承认以下这一事实: 即他为战后日本的中国思想史研究打开了划时代的新局面。他的学问，概括起来说就是: 脱离了 (日本) 固有的中国哲学研究套路，在方法论上沟口将东洋史学，特别是社会经济史学领域的诸多研究成果纳入自己的研究体系，关注包含政治、经济等诸领域的思想流变，并注意将其与日本思想史、西欧政治社会思想史在构造上的相异性进行互相比较从而探究中国思想的构造性特征。此外，(沟口的研究) 主要以中国前近代为中心，对这一时期一连串具有连续性的思想史轨迹及内涵进行研究也是沟口的治学本领。[76]

　　具体的，伊东从战后日本中国思想史研究的整体框架、沟口对战后岛田虔次等学者中国"挫折"论的克服以及沟口在近代主义与亚洲主义层面的表现等三方面对沟口的学术作了相对客观全面地概括。

75　代田智明:〈書評〉「沟口雄三著　『中国の衝撃』」,『中国研究月報』59 (3), 2005年。原文: 300 年という長いスパンを対象にして、新たなパラダイムを模索しつつ歴史的織物を紡ぐという壮大な目的に挑戦している。そこに多大な困難がつきまとうに違いないと思うからだ。近年こうしたマクロなテーマを志す研究者は、なかなか見なくなってしまった。

76　伊東貴之:「「挫折」論の克服と「近代」への問い—戦後日本の中国思想史研究と溝口氏の位置」,『中国哲学研究』5, 1993 年。原文: 氏が、現在の日本を代表する中国思想史研究者として、戦後の中国思想史研究に画期的な新生面を切り拓かれたことは、氏の業績を肯定するにせよ、批評するにせよ、中国研究者の等しく諾い得る事実であろう。その学問の本領は、一言でこれを纏まるなら、従来の中国哲学研究の旧套を脱し、東洋史学、ことには社会経済史学の分野での達成を大幅に取り入れ、日本思想史や西欧の政治思想史との構造的な異質性の比較をも念頭に置きつつ、中国の前近代 (近世) を主たるフィールドとして、この時期に一貫する思想史の大きな道筋とその内実とを掴み出したことにあると言えよう。

　　总的来说，日本方面对沟口学术的评价褒贬参半，批评主要集中于沟口"中国基体"方法论所衍生出来的诸问题，以及有关其意识形态层面的倾向问题。但沟口对战后日本中国思想史研究乃至整个日本中国研究的贡献是有目共睹的，也受到了一致的评价。

第一章　何谓"作为方法的中国"？

第一节　对日本中国研究的批判性总结

　　基于笼罩了近两个世纪的"世界"史法则及其各自衍生形态，沟口用"作为方法的中国"这一在一定程度上可被看作是对冈仓天心（1863-1913）"东洋"[1]理想的延续，对竹内好（1908-1977）上世纪 60 年代提出的"作为方法

1　笔者认为，近代以来，日本对"东洋"、"亚洲"、"东亚"等概念有着一定程度的用法区分，但混用的情况亦非常之多、概括来说，"东洋"更多偏向于文化层面，"亚洲"则多用于地理意义上的区分，作为文明符号的载体，"东洋"与"亚洲"都曾被大量使用，但"东洋"概念在战后逐渐被"亚洲"、"东亚"所取代。"东亚"的提法则相对上述两者出现的更晚一些，多用于经济、政治层面。笔者认为，小野清一郎的理解可以作为常识性的概念区分理解，在小野看来，"最初，'东洋'是指什么？它从根本上说是一个文化观念，是一个被限定在文化史·文化地理层面的概念。'亚洲'则基本上是指代一个自然的、地理的大陆概念。另外，说到'极东'、'东亚'则带有政治·经济的含义。当然，'亚洲的'这样的用法有时也会带有文化意义，'东亚'也不仅局限于政治·经济的称呼，有时应当被作为理想，包含包括政治·文化在内的一种统合文化的新次序。在上述场合'东亚'概念也是'东洋'概念在经济·政治方面的表现吧。"
原文：そもそも「東洋」とは何であるか。それは根本的には文化的観念であり、文化史的·文化地理的限定せらるべき概念である。「アジア」といふとき、それは自然地理的な大陸として考へられよう。また「極東」とか「東亜」といふとき、それは政治的·経済的な意義をもつやうである。もちろん「アジア的」といふ語が或る文化的意義をもつ場合もあるし、「東亜」といふも、政治的·経済的な呼称たるに止まらず、政治·経済を含んでそれを越ゆる全文化的な新秩序をもつに至ることが理想とされるのでなければならない。この場合にはそれは

的亚洲"命题思想的再实践过程的话语体系来进行回应。当然，他们各自抱有的目的意识与理想宏图不尽相同。

在笔者看来，"作为方法的中国"是建立在批判性总结日本各时期中国研究基础之上的，可以说它是沟口对包括近代以前日本传统汉学式中国研究在内的，尤其是近代"亚洲"观念成立以后的日本中国认识论、中国学方法论的一次全阶段性总结与反思，同时这一命题内含了对现代中国责任的希冀及对旧世界（以"亚洲停滞论"、"世界史普遍法则"、"历史哲学"等为典型的西方话语系统）范围内价值体系、观念构造的批判。至于后者，可以说沟口在一定程度上继承了日本"近代超克论"式的知识传统，但依笔者来看，沟口式的"超近代论"[2]不包括前者所内含的政治意图及帝国日本时期盛行的膨胀主义色彩。

要而言之，沟口批判的对象包括了前近代、具体来说是江户时期的儒学、汉学等缺乏"异别意识"[3]的所谓"过于贴近自我"[4]的中国研究[5]，以及伴随

「東洋」概念の差し当たりの政治・経済的表現であるとも考へられる。

本论文尊重各自时代的基本用法，比如对冈仓天心所使用的"东洋"、竹内好的"亚洲"等提法不予以修改统一，但在笔者自行论述时，将偏向文化色彩的"东洋"、偏地理含义的"亚洲"一概称为"亚洲"，"东亚"由于在地理位置上与"亚洲"并不相同，因此仍使用"东亚"。

2 使用"超近代论"而非"近代超克论"这一敏感词汇是为了避免使用"近代超克论"让人联想起的有关战争协助的一部分日本近代知识分子（尤其是京都学派以高山岩男、高板正显为代表的"世界史的哲学"）的负面印象。

3 "异别意识"的提法来源于沟口雄三：『方法としての中国』，東京大学出版会，1989 年。在谈及法国支那学、日本汉学和中国哲学的差异时，沟口多次提及日本汉学所欠缺的"异别意识"，如：当时的日本还没有确立足以把中国作为"异"世界来相对化的自己的世界……对日本汉学来说，中国可以说是自己内部的"世界"。此外，沟口在评述津田中国学时曾多次表示赞同其具有"异别化"意识的研究姿态，例如，沟口说道："津田对于根源的关心应该是来自于他的异别意识。也就是说，他把支那思想、文化看作是支那的思想、文化而试图把日本的思想、文化与其区分开来……"。

4 沟口雄三：『方法としての中国』，東京大学出版会，2014 年第 5 刷，第 162 页。原文：即自的。

5 即把中国当作文本上的东西来研究。更具体的可以说是伊藤仁斋（1627-1705 年）、荻生徂徕（1666-1728 年）等日本儒者的儒学研究以及部分继承了中国经学、考据学研究传统的京都学派学者的研究。但子安宣邦在《现代中国的历史辩证法》（『现代中国の歴史的な弁証論——沟口雄三『方法としての中国』『中国の衝撃』を読む』，『现代思想』，青土社，2012 年 11 月临时增刊号）一文中认为沟口对江户儒学是存在偏见的，此处不做详述。具体可参见：子安宣邦：『方法としての江戸』，ぺりかん社，2000 年 5 月。

着帝国日本学知体系成立而成立的带有日本式"东方学"性质的东洋学、支那学，和日本战后因为中华人民共和国的成立（包含革命阶段在内）而受到感染，继而对社会主义新中国充满期许，甚至转为崇拜的以竹内为首的左派知识分子的中国研究，当然毫无疑问，后者的影响作为沟口走上中国研究道路的契机之一，已经不自觉地渗透到了沟口的学术体系当中。[6]就特质而言，沟口的批判对象可以概括为：缺乏"异别意识"的日本传统汉学；为蔑视、君临中国服务的东洋、支那学以及内含期待憧憬的理念型中国研究。

　　在沟口的思想体系内，将中国作为方法的目的[7]是世界，目的意识的背后隐藏的则是沟口对现世的关怀以及创造新式普遍法则的远大理想与宏伟抱负——即对超越民族、国家的关乎全人类的共通法则在反思与重审基础之上的再寻求以及对既存诸原理在实践层面的再摸索与再创造。[8]

　　沟口式普遍法则的理想寄托于对某种多元文明观的实践要求。多元文明构想建立的基础则是前述对日本各阶段中国学的批判性总结，它隶属于沟口中国认识论、中国学方法论，但同时又不局限于中国。换言之，沟口倡导以世界为目的的多元文明史观——从中国"基体论"——即以产生出"现代中国"的"纵"的谱系性历史构造为基轴出发，通过十字交叉式视角[9]来相对化

6　正如沟口谈论世界的多元化是从什么时候开始作为一种真实的感受而为人们所共有时论及自己时所言："对于就我个人而言，多元化从'文化大革命'以后和中国保持距离的时候开始。"（详见：沟口雄三：『方法としての中国』，東京大学出版会，2014 年第 5 刷，第 138 页）换言之，在这一时期之前的沟口由于受竹内等战后左派中国研究的影响，并没有，也没能与中国保持一定的距离感。类似"亚洲情感"的知识心情是贯穿沟口一生的，早期更甚，比如当沟口谈及自己 60 年代初期去中国时候的心情时说道："坐在列车上的我，看到中国制造的火车在中国人自己的管理下行驶在中国大地上，心里为之激动。"（参考：沟口雄三：『中国の衝撃』，東京大学出版会，2004 年初刷，第 261 页。）

7　即便沟口意识到"从理念上来说，学问应该自立于所有的目的意识"（参见：沟口雄三：『方法としての中国』，東京大学出版会，2014 年第 5 刷，第 136 页），但这未必适用于沟口所处年代的知识处境，在一个亚洲仍旧处于相对被动的大坏境里，目的阐释不失为直接呈现自我思想状况并规避误解的常规手段。

8　在笔者看来，与沟口思想趋于一致并对上述原理再摸索与再创造的典型代表之一是谷川道雄的"共同体"论。详见：谷川道雄：『中国中世社会と共同体』，国书刊行会，1976 年；谷川道雄：『中国中世の探求——歴史と人間』，日本エディタースクール出版社，1987 年 9 月第 1 刷、1990 年 5 月第 2 刷。

9　即是将类似于以鸦片战争作为中国近代开端的近代史观（横断面）与从 16／17 世纪起考察中国近代的视角（纵断面）相互结合，即沟口所言的："将两个视角交叉成一个十字"的研究视角。

"中国","方法"化"世界"。

　　沟口在谈及理想的中国学时曾指出："真正自由的中国学无论采取什么形式，都不会把目的设定在中国或者自己的内部，也就是说，真正自由的中国学的目的不应该被消解于中国或者自己的内部，而应该超越中国。"[10]显然，沟口无法满足于仅仅以中国为目的，或者以认识中国为目的的中国研究，在沟口看来：

　　　　如果中国学仅仅是为了了解中国……其结果要么变形为以了解中国各方面的知识为目的、或以埋头于中国本身为目的的另一种追随中国的中国学，要么就是自始至终停留在个人目的的消费上的另一种没有中国的中国学，而这两者都不能算是真正自由的中国学。[11]

　　因此，毋宁说以克服上述把"目的"消解于中国内部或者日本内部的中国研究为前提，将客观对象化的"中国"作为"目的"志向的典型，亦即从上述"基体论"视角出发，继而再通过相对化的对象"中国"，来寻求属于新一轮世界文明的原理才是沟口所提供的理想型中国研究所应具备的特质与使命。

第二节　"虚""实"之间——沟口的多元主义理想

　　　　真正自由的中国学的目的不应该被消解于中国或者自己的内部，而应该超越中国。[12]

10　沟口雄三：『方法としての中国』，東京大学出版会，2014年第5刷，第136页。原文：真に自由な中国学は、いかなる様態であれ、目的を中国や自己の内に置かない、つまり目的が中国や自己の内に解消されない、逆に目的が中国を超えた中国学であるべきであろう。

11　沟口雄三：『方法としての中国』，東京大学出版会，2014年第5刷，第136页。原文：ただ知るだけということは、結果的に、中国のあれこれを知ることだけを目的とした、あるいは中国への没入が自己目的化した、そのかぎりでもう一つの中国密着の中国学であるか、さもなければ自己の個人的目的の消費に終始するというかぎりで、もう一つの中国なき中国学であり、真に自由な中国学とは言いがたい。

12　沟口雄三：『方法としての中国』，東京大学出版会，2014年第5刷，第136页。原文：真に自由な中国学は、いかなる様態であれ、目的を中国や自己の内に置かない、つまり目的が中国や自己の内に解消されない、逆に目的が中国を超えた中国学であるべきであろう。

以中国为方法的世界，就是把中国作为构成要素之一，把欧洲也作为构成要素之一的多元的世界。[13]

把中国作为方法，就是要迈向原理的创造——同时也是世界本身的创造。[14]

上述层层推进的论述展现了沟口以"作为方法的中国"为理念构想的世界所应有的存在样态与理想形式。

但事实上，沟口提出"作为方法的中国"这一理念，其主要目的是反思、批判日本固有的中国学研究立场与方法。沟口的最终关切也是在日本，更准确地说是沟口本人所在的日本中国研究界。当然，作为日本的中国学研究者，这无可非议。

沟口在《作为方法的中国》一文中解释说："以中国为方法，就是以世界为目的。"[15]孙歌曾说："沟口世界史的视野，就是'以中国为方法，以世界为目的'，这是《作为方法的中国》最核心的命题。"[16]沟口在阐释这一理念时曾说：

我们中国学以中国为方法，就是要用这种连同日本一起相对化的眼光来看待中国，并通过中国进一步充实我们对其他世界的多元性的认识。而以世界为目的就是要在被相对化了的多元性原理之上，创造出更高层次的世界图景。[17]

当沟口揭示其世界史视野的核心命题"以中国为方法，以世界为目的"

13　沟口雄三：『方法としての中国』，東京大学出版会，2014 年第 5 刷，第 137-138
　　页。原文：中国を方法とする世界とは、中国を構成要素の一つとする、いいか
　　えればヨーロッパをもその構成要素の一つとした多元的な世界である。

14　沟口雄三：『方法としての中国』，東京大学出版会，2014 年第 5 刷，第 140 页。
　　原文：中国を方法とするということは、世界の創造それ自体でもあるところの
　　原理の創造に向かうということなのである。

15　沟口雄三：『方法としての中国』，東京大学出版会，2014 年第 5 刷，第 137 页。
　　原文：中国を方法とするということは、世界を目的とするということである。

16　沟口雄三著，孙军悦译：《作为方法的中国》〈附录〉，生活·读书·新知三联书店，
　　2011 年 7 月，第 304 页。

17　沟口雄三：『方法としての中国』，東京大学出版会，2014 年第 5 刷，第 139 页。
　　原文：われわれの中国学が中国を方法とするというのは、このように日本をも
　　相対化する眼によって中国を相対化し、その中国によって他の世界へ多元的認
　　識を充実させるということである。また世界を目的とするというのは、相対化
　　された多元的な原理の上にもう一層、高次の世界像といったものを創出しよう
　　ということである。

时，惯用"通过中国进一步充实我们对其他世界的多元性认识"一类的表述方式。即呼吁以"多元主义"的视角来看待世界。沟口甚至将其上升到原理层面。这或许容易让人联想到"国际主义"[18]、"地球市民"[19]等构想，甚至是章太炎（1869-1936）式的"齐物"[20]思想、"地籁"[21]与"天籁"[22]式的境界。当然，沟口或许抱有愿景。

但需要指明的是，沟口提出"多元主义"的目的是明确的。沟口欲通过这一理念的"多元"来批判各种过往日本中国学界"没有中国的中国学"研究。

换言之，可以说，之与沟口，"多元主义"提出的主要目的在于"批判"。沟口的"多元化"是对譬如根植于日本的欧洲普遍价值所提出的"多元化"，是反思日本传统汉学、日本"东方学"以及将自我历史进程普遍化的"多元化"。同时，这也是沟口中国学的一贯要求。

正如沟口在阐明自己的核心命题之后紧接着就举出了"'世界'史的普遍法则"[23]，沟口批判说道："这样的'世界'归根结底就是欧洲，所以中国革命在'世界'史上的独特性结果被回收进了马克思型的'世界'里。"

---

18 这里的"国际主义"主要指在名族国家框架内，寻求各自发展的合适法则，共同创造和谐的地球生态政治坏境。在笔者看来，这样的"国际主义"的主要对立面即是以近代"资本主义"体系为中心的"帝国"霸权主义。

19 "地球市民"是羽田正提出的关于构建新一轮"世界史"的必要条件，它是基于自我地球归属感的一种全球市民意识，以及在此意识之上构建的历史叙述。有关"地球市民"的构想详见：羽田正：『新しい世界史へ—地球市民のための構想』，岩波書店，2015 年 3 月

20 章太炎的"齐物"思想所表现的世界观是在所有的个体之间的绝对平等关系之上成立的多样化世界图景。在这里，"绝对平等"并非仅指否定人类社会内部等级区别的自然权利的平等，毋宁说是世界中的每一个个体各自安于自足范围内而互不干涉的多元存在论。如章太炎所说："俗有都野，野者自安其陋，都得意于娴，两不相伤，乃为平等。"章太炎主张不应该以"文野之见"把强者对弱者的支配或者改造正当化。以上论述摘自：石井刚：《齐物的哲学：章太炎与中国现代思想的东亚经验》，华东师范大学出版社，2016 年 10 月。笔者基本认同上述观点，故引之。

21 "地籁"即"世界名言各异，乃至家鸡野鹊，各有特殊音，自抒其意。"引自《齐物论释》《章太炎全集》（六），上海人民出版社，1986 年。

22 "天籁"即章太炎所阐释的"原型观念"，是他借助了康德的范畴轮而使用的概念术语。

23 沟口雄三：『方法としての中国』，東京大学出版会，2014 年第 5 刷，第 137 页。原文：「世界」史的普遍法则

[24]继而强调"以中国为方法的世界必须与此不同。"[25]在展现理念的过程中，沟口呼吁了"多元的世界"图景。即"以中国为方法的世界，就是把中国作为构成要素之一，把欧洲也作为构成要素之一的多元的世界。"[26]

需要注意的是，作为与"批判"对应出现的"多元的世界"图景并没有在沟口的实际构建过程中发挥多大的作用。的确，"文化相对主义在现实的知识图景中呈现是相当困难的。"[27]，但另一方面，对沟口来说，在建构层面的欲求也并没有那般旺盛。

换言之，"多元"在沟口中国学中最终呈现出来的并不是当今人们印象中的以国家、民族为单位，或是亚洲内部的多元图景。而是一种以"亚洲"为空间单位构造话语共同体、历史视角的，反昔日"世界"语境中的"多元"。沟口也试图用实际行动推动这一共同体的发展（譬如"日中·知识共同体"研讨会）。需要补充的是，沟口的"亚洲"实际上往往就是"东亚"。

究其原因，这里面有日本传统"东洋学"惯于使用"亚洲"空间的影响。同时，这也体现了沟口在一个中国学逐渐被边缘化的日本学界所产生的现实焦虑。当"中国"在思想界日渐式微，义无反顾的"多元主义"，只会让日本的中国研究成为更无足轻重的冷门末枝。可是，沟口比谁都清晰地认识到：

> 日本在亚洲，不能永远追随欧美，要从欧美巨大的阴影下挣脱，建立一个对应于欧美的自我，因此，要看到自己在亚洲，亚洲问题才和日本息息相关，因此要提倡"亚洲出发思想"[28]

所以，在现实的语境中建构"亚洲"论述便显得极为重要。

但如前述，沟口为了批判传统汉学，他又不得不将中国他者化。另外，

---

24 沟口雄三：『方法としての中国』，東京大学出版会，2014 年第 5 刷，第 137 页。原文：このような「世界」はつまるところヨーロッパであり、だから中国革命の「世界」史的独自性も、結局マルクス型の「世界」に取りこまれることにしかならなかった。

25 沟口雄三：『方法としての中国』，東京大学出版会，2014 年第 5 刷，第 137 页。原文：中国を方法とする世界はそのような世界であってはならないだろう。

26 沟口雄三：『方法としての中国』，東京大学出版会，2014 年第 5 刷，第 137-138 页。原文：中国を方法とする世界とは、中国を構成要素の一つとする、いいかえればヨーロッパをもその構成要素の一つとした多元的な世界である。

27 沟口雄三著，孙军悦译：《作为方法的中国》〈附录〉，生活·读书·新知三联书店，2011 年 7 月，第 304 页。

28 葛兆光：《思想史研究课题讲录续编》，生活·读书·新知三联书店，2012 年 12 月，第 138 页。

为了反省膨胀的日本民族主义，他又必须将日本相对化。加上对日本欧洲中心主义观的警惕。沟口呼吁以多元主义的立场来看世界便在情理之中。

并且，沟口深知，提出"多元的世界"不仅仅是在概念层面杜绝所谓"世界"史普遍法则式"胜者历史"绝对化的有效诉求手段，同时它也是世界话语之潮流。另外，杜绝"胜者历史"仅仅依靠"批判"显然是不够的，还必须带有所谓的"憧憬"。因此，"多元世界"的话语开始出现。

可以说，沟口阐释观念、立场与方法通常即是通过"批判——建构"的方式进行的。并且，在笔者看来，沟口的"批判"之功远胜于"建构"。并且，为"批判"服务的"构建"与真实的"建构"之间虽然有其同一性，但也存在相当互相龃龉的部分。在笔者看来，沟口使用"多元"的含义基本上被限定在用来反日本传统汉学的"中国"叙述，反日本"欧洲中心"历史观、试图将以"欧洲"为中心的西方他者化等的一系列实践活动范围内。换言之，脱离了"批判"的"多元"将逐渐失去其意义。

正如沟口在谈到民主、自由时所言：

> 譬如民主，自由等一切具有普遍性的东西，是需要通过各国的独自性来实现的个别各样的普遍性，在这层意义上来说，一般近代名义上的普遍性应该是个别的（而非普遍的存在）。[29]

或许上述话语可以解释为，所谓"个别"并非是脱离整体的孤立性存在，它具备了建立在原理主义基础之上的辩证同一性，是一个在整体结构性框架内、表现形式多样化世界观体系内的"个别"。但需要注意的是，强调"个别"并非沟口的主要目的，这一"个别"是为了瓦解过往"近代"之名下的种种普遍而出现的"个别"。所以沟口才会强调："在这层意义上来说，一般近代之名下的普遍性应该是个别的（而非普遍的存在）。"换言之，"个别"用于瓦解类似于"世界"史普遍法则式的"普遍"。它主要是以对以往"世界"的"批判"为目的的。

另外，比如关于"近代"，在沟口看来，"一提到近代，俨然存在一个为人默认而又牢固的前提，即它是资本主义的时代，是率先实现资本主义的欧

---

29 沟口雄三：「中国思想史における近代・前近代・近世」，「中国哲学研究」第五号，1993 年 3 月。原文：民主とか自由とかそのいわゆる普遍性は、各国の独自性を通し、個別各様に実現されるものであり、その意味で、一般に近代という名の普遍性は個別的であるというべきである。

洲向世界扩张的时代"[30]。可以看出，惯用的"近代"叙述显然违背了沟口理念世界的应存状态，即便沟口理念的世界未必是真正意义上的"多元的世界"。所以，晚年的沟口尽量在避免使用"中国的近代"一类的说法，因为按照沟口的解释：

> 现在一般所谓的"近代"，是以文艺复兴、宗教革命、市民革命和产业革命这四点为内容的欧洲的概念，所以如果剔除这四点而谈论"中国的近代"的话，那它就很自然地被视为近代的疑似形态或者特殊形态，其结果是中国的近代便会用以指称被欧洲的近代包含并渗透了的特殊而疑似的部分了。

> ……一种诡辩或误解便流行了——资本主义的全球化被直接认为就是这四项内容的世界史意义的普遍性。也就是说，资本主义等于这四点组合，以至于在这一等号公式之外，再去想象其他类型的近代被认为是不现实的了。[31]

这就意味着，不打破这一固有类型的"近代"及其框架，"另一种近代"便无从谈起。所以对沟口来说，"近代"的内容在世界范围内被所谓的"胜者"按照有利于他们的逻辑诠释并规定，以及日本对上述体系逻辑的知识再生产是其架构自身体系前所首先需要面对与克服的。

因此，沟口描摹多元世界图景的本意即在于批判日本"没有中国的中国学"，以及伴随了名族国家兴起，资本主义体系全球化整合的，具备可再生产性的诸多霸权要素（包括日本的西方体系再构建）。更准确的说是日本的传统汉学研究，基于日本的广义上的"近代主义"（包含日本"东方学"的建构）以及"迎合""近代主义"的种种倾向，而非其他。

---

30 沟口雄三：『中国の衝撃』，東京大学出版会，2004 年，第 245 頁。原文：近代とは資本主義の時代であり、その資本主義を先駆けたヨーロッパの世界進出の時代である、とする暗黙の、しかし牢固とした前提がそこには厳然とある。

31 沟口雄三：『中国の衝撃』，東京大学出版会，2004 年，第 245-246 頁。原文：現状では一般に「近代」といえば、ルネサンス、宗教革命、市民革命、産業革命の四項を内容としたヨーロッパの概念であるから、もしその四項抜きで「中国の近代」といえば、それは自動的に近代の擬似体あるいは特殊体とされ、結局、中国における近代はヨーロッパ近代に包摂され浸透された特殊・擬体部分を指すことになってしまうからである。……資本主義のグローバル性が直ちに四項の世界史的な普遍性とされるという一種の詭弁あるいは勘違いが流通することになった。つまり資本主義イコール四項セットという等号公式の外に別の近代を想定することは非現実的とされるに至ったのである。

第三节　作为"反"的标准"近代"

那么，作为"反"沟口中国学宗旨的根源之一，昔日通过"世界史"[32]的普遍法则（"近代主义"）——"近代"的标准来整齐划一地衡量世界的一整套欧洲"历史哲学"式话语体系便理所当然地成为了沟口批判的靶心。

甚至可以说，对作为沟口学术研究问题意识原点的"近代"（"现代性"）问题的探究是贯穿了沟口研究生涯的主线。正如沟口在《中国的冲击》（『中国の衝撃』）一书的《后记》部分所言：

> 我从开始从事中国思想史研究的时候起，就思索着一个问题：所谓近代，就中国而言，它意味着什么？从那时以来，直至今日，我一直探究着这个课题。不过，虽说一直从事有关近代问题的研究，但我的专业并非所谓的中国近代思想史。由于我并未仅仅把鸦片战争后的中国作为研究对象，而是把唐、宋，经明、清至近现代的中国放在视野之中，所以，既成的'近代框架'是容不下我的研究的。又由于我试图打破近代框架去考察近代，所以。我一直痛感缺少一部有关中国近代化过程的长篇历史"故事"。我甚至感到在二十一世纪的今天，重新塑造既成的"中国近代"的历史形象是多么刻不容缓：因为这一历史形象在欧洲中心主义的历史造型的影响下，构成了偏见和歧视的根源。[33]

---

32 即指地球上诸民族以及国家相互发生关联的史的展开，它伴随着 16、17 世纪欧洲的殖民扩张，在笔者看来，它的完成时期是以 19 世纪欧洲列强进入帝国主义形态之时。伴随着上述历史展开的话语体系之典型首推黑格尔的《历史哲学》。延伸到史学研究领域，它的表现形式为"亚洲社会停滞论"、"东方学"、"世界史的基本法则论"等一系列话语构成。

33 沟口雄三:『中国の衝撃』，東京大学出版会，2004 年，第 259 页。原文：私は、中国思想史の研究に携わるようになった初発のときから、中国にとって近代とは何かという問題に直面し、以来、その課題を抱えつづけてきて今日に至っている。ただ近代の問題を抱えながら、専門がいわゆる中国近代思想史でhなく、つまりアヘン戦争以後の中国だけを専門として研究対象にするのではなく、唐・宋代から元・明・清代をへて近現代までを視野に入れているため、この私の研究は既成の近代枠の中に入りきれない。近代枠をはみ出したところで近代を考えようとするため、近代について、日頃から中国に歴史の長篇のストーリーが欠如していることを痛感させられる。とくに西欧中心主義的な歴史造型によって偏見や差別の原因となっている既成の「中国近代」の歴史像は、二十一世紀の今日、もはや書き直しに猶予してはいられないとさえ思われる。

反过来说，也正因为作为克服"靶心"并寄托有"超越"知识心境的"作为方法的中国"被作为是一种超越"中国"的、具有世界性意义的视角与立场，它才能够成为沟口执着于将中国打造成话语的持续动力。

正如日本思想史家子安宣邦在《作为方法的江户》（『方法としての江戸』）一书的序言部分谈及沟口与他的"作为方法的中国"时所指出的那样：

"作为方法"的中国是超过自己研究对象与专业领域的中国，它应该意味着作为一种构成自我视角的东西，中国是不可或缺的。

将中国作为方法并不是意味着将中国相对化后的中国再解读，它应该是以中国为视角的，对世界的批判性重审。[34]

因此，基于以上观察研究视角与立场的"世界"才有资格成为沟口理论体系内批判"中国"的方法。"世界"在沟口的理念中也就成为了"作为方法的中国"中"方法"含义层面的"方法"。所以，在沟口看来，"以中国为方法的世界，就是把中国作为构成要素之一，把欧洲也作为构成要素之一的多元的世界。"[35]

众所周知，近代已降的"世界"终归只是西方的独角戏，"欧洲的近代自从作为一种故事而为人们叙述以来，已经有几百年了。如今，它犹如一座辉煌的殿堂耸立着。"[36]亚洲、东亚各国扮演的仅仅是故事的配角，甚至丑角。类似配角、丑角最终都只会成为西方构建的一整套完整话语体系的零碎拼图。正如沟口在谈及中国时所指出的那样："就中国而言，即使你想否定什么，或批判什么，亦是徒然。因为中国本来就不存在那样的殿堂。"[37]我们不被赋予

34 子安宣邦：『方法としての江戸』，ぺりかん社，2000 年 5 月，第 10 页。原文：彼（沟口雄三）にとって「方法として」中国があるということは、己れの研究対象・専門領域として中国があるということを超えて、己れの視座を構成するものとして中国がなければならないということを意味していたはずである。中国を方法としてということは、中国を相対化する形で読み直すことではなく、中国を視座として世界を批評的に読み直すことであったはずである。

35 沟口雄三：『方法としての中国』，東京大学出版会，2014 年第 5 刷，第 137-138 页。原文：中国を方法とする世界とは、中国を構成要素の一つとする、いいかえればヨーロッパをもその構成要素の一つとした多元的な世界である。

36 沟口雄三：『中国の衝撃』，東京大学出版会，2004 年，第 258 页。原文：ヨーロッパの近代がストーリーとして語られはじめてからすでに幾百年、今ではそれは燦然たる殿堂として聳え立っている。

37 沟口雄三：『中国の衝撃』，東京大学出版会，2004 年，第 258 页。原文：中国には、否定しようにも批評しようにも、そもそもその殿堂がない。

言说的权利，甚至被剥夺了塑造自我的正当诉求，与此同时，我们也会在无意识间失去主体的反抗，丧失所谓的主体性。

当然，无可否认的是，欧洲自身也在否认自己所构建的“殿堂”，[38]但那归根结底只是整体欧洲言说体系的一部分，自我肯定与自我否定的前提框架都是欧洲，即命题与反命题都在欧洲内部打转。所以，欧洲的自我否定在沟口看来并不具备纯粹的相对性。

那么，为了彻底地相对化既有的欧洲“殿堂”，沟口就必须设计一座与之相对的“另一个殿堂”——即理念型的中国[39]，并且“另一个殿堂的设计图和素材都必须是它自家的东西。”[40]那么，作为实现上述理想的方法，“深入到中国历史中去”[41]在沟口看来是唯一可行的路径，亦即沟口中国学的实体研究。

沟口的研究理念是对真正意义上相对化“西方”的实践。从反对丧失自我主体性质的被言说、被定位出发，通过多年来对研究对象、专业领域中国的研究与积累，将“中国”打造成话语的同时，保持自身作为主体应有的立场，以“内”中国为基底，探寻异“世界”（辩证性的“异”）法则的普遍性，在对抗“世界史”普遍法则的同时，创造出别样的原理。同时亦可“通过中国这一独特的世界（不论好坏），即透过中国这副眼镜来观察欧洲，批判以往的‘世界’。”[42]显然，在上述层面，沟口将中国也视为独特的世界，而非

---

38 具体可参见原著 *Discovering History in China*，出版于 1984 年。1988 年在日本翻译出版的科恩的著作《知的帝国主义——东方主义与中国像》（平凡社出版）。中文版为：[美]柯文著，林同奇译：《在中国发现历史——中国中心观在美国的兴起》，社会科学文献出版社，2017 年 7 月。

39 在笔者看来，这一理念型中国与现实中国是存在一定程度偏差的。偏差显著化则是在 1978 年改革开放以后，尤其是上世纪 90 年代以后。从“难道在欧洲自己已经否定了那座殿堂具有普遍性价值，正在殿堂本身得以相对化从而远离它的时候，我们还要在中国新建一座落后于时代的殿堂吗？”（参考：沟口雄三：『中国の衝撃』，東京大学出版会，2004 年，第 258 頁）的疑问中，可以隐约察觉到沟口的对现代中国的态度。

40 沟口雄三：『中国の衝撃』，東京大学出版会，2004 年，第 258 頁。原文：もう一つの殿堂は設計図も素材もあくまで自前のものでなければならない。

41 沟口雄三：『中国の衝撃』，東京大学出版会，2004 年，第 259 頁。原文：中国の歴史のなかに深く入ること、それに尽きる。

42 沟口雄三：『方法としての中国』，東京大学出版会，2014 年第 5 刷，第 138 頁。原文：中国というよくも悪くも独自な世界を通じて、いわば中国レンズでヨーロッパを見ることが可能になり、それにより従来の「世界」に対する批評も

带有"世界史"普遍法则意味的世界。

第四节　对"日本主义"的反思

但另外，还应注意到的是，沟口在通过"中国"对上述"世界"史的构成过程、话语论述进行批判消解的同时，还指出了与欧洲中心主义互相交织的另一条话语权力的暗流——本民族（国家）中心主义的危险性。

在文明层面，沟口曾如下批评过日本近代的"脱亚"进程：

　　为什么日本人不能认识到曾经一向自认为所属的整个文明圈都已经实现了欧化，而要固执于"唯有自己从中脱离了出来"的观点呢？一个原因在于日本人拘泥于这样的思考方法：将西欧化即近代化在时间上的先后关系视为在民族性或历史过程等方面的优劣关系。还有一个原因是：那样做，对于满足自己（作为亚洲盟主）的民族认同来说极其便利。[43]

根据上述引文，不难看出，沟口对近代日本的所谓"脱亚"状态持保留意见。在他看来，对于以时间先后次序来对欧化（"文明"）程度进行衡量，进而以此为标准展开的有关民族、国家的"先进—落后"的论断是有失偏颇的。而日本之所以将上述标准普遍化的原因之一即是出于对自我民族膨胀的需求，即"对于满足自己（作为亚洲盟主）的民族认同来说极其便利。"换言之，沟口对以成为"亚洲盟主"为目的、极端的日本民族本位主义是持反省、批评态度的。葛兆光（1950-）曾在评价沟口时说："沟口先生对日本民族主义催生的侵略性的批判，不仅有他的合理性，也表现了他的正义感。"[44]即是在上述层面做出的判断。

对类似上述带有膨胀意味的亚洲主义、日本主义式的法则原理再构建，

きるようになった。

43 沟口雄三：『中国の衝撃』，東京大学出版会，2004 年，第 8 页。原文：なぜ日本人は、自己が属すると見なしてきた文明圏全体が欧化を遂げたという考え方に立たないで、自分だけがそこから離脱した、という考え方に固執するのだろうか。それは、一つには、西欧化＝近代化の時間的前後関係を、民族性や歴史過程などにおける優劣関係と見なす考え方に囚われていたからであり、またもう一つには、そのほうが自分たちの（アジアの盟主という）アイデンティティの自足にとって幸便だったからである。

44 葛兆光：《思想史研究课题讲录续编》，生活·读书·新知三联书店，2012 年 12 月，第 136 页。

沟口始终是保持高度警惕的。[45]沟口在重塑中国学视野时即强调："重要的是，相对化仅仅是相对化，而不是什么所谓的日本主义式的日本再发现、东洋再发现。既然相对化以世界为对象，自己的世界当然也包括在内。"[46]可以看出，"日本主义式的日本再发现、东洋再发现"是沟口中国学所警惕的对象。

在中国学层面，上述民族认同感（带有膨胀色彩的日本民族主义）通过话语体系的搭建，最终表现为对现实中国的极度蔑视，通过这一基于价值判断的"蔑视"催生出了类似"大东亚共荣"等的一系列思想观念。

并且，通过对"普遍"的倚靠以及话语的构建与普及，在普通日本民众的历史意识当中，"脱亚"模式论述已经司空见惯。而它背后潜藏的历史性与目的性却逐渐被今人忘却。因此，沟口的反省批评很有其合理性。在一定程度上来说，这也是沟口本科同窗好友，日后著名日本思想史家子安宣邦（1933-）以"知的考古学"之名义对日本近代思想进行批评的内在动因[47]。

另外，需要明确的是，这一通过日本近代知识体系所构建出的自我认同与西方"世界"史的构建息息相关，甚至可以说是如出一辙。譬如日本"神道"的再发现与再确立即与日本本国意识的觉醒亦与伴随民族国家成立而形成的西欧式话语体系的影响密切相关。子安曾说："作为近代日本的学知，是伴随着近代日本国家形成而自己形成的学问"[48]。而日本明治国家（"近代日本国"）的形成过程可以说是一个积极闯进"世界"并主动与"世界"同化的过程。因此，这一"近代日本的学知"无疑被要求符合西欧民族国家（"普遍"）

---

45 虽然沟口思想深处或多或少潜藏着"亚洲主义"的因子，但与膨胀时期的"大东亚共荣"、"日本国家主义"显然应该区分对待。

46 沟口雄三：『方法としての中国』，東京大学出版会，2000年第5刷，第139页。原文：重要なことだが、それはあくまで相対化であって、いわゆる日本主義的な、日本再発見、東洋再発見ではない。相対化は世界の相対化であるため、当然、自己の世界に及ぶものだからだ。

47 子安明确表示这一受到福柯《知的考古学》影响的学理作业意在对伴随日本国民国家成立的日本近代知识的构成及其起源进行深层次的探究。具体来说，子安例举了柳田民族学这一以"国民"为主题的适应新时期要求的自我认识的学问，以及内藤史学以文献主义的方法来协助"帝国"日本认知他者——中国的学问。详细内容可参见：子安宣邦：『日本近代思想批判』，岩波書店，2003年10月第1刷、2009年1月第3刷。

48 子安宣邦：『日本近代思想批判』，岩波書店，2003年10月第1刷、2009年1月第3刷，第vii页。原文：近代日本の知として、近代国家とともに自己形成してきた学問……

草创时期的知识原理[49]。

以史学为例，1887 年日本东京帝国大学（现东京大学）的文科大学（即现在的文学部）史学专业初创，其采用的学制及教学内容几乎全部以欧洲的史学教育为模板，甚至直接从西欧国家招聘专职讲师。那么，当时日本基于"史学"视野的历史看法与研究方法无疑均来自西欧"世界史"体系，其中又以德国史学家兰克（Leopold von Ranke，1795-1886）的实证主义史学方法为先进普遍"史学"的典范。

必须注意的是，"国民国家形成期的欧洲诸国历史学重视国民国家的架构，在其框架内，主要研究和解释政治史便可看出其意味。"[50]兰克史学便具备上述特征。反过来也可以说，上述特征是兰克史学等一系列近代欧洲知识生产所共同作用的产物。而（东京）帝国大学史学初创期的德国教师丽思（Ludwig Riess，1861-1928）即为兰克的学生。因此，上述在国民国家框架内操作史学的方法便被以主动接受的形式带进了"帝国日本"的知识体系。换言之，"近代日本的学知"具备了相当强烈的日本民族本位主义色彩，带有浓厚的"自我主张"，是为日本统合国民国家建设所服务的知识系统。[51]

---

[49] 最典型的即是在教育层面，譬如 1887 年帝国大学（现东京大学）的文科大学（现文学部）的史学专业初创，其采用的学制以及教学内容全部以欧洲的史学教育为模板，甚至直接从西欧国家招聘专职讲师，其对历史的看法与研究方法无疑均来自西欧"世界史普遍法则"体系，即历史学是探明人类社会进步的学问，在西欧人眼中，历史学的"进步"意义仅仅适用于欧洲。正如德国史学家兰克（Leopold von Ranke，1795-1886 年）的《世界史》论著那样，其论述的仅仅是从古代到 19 世纪的西方史而已。

[50] 羽田正：『新しい世界史へ一地球市民のための構想』，岩波書店，2015 年 3 月，第 25 页。原文：国民国家形成期にあったこの頃のヨーロッパ諸国における歴史学は、国民国家の枠組みを重視し、その枠組みの中で主として政治史を研究し、解釈することにその意味を見出していた。

[51] 需要指出的是，"帝国"日本的知识体系并非是对欧洲名族国家知识体系的纯粹照搬，其中对有关"天皇"的表述即是一个无法从欧洲直接"拷贝"的现实问题。虽然占据主导地位的日本历史叙述模式与欧洲中心主义论述在表现形式方面有异曲同工之妙，但正如日本比较历史学者羽田正（1953-）指出，在日本的历史文脉中本身便存在相当注重天皇家族连续性的相对特殊的一面。"日本在理解过去的时候，特别喜欢用时间序列的历史论述模式。其中的理由之一即是日本这个国家喜欢从古到今沿着顺序来叙述。这样的历史理解方法并非是从明治以来'西洋近代'输入以后开始的。以天皇家族连续性作为背景，根据时间序列来论述的作品在南北朝就有《神皇正统记》（『神皇正統記』），江户时代的国学思想、水户藩的《大日本史》（『大日本史』）等的叙述也是以'日本'从古代开始的延绵存在为

因此，可以说，沟口警惕"日本主义式的日本再发现、东洋再发现"一方面是出于对日本发动侵略战争的反省。而另一方面是由于上述做法只会是对昔日"世界"、"帝国"的再生产。其视角也必然停留于以往"世界史"的大框架内。亦即"所谓'后近代'也好，'反近代'也罢，'超近代'亦可……通过将这些学说当作自己的否定性媒介而使自己作为历史产物的存在理由增强了活力"[52]。从而消解了沟口"世界图景"所被要求具备的"相对性"的同时，也失去了寻求"另一种近代"、构建"多元性的原理"乃至"创造出更高层次世界图景"的可能性。

但对于沟口的理想，需要补充的是，其理想（与"批判"对应）的主要特征是"多元化"、"去政治权利化"、"相对化"、"去意识形态化"、"客观化"，因此这一理想经常会与历史记忆、实际经验、现实需求互相缠绕、发生错位并产生冲突，沟口思想中的理想成分与现实实践（构建）之间的龃龉即在上述冲突、对抗、吸收、变化的过程中逐渐趋于显著化。

第五节　作为方法的"中国"

西岛定生（1919-1998）曾在谈及日本前近代史的研究者时指出："（他们）有意无意间就将希腊·罗马的古典古代社会，或者欧洲的封建社会作为对比的对象，对封建社会的瓦解以及近代社会的形成则以英国史作为比较对象格外引人注目。"[53]对于日本比较史学来说，"将希腊、罗马的古典古代社会，或

前提进行论述的。类似这样的按照时间序列对过去的回溯以及理解方式在日本语的文献世界里很早就存在了。"（详见：羽田正：『新しい世界史へ一地球市民のための構想』，岩波书店，2015 年 3 月，第 183 页）总的来说，近代日本史学的任务是将日本正史用近代历史学的实证手段创造出天皇制国家这一相对特殊的话语体系。换言之，即是将欧洲的方法与日本的"原材料"（包括对一些既存的日本式方法进行取舍）相互结合来建构日本式的名族国家话语体系。

52 沟口雄三：『中国の衝撃』，東京大学出版会，2004 年，第 258 页。原文：後近代であれ反近代であれ超近代であれ、……それらを否定的な媒介にするころによって、歴史産物としての存在理由をいっそう活性化させている。

53 西嶋定生：『中国史を学ぶということ　わたくしと古代史』，吉川弘文館，1995年 1 月第一刷、1996 年 3 月第二刷，第 24 页。原文：日本の前近代史の研究者は……ギリシア・ローマの古典古代社会、あるいはヨーロッパの封建社会を意識的にあるいは無意識的に比較対象としていたのであり、封建社会の崩壊と近代社会の形成に関しては、なかんずくイギリス史がその対象として注目されてきた。

者欧洲的封建社会作为对比的对象"并不奇怪，但令人诧异的是，"有意无意间"、即基于行为惯性的比较对象不是与日本不论在地缘政治层面，或者是文化交流层面都更为接近的中国、朝鲜，而是遥远的、近代以前甚至鲜有接触的欧洲。究其原因"世界史"、"历史哲学"式的所谓西方经典人文社会科学对日本的影响功不可没。

另外，令人遗憾的是，当下日本惯用的"世界"史叙述依旧没有根本性地发生改变：

> 一般日本的世界史是以"欧洲"历史为中心来叙述的。首先"欧洲"作为前近代文明或者地域世界的一员登上世界史的舞台，16世纪以后他成为了主角。在16世纪以后到20世纪的世界史论述中，"欧洲"与"非欧洲"被明显地划分开来，在不同的框架内均采用纵向时间的顺序来论述世界历史成为常态。将内容简单化论述的话可以说，"欧洲"在属于自己的框架结构中独自发展并产生出了近代，包括日本在内的"非欧洲"受到来自欧美的所谓"近代的冲击"之后被强行地来应付并适应。[54]

在日本现行"世界"史的话语叙述体系当中，"欧洲"被认为是"在属于自己的框架结构中独自发展并产生出了近代"。并且，"近代"的母胎蕴含在概念化与实体化相互交错的欧洲基于纵向时间序列[55]内的"进步"框架之中，欧洲被理所当然地赋予了诸伴随"近代"而产生的价值形态的最终解释权。

---

54 羽田正：『新しい世界史へ—地球市民のための構想』，岩波書店，2015年3月，第163-164页。原文：日本で一般的な世界史は、「ヨーロッパ」の歴史を中心に置いて組み立てられている。「ヨーロッパ」は、まず前近代の文明ないし地域世界の一つとして世界史に登場し、十六世紀以後はまさにその主役となる。十六世紀以後、二〇世紀に至る世界史は、はっきりと「ヨーロッパ」と「非ヨーロッパ」に区分され、別々の枠組みの中で時系列的に記述されるのが常である。その記述内容を単純化して示せば、「ヨーロッパ」はその枠内で独自に発展して近代を生み出し、日本を含む「非ヨーロッパ」は、欧米の進出による「近代の衝撃」を受けて否応なくそれへの対応を迫られたということになる。

55 纵向时间序列，简而言之就是随着时间的前进事物跟着变化的理解模式。迄今为止，绝大多数历史叙述都根据这一纵向的时间序列来书写，虽然这对于我们当代人来说也被理解为是理所当然的，但值得注意的是，这也是伴随欧洲"科学"进步的一种认知，即认为从过去到未来，时间是一种不可逆的、直线型的存在。事实上，在近代以前，循坏时间序列等观念也有其存在的历史，并且即便在现代，对时间的认知与研究依旧步履缓慢，如同对人类"意识"的研究，在过去的一个多世纪几乎没有任何进展一样。

而如前所述，沟口将"中国"作为方法的主要目的，即是批判上述趋于标准"近代"、"近代主义"的种种思想观念。譬如沟口用以往的"时代区分论"作为对以上述方式重新审视"世界史"普遍法则的具体事例：

> 如果站在以中国为方法的观点……例如，就时代区分论而言，我们可以暂时放弃"中世"、"古代"等"世界"史阶段论的框架，充分利用以往的研究成果，根据中国的实际情况，首先就变化的阶段达成划分达成共识，然后通过中国自己的发展阶段，把"世界"史的发展阶段看作为欧洲的发展阶段来个别化、相对化，经过这样一番考察，我们不但能把握中国独特的世界，还可以通过承认多元的发展阶段，来重新探询历史对于人类的意义。
>
> ……我希望通过这样的交流，创造出崭新的世界图景。[56]

显然，米歇尔·福柯（Michel Foucault，1926-1984）在《监狱的诞生——监视与刑罚》中所论述的"18 世纪的两大发现：社会的进步与个人的起源。"[57]在沟口看来并不是一个值得称道的发现，毋宁说是被沟口所排斥的[58]，尤其是对"时间的管理这一门新技术"[59]所产生的整齐划一的"世界史"的时代划分。

而"中国"则为沟口提供了一个用"异"视角来看待世界的方法。

---

56 沟口雄三：『方法としての中国』，東京大学出版会，2014 年第 5 刷，第 139-140 页。原文：方法としての中国という観点から見返してみると……たとえば時代区分論の場でいえば、「中世」か「古代」かという「世界」史段階からいったん離れて、これまでの成果をもとに、中国に即してまず変化の段階をどことどこに置くかについて合意が得られ、その中国的段階によって「世界」史段階がヨーロッパ的段階として個別・相対化され、こういった過程をへて、中国的世界が明らかにされる、そうして多元的な発展段階の承認から、あらためて人類にとっての歴史の意味が問い直されうる、などである。……そういった交渉をへて、新しい世界像の創出へと向かうこととしたい。

57 リン・ハント、長谷川貴彦訳：『グローバル時代の歴史学』，岩波書店，2016 年 10 月，第 43 页。

58 例如晚年的沟口在学术著作中会尽量避免使用"近代"一词，即使在中期著作《作为方法的中国》当中，"近代"一词在也只是为了学术论战服务的，正如孙歌所说："'近代'（或者现代性）在这部著作中并不构成关键词，毋宁说它很像是一个不太顺手的工具，是一个得鱼之后随时可以放下的'筌'，而不是立足点或者前提。"参考：孙歌，《中国学季刊》试刊号，上海社会科学院，2010 年。

59 リン・ハント、長谷川貴彦訳：『グローバル時代の歴史学』，岩波書店，2016 年 10 月，第 43 页。

正如沟口所言：

可以通过中国这一独特的世界（不论好坏），即透过中国这副眼镜来观察欧洲，批判以往的"世界"。例如，什么是"自由"？什么是"国家"？什么是"法"、"契约"？对于这些曾被视为普遍真理的概念都可以个别、相对地重新进行探讨。[60]

但需要指出的是，沟口在构建"多元世界"之时，他并非排斥"自由"、"国家"、"法"、"契约"等19世纪开始在西方产生并在全球盛行的诸概念本身。沟口是对如前所述的"胜者的历史"逐渐规定人类普遍价值内涵的过程以及超地域"真理"泛滥现象背后主体的被强制性表示质疑与抵抗。而质疑与抵抗则通过将"中国"作为方法来实现。

在沟口看来，"中国的社会主义其实是建立在中国传统的社会体制和有关社会秩序的观念之上的。"[61]并且，在中国传统的思想脉络当中有相当多的与欧洲普遍价值共通、相近甚至足以超克欧洲近代内涵的诸概念原理，虽然名称迥异，但同样能够具有承担普遍效用的内在价值。

譬如与产自西方的国际法相对应，沟口认为"根植于道德乐观主义的晚清的公法观、公理观作为中国的思考在方法上也具有充分的有效性"；此外下述中国自古以来的"天下"、"生民"观，在沟口看来在西方"国家"、"国民"理念发挥效应之前是能够发展成为原理性概念的，甚至其本身便应该具备普遍性的内涵，但由于在近代化过程中被强行套入西方观念所制造的框架之内，最终导致其遭到扭曲、发生变异乃至趋于瓦解。[62]

对于"国家"概念，由于长期受"华夷内外"、"中华文明"等观念影响，中国的他者意识（他国意识）极其薄弱[63]，这也表现在传统的中国"国家"观

---

60 沟口雄三：『方法としての中国』，東京大学出版会，2014年第5刷，第138-139页。原文：この中国というよくも悪くも独自な世界を通して、いわば中国レンズでヨーロッパを見ることが可能になり、それにより従来の「世界」に対する批評もできるようになった。たとえば、「自由」とは何なのか、「国家」とは何なのか、「法」「契約」とは何なのかなど、これまで普遍の原理とされてきたものを、いったんは個別化し相対化できるようになった。

61 沟口雄三：『中国の衝撃』，東京大学出版会，2004年，第257-258页。原文：……中国における社会主義が実は中国に伝統的な社会システムや社会秩序観念を土台にしていた……

62 关于"天下"、"生民"的论述，沟口在《作为方法的中国》第四章有具体详细的论述。详见：沟口雄三：『方法としての中国』，東京大学出版会，1989年。

63 同样属于亚洲，由于受"中华文明圈"影响（对中国存在的认知），朝鲜与日本的

念与欧洲的国家概念之间内涵的差异上。即使有少数精英阶层从晚清开始逐渐认识到对他国认知的重要性，但至少在一般民众层面，上述意识是全然不存在的，类似取而代之的是一贯正统的"天下"观[64]。因此当欧洲在近代以强权形式入驻中国时，此时的中国有与其抗争的一面，但同时又有被强制性地创造出变种式欧洲"国家"概念下"新中国"[65]的一面。在上述过程中，沟口认为，传统中国的"国家"原理[66]受到排挤、扭曲并最终趋于瓦解，这"对中国和世界来说不能不说是一种遗憾。"[67]沟口遗憾的是，具备发展成为另一种世界价值的"近代"原理所遭遇的挫折。

又如他站在中国传统的思想脉络当中再度审视昔日被盖棺定论的"顽固派"与"无政府主义者"那样：

> 被分为顽固派和无政府主义者的左右两翼实际上都是站在"天下"、"生民"这一共同立场上的人物；或者也可能在这些无法被"国家"、"国民"同化而掉队了的"近代"的落伍者当中。摸索出另一种近代；甚至还可以通过反思，从现在的"国家"、"国民"当中发现欧洲的"强制"所带来的扭曲和不健全之处。[68]

他者意识产生较早，西式国家意识的萌发也比中国要早得多。以日本为例：在公元 7-8 世纪日本的政治领导者就将"日本"定为自己所属国家的称呼，原因便是意识到周边中国、朝鲜等他国的存在。（详见：小島毅：『父が子に語る近現代史』，トランスビュー，2012 年 5 月，第 5 页）至于中国，则历来欠缺诸如将周边（各国）作为等身大他者的习惯。（参考：岡本隆司：『中国の論理』，中央公論新社，2016 年 8 月初版、2016 年 10 月再版）

64 梁启超在《中国积弱溯源论》中就曾指出：中国虽有数千年的历史，却只有众多的王朝名称而没有一个国名，如果有就只有"天下"。但需要指出的是，正如沟口所说："中国并非自古以来就没有国家这种说法，但国家一般指的是作为统治领域、机构的国和统治者的家，也就是朝廷，民是无法与其发生关联的。民是天生的自然存在的生民，王朝=国家只不过是架构在生民之上而已，所以生民并不会被卷入王朝=国家的命运。"参见：沟口雄三：『方法としての中国』，東京大学出版会，2014 年第 5 刷，第 125-126 页。

65 这里的"新中国"并非指代一般常识性的在 1945 年建立的中华人民共和国，而是指代受西方冲击（包括日本）过程影响，传统中国渐变的一个过程。

66 沟口认为，中国原本的国家概念一般指代作为统治领域、机构的国和统治者的家，即国=朝廷。参见：沟口雄三：『方法としての中国』，東京大学出版会，2014 年第 5 刷，第 125 页。

67 沟口雄三：『方法としての中国』，東京大学出版会，2014 年第 5 刷，第 127 页。原文：それは中国や世界にとって残念なことと言わねばならない。

68 沟口雄三：『方法としての中国』，東京大学出版会，2014 年第 5 刷，第 128 页。

可以说，成立近代国家对于绝大多数非西方国家来说"是为了保障自己不受欧洲侵略、维护独立，从别无选择这一点来说是被'强制'的结果"[69]，被强制的结果便是使具备独立个性的各所谓"落后"国通过主体的吸收、抵抗，最终制造出欧洲式的自我亦或变种式欧洲的自我。在这一点上，主动发起对亚洲侵略战争的"帝国日本"同样无法幸免，夏目漱石（1867-1916）百年前对日本文明开化的哀叹时至今日依旧奏效，日本近乎疯狂强烈地吸收膜拜西方这一性格特征时至今日都未曾有过根本性地动摇与改变。

即便"近代超克论"风靡一时，但遗憾的是，其论述的前提框架依旧没有脱离西方话语权利体系，并且带有不输于西方的傲慢与偏见。当然，它的实际情况非常复杂，此处不做详述。但对于其结果，这一论调不但受到了来自丸山真男（1914-1996）对日本"近代思维"本身成熟与否的质疑，其最终也因为战败而受到了相对彻底的清理。

因此，要而言之，沟口中国学的主要目的是致力于对西方权利话语体系彻底、全面的清算。而清算的途径、或者说通道则是"中国"。

原文：かたや頑固派、かたや無政府主義者と、右極と左極に切りなされていた上記の人々が、じつは「天下」「生民」という共通な土俵の上にいることが見えてくるし、あるいは「国家」や「国民」に同化できずドロップアウトしたこれら「近代」の落ちこぼれのなかにいま一つの近代をさぐることができるかもしれず、さらにまたふりかえって現在の「国家」と「国民」のなかにヨーロッパの「強制」がもたらした歪曲と不全を見ることができるのではないか。

69 沟口雄三：『方法としての中国』，東京大学出版会，2014 年第 5 刷，第 124 页。
　　原文：……ヨーロッパの侵蝕から自らを守り独立を維持するための必須の課題であったのであり、それを避けて通ることができないものであったという意味でそれは「強制」されたものであり……

第二章　沟口雄三理想的藩篱

第一节　"作为方法的中国"之局限

"作为方法的中国"所倡导的多元化、相对化的研究立场对历史展开独特性的探究，打破以往受"大框架"影响的思维惯性，日本中国研究视角的转换无疑具有重要价值。在这一意义上来说，沟口所提出的"作为方法的中国"对日本的中国研究来说可以说是一次解放运动，其尖锐的批判推动了日本中国研究在新时期的建设与发展。

在笔者看来，要求解放偏见、解除思维惯性、打破条条框框是沟口中国学的积极一面。正如"解放"后的所谓"近代"，沟口认为应该与纵向的历史"基体"相联系，因为：

> （"近代"）渗透的发生，是由于接受渗透的一方存在着某种接受的基体，而这种基体的样态在各国各名族里绝不会是一样的，也就是说，各国各名族对近代的接受状态绝非是相同的。换言之，各国各名族在欧洲的近代入侵以前，理所当然地各自拥有着自己固有的历史进程。[1]

---

[1] 沟口雄三：『中国の衝撃』，東京大学出版会，2004 年，第 246 页。原文：浸透するということは浸透を受け入れる何らかの基体があるからで、その基体の様態は各国、各民族ごとに決して一様ではないからである。つまり、各国、各民族における近代の受容態は決して一様ではない。言い換えれば、各国、各民族はヨーロッパの近代が侵入する以前から当然のことながらそれぞれ固有の歴史過程をもっていた、ということである。

显然，与上述对历史独特性诉求相对应的是西方"世界"史的普遍。沟口方法论、认知论的提出对被构建的国家、民族来说亦具有"解放"的意义，并且在一定程度上能够催生各国、各民族的"主体性"。

但另一方面，在构建层面，能否从根本上摒除"偏见"，按照沟口中国学原理性（为后两者服务的原理性）、客观性、相对性（比如：从亚洲出发思考）的要求去展开研究，恐怕得到的将会是否定的答案。

正如岸本美绪（1952-）在谈及战后日本东洋史学的研究时曾说：

> 或许可以说，战后日本的东洋史学研究总是以对"西洋的视野"的某种反叛为原动力展开的。诸如"亚洲社会停滞论"的批判、"世界史基本法则"的批判、"东方主义"的批判等等。但是，能够取代"西洋视野"的、积极的、甚至完全摆脱西洋先入观的"从亚洲出发的视角"是否真的能够存在呢？[2]

需要说明的是，上述评论正是岸本为沟口主编的七卷套丛书《从亚洲思考》（『アジアから考える』）而写作的。不难看出，岸本对"完全摆脱西洋先入观"的"从亚洲出发的视角"是持保留态度的。换言之，对于以西洋文明为核心的"西洋先入观"在亚洲的接受情况而言，在岸本看来或许是无法抹除的，也是无需完全切断其联系的。因为它早已成为亚洲自身历史构成的组成部分，甚至它也是使亚洲自身相对化（譬如将以"朝贡秩序"为核心的东亚世界相对化）的一条路径。

岸本对丛书特征之一的"多事争论"进行过如下评述："如果说'多事争论'才是进步的本源的话——或者这样的想法本身即是西洋式的想法——以欧洲中心主义这一既成的假想敌为媒介来确保的共同场域……"[3]换言之，"西洋"难以被清除。

---

2 岸本美緒：『風俗と時代観——明清史論集 1』，研文選書，2012 年 5 月，第 276 页。原文：戦後日本の東洋史学は常に「西洋からの視線」へのある種の反発を原動力として展開してきた、といってもよいかも知れない。「アジア社会停滞論」批評、「世界史の基本法則論」批評、「オリエンタリズム」批評、等々。しかし、「西洋からの視線」に代わるポジティブな、そして西洋的先入観に全く染められていない「アジアからの視角」は、存在し得るのか。

3 岸本美緒：『風俗と時代観——明清史論集 1』，研文選書，2012 年 5 月，第 276 页。原文：「多事論争」こそ進步のもとだとするならば—あるいはこうした考え方自身が既に近代西洋的発想かも知れない—、ユーロセントリズムという既に傾きかかった仮想敵を媒介に共同の場を確保……

即便是沟口在阐释自身历史研究意图之时，所提及的"动力的历史"[4]（历史发展的动力）等概念也援用自西方。事实上，之于沟口，基于无可避免的需求，在其话语论述中对"西方文明"（广义层面）产生着某种程度的依赖。正如沟口在谈到民主、自由时所言：

> 譬如民主，自由等一切具有普遍性的东西，是需要通过各国的独自性来实现的个别各样的普遍性，在这层意义上来说，一般近代名义上的普遍性应该是个别的（而非普遍的存在）。[5]

显然，沟口的目的在于批判"一般近代之名下的普遍"。但论述话语最基本的构成成分"民主"、"自由"（即便仅仅是文字）即是由西方传来。换言之，脱离西方，何来"民主"、"自由"之表述，又何来"民主"、"自由"之概念。纵然可以说，在中国思想的传统脉络内，儒学在明代的代言"阳明学"有着上述思想的萌芽，但那毕竟最后没有"开花结果"，或曰"挫折"。即便在沟口看来在中国革命、社会主义革命中得到了继承，那终究只是反向的顺藤摸瓜，以"意图"寻求、发现历史。沟口自身亦使用"自由"、"民主"之"普遍西方"概念即是极好的证明。

因此，只能说，以黑格尔"历史哲学"等叙述为典型的西方"现代性文明"作为沟口的无意识前提是客观存在的。即便沟口从一开始便拒绝通过"西方"这一滤镜来审视世界，并在学理层面逐渐通过用彻底的"内部"视角加以批判与反驳昔日欧洲的透视法[6]。甚至到晚年，沟口尽量避免使用"中国的

4　沟口在阐释自身历史研究意图时曾说："我不能满足于按照王朝更替的顺序罗列变化的历史风貌，那是因为我坚信中国历史中不仅仅充满了诱人的景致，也具有着使这些景致得以成为景致的'历史的动力'，换言之，中国的历史也同样是'动力的历史'。我的这个信念逐渐转换为对中国历史研究中偏见的不满，从而铸造了我本人历史研究的意图。"参考：沟口雄三：『中国の衝撃』，東京大学出版会，2004年5月，第215页。原文：私が王朝ごとに変化する光景の羅列に満足できないのは、中国の歴史にも光景だけではなく光景を光景たらしめている「歴史の動力」「動力の歴史」があるはずだ、という根強い疑問があるからであり、その疑問は中国史に対する偏見への不満感となって、私の歴史研究の意図を生み出している。

5　沟口雄三：「中国思想史における近代・前近代・近世」，「中国哲学研究」第五号，1993年3月。原文：民主とか自由とかそのいわゆる普遍性は、各国の独自性を通し、個別各様に実現されるものであり、その意味で、一般に近代という名の普遍性は個別的であるというべきである。

6　"透视法"为沟口在《关于近代中国像的重新探讨》一文中批判研究中国近代的各种立场与方法时所用。具有可参考：沟口雄三：『方法としての中国』，東京大

近代"乃至"近代"的提法[7]。

但作为上述各种学理作业"反面"的西方，通过被"无视"这一主动行为过程反而被再次以无自觉地形式影响了沟口的思维。沟口的文明观念是一个随着自身主体研究的推进而逐渐去"文明"的"批判"过程。而这一"去"的过程的彻底性是无法衡量、更是无法保证的。

人是历史的产物，历史塑造人物，借用奥崎裕司（1935-）的话来说："人是在历史状况中成长的，因此只能在其中坚忍存活。外在的状况经常是压倒性的。但无论是顺从或是反抗，历史状况的影响是压倒性的（存在）。"[8]沟口也曾做过如下的阐释：

> 日本人无论怎样都离不开日本的历史构造，因此日本人并不自由，不能跟随西洋崇拜、中国崇拜，但另一方面，又喜好西欧的市民主义、个人主义，还喜欢中国人的共同意识，上述这些乍一看上去相互矛盾的心情中衍生出来的是对待历史的相对主义以及对待文化价值的多元观念……[9]

学出版会，2000 年第 4 刷。

7　沟口在 2004 年出版的《中国的冲击》一书的《代跋》部分写到："我在本书中是尽量避免使用'近代'"这一说法的。"对于其理由，沟口接着解释："现在一般所谓的'近代'，是以文艺复兴、宗教革命、市民革命和产业革命这四点为内容的欧洲的概念，所以，如果剔除这四点而谈论'中国的近代'的话，那它就很自然地被视为近代的疑似形态或者特殊形态，其结果是中国的近代便会用以指称被欧洲的近代包含并渗透了的特殊而疑似的部分了。也就是说，鸦片战争以后，为欧洲渗透了的中国的疑似性近代化过程正是被视为世界史中的'中国的近代'。一提到近代俨然存在一个为人所默认而又牢固的前提，即它是资本主义的时代，是率先实现资本主义的欧洲向世界扩张的时代。而且，由于这一资本主义被认为具有上述配套的四项内容，所以，一种诡辩或误解便流行了——资本主义的全球化被直接认为就是这四项内容的世界史意义的普遍性。也就是说，资本主义等于这四点组合，以至于在这一等号公式之外，再去想象其他类型的近代被认为是不现实的了。"参考：沟口雄三：『中国の衝撃』，東京大学出版会，2004 年。

8　奥崎裕司：『中国史から世界史へ　谷川道雄論』，汲古選書，1999 年 6 月，第 9 頁。原文：人間はある歴史的な状況の中に生まれ育ち、その中で生き抜くしかない。外的な状況はつねに圧倒的である。順応しようが反逆しようが、歴史的状況の影響力は圧倒的である。

9　沟口雄三：「中国思想史における近代・前近代・近世」，「中国哲学研究」第五号，1993 年 3 月。原文：日本人はよかれあしかれ日本的な歴史構造の中にあるものであって、そこから自由ではないと考える、だから西洋崇拝、中国崇拝にはついていけない、しかし他面、西欧の市民主義、個人主義は好きだし、中国人の共同意識も好きである、などの一見矛盾に似た心情の中から、歴史に対する相

因此，尽管沟口勉力摆脱"欧洲是绝对的"这一认知前提，但可以明确的是，他无法摆脱周遭的历史以及历史所带来的负重。

所以，要求彻底摒弃"西方"来建构的"亚洲"、"中国"，沟口所使用的话语成分、思想资源最终并没有脱离西方近代文明论及其衍生出来的种种文明思潮。或许有人会说笔者对沟口吹毛求疵，但对于沟口对自身的要求而言，这样的吹毛求疵似乎是必要的。即便在笔者看来，沟口无需也无法避免借用这一能够让"相对化"更彻底的认识论、方法论资源。

譬如，沟口将带有"方法中国"理念的中国史建构过程比作是设计并建造一座殿堂。那么，在其看来，这一殿堂的"设计图和素材都必须是它自家的东西"[10]，"要选择中国制造的素材，制造中国制造的设计图"[11]。而按照上述要求进行工程创建的唯一方式，在沟口看来："深入到中国历史中去。归根到底，只此一途。"[12]

"深入到中国历史中去"、作为"局中人"的沟口，势必会在一定程度上失去从历史全局、整体来把握"中国"的可能性。并且，这一行为与沟口尖锐批判的西方并无二致。曾经西方被诟病的理由之一即为没有从外部的视野来观察自己，将自己囚禁在由自己一手创造的"近代"经验的"精密"仪器当中。故而产生"夜郎自大"、"先进—落后"二元论等现象。

当然，值得一提的是，西方经过福柯（Michel Foucalt，1926-1984）、德里达（Jacqes Derrida，1930-2004）等学者对整个西方文明体系的解构、"考古"，已经有了一定程度的反思。在笔者看来，在尽量减少以往带有囊括性框架支配基础之上的"内外兼修"才有可能真正达到所谓的"相对化"与"客观化"。

但事实上，沟口也并非是一个排斥外部视角的学者。只要当我们能够意识到沟口所面对的是一种强大到"普遍"的日本西方中心主义情怀之时，便能够理解，他尖锐到偏激的批判或是无奈之举，或是必经之路。

対主義、文化価値に対する多元観が生まれ……

10　沟口雄三：『中国の衝撃』，東京大学出版会，2004年，第258页。原文：設計図も素材もあくまで自前のものでなければならない。

11　沟口雄三：『中国の衝撃』，東京大学出版会，2004年，第259页。原文：中国製の素材を選び、中国製の設計図を制作し……

12　沟口雄三：『中国の衝撃』，東京大学出版会，2004年，第259页。原文：中国の歴史のなかに深く入ること、それに尽きる。

第二节 "普遍"的悖论——"文明"的本质

沟口中国学的最终理想可以说是对创造出"高阶文明"[13]、"超越近代"[14]的希冀。

正如沟口所言："真正自由的中国学无论采取什么形式，都不会把目的设定在中国或自己的内部，也就是说，真正自由的中国学的目的不应该被消解于中国或者自己的内部，而应该超越中国。"[15]不把"目的设定在中国或自己的内部"、"应该超越中国"即是沟口将其理想上升至普遍文明高度的一种自我诠释。

但正如前述，沟口的"中国方法、世界目的"果真能够脱离西方，摆脱源自西方广义层面的"文明"吗？如果没有彻底清理"西方文明"，那么，按照沟口中国学要求的新一轮建构便困难重重。事实上，沟口就是这样一位矛盾体。

一方面，作为立场坚定的反西方中心学者，要求从中国内部来理清中国的历史脉络。但另一方面，沟口又无法回避西方文明的种种牵绊，昔日"文明论"的元素时不时被再次选择并重组进沟口的话语表述之中。沟口"自由的中国研究"的念想可以是个性、多元的世界图景，其研究视角可以从中国"基体"出发。但他所使用的话语成分、思想资源无法完全脱离西方近代文明论及其衍生出来的种种文明思潮。换言之，沟口也无法彻底离开"西方"、"西方文明"。

但需要说明的是，从某种意义上来说，沟口对日本学界的自我反思，自我批评是非常值得肯定的。并且"文明"这一起源自法语（civilisation）的合成词[16]背后所蕴涵的近乎统一的内容在沟口的尖锐批评中逐渐褪去了昔日的

---

13 在沟口看来，今后应该超越以往以西方为中心的"世界"史创造出一个新的文明阶段。基于"超越"的意义，笔者用"高阶文明"来表述沟口的理想。文中出现的"西方文明"亦为广义层面的文明，包含了西方"启蒙"以降逐渐发展并普世的人道主义、人性论、知识话语、科学技术、资本主义经济、理想主义等等。

14 笔者认为，沟口的思想立场与战前战中带有浓厚政治意味的"近代超克"论式的念想应该加以区分对待，故使用"超越近代"一词。

15 沟口雄三：『方法としての中国』，東京大学出版会，2014年第5刷，第136页。原文：真に自由な中国学は、いかなる様態であれ、目的を中国や自己の内に置かない、つまり目的が中国や自己の内に解消されない、逆に目的が中国を超えた中国学であるべきであろう。

16 法语 civilisation 最初由拉丁语的 civilis 与法语的词尾 iser 与 ation 合成而来。参

"统一"光环。

然而，无可否认的是，不论广义的"文明"还是所谓的"普遍"，它们的本质始终是关于"世界市民的，支配了广阔地域的，使人追随的。"[17]换言之，"文明"离开了扩张（及其衍生产物的全球化）与权利，它的内涵就会趋于瓦解。就如同最初的"文明国"被限定在基督教文明圈与欧洲文明圈那样，早期的"世界"历史研究也仅仅局限于欧洲，甚至只被限定在英国、法国、德国等几个当时"先进"的国家范畴内进行。毫无疑问，以上"先进"国的历史即是权利胜者的历史。"历史是由胜利者书写的……胜者欲将失败者的遗产和文书加以排除……"[18]也是历史叙述的常识。即便这一历史叙述时常被史学界批判。

对于古代汉字文化圈亦是如此，西岛定生（1919-1998）在论及古代东亚区域的"汉字文化圈"时说过：

> 汉字文化这一文化现象并不是单依靠文化本身的传播来实现的，在其背后是国际政治机构，即我所说的册封体制的存在，而且册封体制才是以中国王朝的权威为核心构建的政治机构，它的扩延与维持才是中国文化——汉字文化圈得以构建的原因。[19]

显然，西岛说明了这一"汉字文化圈"能够维系的重要原因之一即是现象背后的权利、实力的较量，或曰"扩张"。

另外，沟口所论述的"国际"法也只是在国际的旗号下以"法"的名义进行的一场权利（文明）角逐。在地理大发现过后，尤其是进入19世纪，西

考：上山春平：『日本文明史1　受容と創造の軌跡』，角川書店，1990年2月，第51页。

17　近藤和彦：『文明の表象　英国』，山川出版社，1998年6月，第9-10页。原文：。本質的にコスモポリタンであり、広い地域を支配し、人々を追随させる。

18　西村成雄、国分良生：『党と国家——政治体制の軌跡』，岩波書店，2009年10月，第Ⅴ页。原文：歴史は勝者によって書かれる。これは歴史の常であった。勝者は敗者の遺産・文書を歴史から排除しようとする……

19　西嶋定生：『中国史を学ぶということ　わたくしと古代史』，吉川弘文館，1995年1月，第15页。原文：漢字文化という文化現象がただ文化自体の伝播力によって実現したものではなくて、それを背後から可能ならしめた国際的政治機構、すなわち私のいうところの冊封体制の存在にあるということであり、しかもこの冊封体制こそはまさしく中国王朝の権威を中核として構築された政治機構であり、その拡延と維持こそが本格的に中国文化である漢字文化圏を構築させたものであったと想定されるのである。

方已经认识到了与自身完全不同的他文明的存在，于是以往"作为国际法主体的资格要素文明所包含的宗教、地理的要素减退了。"[20]然而：

> 这样一来，包括了文明性异质的政治社会在内，国际社会的构成系统被起源于欧洲的国家体系扩大了，这也被认为是欧美的国际法作为法律应该适用于全世界所有国家的优越性之体现。同时，作为国际法母胎的文明——西方文明被视为具有普遍性与规范性的最卓越文明在世界范围内普及，尽管（西方）承认多文明的存在。只要没有达到文明国的标准，欧美国家就会强行要求实行先占法理，单方面的领事裁判权以及协定关税，因此达到欧美各国的文明阶段可以说是保证非西方国家完整国家主权的先决条件。[21]

正如莫里斯（Tessa Morris-Suzuki, 1951-）所言："'文明'这一语言暗示着拥有一种具有地球规模影响力的东西。"[22]

而另一方面，"普遍性"、"普遍法则"作为"文明"象征的文明符号，时常具有掩饰上述权利内容的功能。尽管，"文明"下的"普遍"偶尔会在不同的历史阶段展现出不同的内容与形式。但如前所述，"普遍"与"文明"犹如一对孪生兄弟，始终与世界国家间权利关系密切相关。从东亚世界（当时的"地球"、即"全世界"）的"朝贡体系"到西方"近代主义"的全球化布局，"文明"始终伴随着的是权利与扩张，而非其他。

---

20 山室信一：『思想課題としてのアジア』，岩波書店，2001年12月，第41頁。原文：国際法の主体としての資格要件である文明から宗教的・地域的要素が減退することとなっていたのである。

21 山室信一：『思想課題としてのアジア』，岩波書店，2001年12月，第41頁。原文：こうして文明的異質な政治社会を含めて、ヨーロッパ起源の国家体系によって国際社会が構成されるシステムが拡大されていったことは、欧米の国際法が全世界のあらゆる政治社会に適用されるべき法としての優越性を示すものとみなされていった。そして同時に、その国際法の母体となった文明が一複数の文明の存在を容認しながらも一最も卓越した文明として世界的に受容されるべき普遍性と規範性をもって普及していったことを示すものであったのである。その文明国としての基準に達しえない以上、先占の理法や片務的な領事裁判権、協定関税率を強要された非欧米諸国にとって欧米諸国の文明の段階に達することが完全な主権国家としての独立を保証する条件でもあったのである。

22 テッサ・モーリス、伊藤茂訳：『日本を再発見する一時間、空間、ネーション』，以文社，2014年2月，第199頁。原文：「文明」という言葉は地球規模の影響力を持つものを暗示する。

日本哲学研究者上山春平（1921-2012）根据拉丁语的原意将最初的文明含义理解为："居住在都市国家的市民们被期待所具备的某些行动样式。"[23]这样的理解是根据词源的表象所产生的。"被期待所具备的某些行动样式"即是对普遍性的追求，但它并不具备"文明"有关权利关系的内涵。于是上山又结合了英国历史学家汤因比（Arnold Joseph Toynbee，1889-1975）对最初"文明"含义的考察，对"文明"的初期定义进行了修正："如果说'文明'这一词汇是18、19世纪欧洲人为了表现他们所属社会的兴隆状况而造的词语，那么，它的依据便是占据了欧洲人教养主要部分的希腊、雅典的古典文化知识，他们将自己所属社会繁荣的现状比作鼎盛时期的希腊与罗马都市国家的状态……"[24]显然，早期的文明是对内含了罗马、希腊古典式文化的肯定，这一肯定建立在对"普遍"的强制要求（或曰"征服"）之上。如若不具备征服者所设定的"普遍"即会被视为野蛮的，未经开化的非文明。文明化的过程即是被普遍化的过程。

此后的"文明"即被西方各帝国的崛起所利用，从美国独立战争到法国大革命再到英国产业革命，"文明论"始终以胜利者宣言的方式被世界所接受。就如同弗朗索瓦·基佐（François Pierre Guillaume Guizot，1787-1874）的欧洲文明论述与将法国视为欧洲的中心互为表里那样，它反映的永远是各国间的权利关系与文化认同。

尽管19世纪后半叶随着全球范围内民族意识的觉醒[25]，法国式的"单极文明论"逐渐失去效用，到20世纪中叶多元文明论已经成为主流[26]。不论是

23　上山春平：『日本文明史1　受容と創造の軌跡』，角川書店，1990年2月，第51页。原文：都市国家の住民たる市民が身につけることを期待される行動様式をさしている、とみてよかろう。

24　上山春平：『日本文明史1　受容と創造の軌跡』，角川書店，1990年2月，第51页。原文：「文明」ということばが、十八、十九世紀のヨーロッパ人たちによって、彼らの属している社会の隆盛を表現することばとしてつくられたのであれば、かれらの教養の主要な部分をしめるギリシア・ローマの古典の知識にもとづいて、彼らの社会のかがやかしい現状を、最盛期のギリシアやローマの都市国家の状態にたとえる……

25　以日本为例，1889年日本的帝国大学（现东京大学）就在最初的"史学"（虽然只有"西洋史"，但仍被称作"史学"）课程当中导入了"国史（日本史）"课程。在历史学者羽田正看来，这即是："对欧洲近代学问体系以及以之为前提的世界观的最初挑战。"笔者认为，上述事例也从一侧面反映了日本民族主义的觉醒。

26　需要注意的是，沟口的普遍法则与西方开始承认文明多样化的事态密切相关。

汤因比（Arnold Joseph Toynbee，1889-1975）的《历史研究》，还是亨廷顿（Huntington Samuel P.，1927-2008）的《文明冲突论》，他们都将多元化、复合型的文明置于文明论论述的核心位置。但即便如此，"文明论"始终与"优胜者的历史"相关、与"优胜者"的权利平衡相关乃是不争的事实。

如前所述，西方学者已经开始将昔日的"普遍"、"文明"置于批判的视角。以美国史学界为例，在经历了 1964 年到 1974 年的越南战争、1971 年的水门事件等一系列事件之后，"部分学者对美国与西方文明的精神价值发生根本动摇，对西方'近代'历史发展的整个道路与方向产生了怀疑，从而对上述美国研究中国近代史中以西方为出发点之模式提出挑战，倡导以中国为出发点，深入紧密地探索中国社会内部的变化动力与形态结构……"[27]即便他们的视野框架依旧离不开西方文明的土壤，但寻求脱离"普遍"的新一轮普遍的知识心情在笔者看来，至少应该是与沟口相通的。而之于日本，从福泽式纵向普遍法则到沟口式以"多元化"为基础的普遍法则转换的过程，在一定程度上反映的正是文明论自身的变迁。

第三节　对"普遍"的情怀

莫里斯（Tessa Morris-Suzuki，1951-）曾说："福泽（谕吉）的关心是将日本如何放置到从过去到未来这一普遍的进步的过程当中去。"[28]笔者认为将这一"普遍"理解为"普遍的某种趋势"或许更为妥帖。基于这层含义，即可以说，"将日本如何放置到从过去到未来这一普遍的进步的过程当中去"始终是日本知识分子关于文明论述的持续动因与目的。因为他们关切的毕竟都是日本的未来。即便这一"普遍"的内涵本身在发生着变化。

正如福泽谕吉（1835-1901）通过阐释四阶段文明论[29]来阐释他的关切那样。从渡边华山（1793-1841）、高杉晋作（1839-1867）、福泽谕吉（1835-1901）的文明观转换，再到战后竹内好（1910-1977）的"憧憬式"中国观、沟口（1932-

---

27　[美]柯文著，林同奇译：《在中国发现历史——中国中心观在美国的兴起》，社会科学文献出版社，2017 年 7 月，第 14 页。

28　テッサ・モーリス、伊藤茂訳：『日本を再発見する—時間、空間、ネーション』，以文社，2014 年 2 月，第 187 页。日本語原文：福沢の関心は過去から未来への普遍的な進歩の流れの中に日本を位置づけることだった。

29　福泽谕吉在 1869 年出版的《世界国尽》（『世界国尽』）当中，将人类历史分为"混沌"、"野蛮"、"未开化或是半开化"、"文明开化"四个阶段

2010)的中国方法，在思想建设层面他们借"中国"、"亚洲"说事的最终目的，始终围绕着的是"日本国"与各历史阶段的"普遍"，并以此来建构各自的知识体系[30]。只是这一"普遍"概念在不同时期有着相异的表现形式。

早期福泽观念中的普遍法则以黑格尔式的线性时间观为基轴，目的历史论为指向，是线性单一的存在。因此他的建构标准是将日本这一地域空间带至上述线性单一的法则轨道上去。《文明论之概略》(『文明論之概略』)[31]即清晰地展现了基于上述认知的以"西洋文明"为模板的各种衡量指标。

战后日本有关文明论的处理方式与 19 世纪中叶福泽所论述的基佐式的"文明论"有了显著差异[32]。基于价值判断的一元文明观趋于瓦解，多元化、复合型的文明论占据了主流位置[33]。日本知识分子对"普遍"的理解与追求也随之发生了一系列的变化。

但是，基于日本固有的历史脉络与"文明论"的特点，与"文明"相关的阐释仍旧没有也没能脱离"日本"与"普遍"（包含了沟口式理念的"相对化"、"多元化"）的套路。日本学者多元文明论的主要关切对象与目的可以概括为两点：第一，脱离 18 世纪末期开始以"历史"为主要研究对象的"历史学"式的欧洲中心主义叙述框架。第二，创造出新一轮人类的普遍性理论，以填补以往"世界史"的普遍法则以及发展阶段论衰退之后留下的空白。

同样，对沟口来说，由于时代的变迁、权力的转向、全球化的进程，从战争期间日本的"超克论"、"世界史的哲学"，到日本的战败，再到新中国的成立，冷战格局的形成以及其解体后全球政治权利的再平衡等一系列事件使得以往西式的"普遍"效用稀释减弱。如何寻求新一轮"普遍"（在此将沟口提出的"多元化"、"相对化"也视为一种类型的"普遍"），及为其寻求合理性

---

30 在这一点上沟口也一样，只是由于所处大环境的不同，对"普遍"的理解与追求也会随即发生变化。沟口的"普遍"更多的是在经济全球化的大背景下所产生的普遍观念，而福泽更多的是在帝国主义和殖民扩张体系下构建的有关"普遍"的观念。

31 1875 年，福泽谕吉著。

32 事实上，战中的超克论（日本浪漫派、京都学派以高山岩男为代表的"世界史的哲学"等）对抗的也正是福泽式文明论，但需要注意的是，反福泽式近代主义最终与日本发动的一系列战争产生了关联，在此处做特别说明。

33 如川胜平太《日本文明与近代西洋》(『日本文明と近代西洋』)、伊东俊太郎《比较文明与日本》(『比較文明と日本』)、梅棹忠夫《文明的生态史观》(『文明の生態史観』)。

成为构建新一轮世界图景的紧要课题。

但需要引起注意的是，克服欧洲中心主义、反 "近代"、"世界史" 的普遍法则时常与民族主义互相牵扯，新一轮权力的制衡催生出对新普遍法则（即 "文明观"）的诉求。但与此同时，如何防止陷入极端民族主义（国家主义）旋涡恐怕是一个无法回避的问题，这也是沟口终其一生都在引以为戒并极力避免的思想倾向。

另外，近代日本惯于将被强制的、被动的、带有欺骗性质的 "普遍" 与 "规范" 转化为内在的主动性行为。与此互为表里的是，"以近代日本为首的相对落后的国家中，对文明普遍性的信念是与对人民的教育志向相结合的。" [34] 因此，沟口在新一轮世界格局下呼吁对文明普遍性的再检讨与再创造也就顺理成章了。

如果说，对明治时代时事的洞察以及对新一轮世界权利格局的判断是福泽文明观形成的基础。那么沟口的多元化 "普遍" 则是在战后、尤其是受史学转向（如基于长时间段历史视角对中国发展趋势的判断）及各民族国家相继独立等大背景下的综合产物。当然，其中最为深刻的依旧是曾经 "中国革命" 所带来的巨大感动，以及感动之后留下的希冀。岛田虔次（1917-2000）曾说：

> 社会主义中国的出现，特别是到革命成功为止全部的叙事诗式的前史超越了意识形态的感动，席卷了全世界。这回的中国，对日本知识人，尤其是左派知识分子来说，摇身一变为金子般闪耀的存在。蔑视转变成了狂热的崇拜，当然也会有不断的反抗，以上甚至成了一个时代的社会状况。[35]

在笔者看来，沟口是带有 "一个时代" 印记的、典型的左派中国学家。

---

34 近藤和彦：『文明の表象　英国』，山川出版社，1998 年 6 月，第 8 页。原文：近代日本をはじめとする相対的後進国では、文明の普遍性への信念と、人民への教育志向が離れがたく結合していた。

35 島田虔次：『中国の伝統思想』，みすず書房，2011 年 5 月第一刷、2016 年 5 月第 2 刷，第 10 页。原文：社会主義中国（中華人民共和国）の出現という新しい事態がある。それはとくに、その革命成功にいたるまでのほとんど叙事詩的というべき前史によって、イデオロギーを超えた感動を全世界にまきおこした。中国は今度は、日本の知識人、いわんや左翼知識人にとって、一転して金ピカの存在となる。侮蔑は一転して熱狂的な崇拝となり、それは当然反発を生みつつ、ほとんど一時代の「世相」とまでなった。

　　值得注意的是，其基于意识形态的，美好的"理念型中国"与当今"中国威胁论"笼罩下对中国产生厌恶感的中国学家[36]形成了强烈的反差。在一个"社会清一色'嫌弃中国'。出版业一致认为，不写中国的坏话就卖不了作品。"[37]的年代里；在一个学者们面对以上状况，只愿顺从而"不敢背道而驰"的年代里。沟口的"理念型中国"是必要的。沟口"美好的理念型中国"显得难能可贵。即便那并不客观。但沟口的勇气值得被评价。当然，其中还包括沟口那强烈的自我反思，自我批评精神，以及对自己所在"学术共同体"命运所抱有的责任感。

---

36 如冈本隆司（1965-）在 2016 年 8 月出版的《中国的理论——从历史去解明》一书的《后记》中说道：现在日本社会清一色的"嫌弃中国"。出版业一致认为：不写中国的坏话就卖不了作品。面对这样的不景气，即便不迎合也不敢背道而驰吧。……即便是笔者，如果问我喜欢还是讨厌中国人，我应该会回答讨厌吧。参考：冈本隆司：『中国の論理』，中央公論新社，2016 年 8 月初版、2016 年 10 月再版，第 213 页。原文：世はただいま「嫌中」一色。中国の悪口を書かないと売れない、と出版会も口をそろえる。この不況では迎合でなくとも、世間のの風向きに背を向けるわけにはいかない。……筆者だって、中国・中国人が好きか、嫌いか、と聞かれれば、嫌いだ、と答えるだろう。

37 冈本隆司：『中国の論理』，中央公論新社，2016 年 8 月初版、2016 年 10 月再版，第 213 页。原文：世はただいま「嫌中」一色。中国の悪口を書かないと売れない、と出版会も口をそろえる。この不況では迎合でなくとも、世間のの風向きに背を向けるわけにはいかない。……筆者だって、中国・中国人が好きか、嫌いか、と聞かれれば、嫌いだ、と答えるだろう。

第三章 近代日本"亚洲"思想的展开与挫折——沟口雄三思想的历史脉络

第一节 近代日本在"亚洲空间"内的话语缔造

沟口思想的历史脉络与近代以来、或者说是从以"朝贡体系"为中心的"国际"秩序瓦解以来，从属于日本自我认知空间内的一系列"亚洲"[1]相关观念互相交错。暗藏其理念深处的是一张近代日本（明治维新）、乃至从前近代日本便开始胎动，并一直延绵至今的，以"亚洲主义"[2]为典型的一系列认知观念与思想资源互相交织形成的网络谱系。

它是一张类似于"基因图谱"的富有张力且以极其复杂形态相互勾连、

---

1 需要强调的是，日本的亚洲论述视野基本局限于中国与日本，虽然时而有朝鲜、韩国、越南等国家的位置，但它们从来不构成也不影响日本人的主流亚洲认知框架。

2 "亚洲主义"的定义纷繁复杂，作为与日本军国主义相对应的亚洲主义是一种反动思想，它与膨胀主义、侵略主义相捆绑，在 20 世纪三四十年代被日本政府当作政治宣传道具，借此对付西方霸权的同时，发动对亚洲的侵略，最终发展为臭名昭著的"大东亚共荣"政策。此外还有孙文以"王道"为基础亚洲主义，章太炎的"亚洲和亲"思想等等，其形态各式各样，内涵也各不相同，如此丰富的内涵与表现形式也正是"亚洲主义"的特质之一。笔者所使用的"亚洲主义"不具有特定实质性的内容，也不是被客观规定的思想，它更多的是一种具备倾向性的理想，一种思想资源的原初状态，如果非要定义，那么它更接近冈仓天心的东洋理想。

制约的立体螺旋式网状结构图。虽然之中呈现有欲脱离目的性历史观点制约（过往历史学方法论）并排斥价值判断，被要求具备"客观化"、"多元化"要素的亚洲布局（理想层面）。并且，发展到后期出现了沟口式"以世界为目的"的具备人文主义倾向。

但表象背后所暗含的"基因图谱"及谱系内所隐藏的轴线脉络是各时期日本知识人所共有的。葛兆光（1950-）曾说："明治时期日本的言论界，……不仅是日本的亚洲主义观念（包括'兴亚论'和'脱亚论'），甚至一切后来的思想史变化，都可以在这个时代找到其原因。"[3]这即是在上述层面做出的表述。

在笔者看来，沟口既是"基因图谱"的构成要素，同时也是主轴脉络的继承者。沟口式的"中国方法，世界目的"不但具备上述谱系性，并且其土壤的形成养分亦摄取于近代以来日本形成的种种认识论资源。换言之，也正是上述资源最终构成了沟口思想深层的暗流，并潜移默化地影响了沟口的治学方向、思维理路以及沟口中国学的整体构建。

事实上，日本（人）的自我认知从来都与他者密切相关。可以说，"没有外国，就没有'日本'"[4]。近代以前，日本通过中国这一窗口来寻求并确立自我的存在意识是一个周知的事实。明治维新以降，欧洲取代中国为日本自我意识的确立打开了另一条路径。尽管中国对日本的影响依旧存在，但因中国乃至亚洲在孰优孰劣之价值判断层面的逐节溃败[5]，其影响效用大幅减弱，甚至成为了日本知识人欲摆脱的他者。

但尽管如此，近代的日本非但没有脱离亚洲，反而与亚洲、东亚的联系更为密切。甚至可以说，近代日本确立自我意识的主要途径之一即为在"亚洲空间"内的自我话语建构。

正如山室信一（1951-）所指出："日本的亚洲叙述呈现出了一种错综复杂的现象，即当日本说到亚洲时，亚洲绝不是作为他者出现的，亚洲之名实际

---

3 葛兆光：《思想史研究课题讲录续编》，生活·读书·新知三联书店，2012 年 12 月，第 117 页。

4 小岛毅：『父が子に語る近現代史』，トランスビュー，2012 年 5 月，第 5 页。原文：外国あってこその「日本」。早在公元 7-8 世纪，日本的政治领导者由于意识到了他国的存在，于是将自己的政治组织定名为"日本"。

5 比如，对西方战争的溃败（如 1840 年的鸦片战争），以及基于军事失败所签订的一系列不平等条约的影响。

上混同表明了有关日本对自身所该持有形象的一种自我认识。"[6]子安宣邦（1933-）的表述则更为直接："除去了中国问题，或者包括朝鲜、满洲等的大陆问题，日本就没有所谓的近代和近代史。"[7]可以说，脱离了亚洲、东亚的日本近代无法称之为日本的近代，近代史也无从谈起。

当然，这并非在否定近代以前日本吸收中国先进文化而与中国产生的关联。但是明治维新以后，包含文化层面在内，含括政治、经济、社会间的全方位的相互关系与地域张力更为紧密与复杂。基于此，也难怪山室信一（1951-）会说："近代日本的自我认识史说成是与亚洲相关的言说史一体的也不过分吧。"[8]

而实际上，在话语建构层面，近代以后的日本毋宁说是以更为主动、积极得姿态来打造"亚洲空间"话语论述的。而"亚洲主义"即是在"亚洲空间"内缔造的众多话语思潮中的典型。

明治维新的成功，在一定程度上使日本脱离了旧有的以"中华"为中心的"朝贡体系"。在"欧洲"的影响下，日本的"民族主义"逐渐觉醒。与此同时，"脱亚"的日本即便主观有"入欧"的愿景，但实际情况往往事与愿违[9]，日本在西方列强的圈子内始终只是属于从属的地位。其结果便是，一部分日本知识分子欲重返"亚洲"。当然，其中暗含了将他们的祖国"日本"作为"亚洲"领袖这一潜在的含义。"亚洲主义"即大致是在上述背景下产生的。可以看出，"亚洲主义"与日本的"民族主义"紧密关联。尤其是 1905 年日俄战争之后，日本的"民族主义"情绪高涨，并与"亚洲主义"相互结合，逐渐带有了膨胀主义的色彩，发展到后期即是战争期间臭名昭著的"大东亚共

6　山室信一：『思想課題としてのアジア』，岩波書店，2001 年 12 月，第 31 页。原文：日本のアジアについての言説は、けっして他者としてのアジアを語り、表現しているのではなく、アジアという名辞で実は自己の、つまり日本のありうべき姿についての自己認識が混同して表明されるという錯綜した現れかたを示してくる。

7　子安宣邦：『「近代の超克」とは何か』，青土社，2008 年 6 月第 1 刷、2008 年 7 月第 2 冊，第 37 页。原文：中国問題、あるいは朝鮮・満州を含めた大陸問題をはずして、日本の近代も近代史もない。

8　山室信一：『思想課題としてのアジア』，岩波書店，2001 年 12 月，第 31 页。原文：近代日本の自己認識史は、アジアについての言説史と一体のものであったといっても過言ではないであろう。

9　例如 1895 年，有关《马关条约》的签订，德国、法国、俄国一致干预日本，并要求其将辽东半岛归还中国。

荣"之类口号。

当然，需要指出，沟口并非延续的是上述这种思潮。但是，值得注意的是，沟口打造"亚洲"、"东亚"话语空间的行为过程在日本是有它的固有传统的。换言之，这一"亚洲共同体"的缔造，在日本有着其深厚的思考基础。可以说，由于与亚洲的连带感、对欧美的抵触等原因，基于"亚洲空间"打造的话语论述不论在战前、战时还是战后，它始终都在日本的思想界占据重要位置。

而对于当下的日本学界、尤其是中国研究学界，出于对欧洲中心主义话语的警惕以及对西方设计的种种"近代"大框架的反抗，"亚洲空间"的构建依旧有它的生命力与合理性。葛兆光（1950-）曾说："从宫崎市定以后，他们（指代日韩学者）就讲'アジア史'，这简直成了风靡一时的东西。一直到1990年代，就出现了一个高峰和热潮。"[10]而沟口无疑是这一"高峰和热潮"的主力推手。

而在笔者看来，沟口对"东亚[11]共同体"的打造是值得被评价的。尤其是在中日渐行渐远的年代里，打造一个互相认可的"东亚共同体"具有一定的现实意义。即便这一"共同体"更多的是基于想象成分而形成的。但当"中国威胁论"笼罩在日本社会上空，"（日本）社会清一色'嫌弃中国'。出版业一致认为，不写中国的坏话就卖不了作品。"[12]的年代里；当日本学者们面对以上状况，只愿顺从而"不敢背道而驰"的年代里。不得不说，沟口为"东亚共同体"的"呐喊"有其积极的一面。

而另一方面，对于一个"从来没有想到自己要入亚洲、入东亚，才可以和西方对应"[13]，在一定程度上依旧保留有"天朝大国"历史记忆的现实中国

---

10 葛兆光：《思想史研究课题讲录续编》，生活·读书·新知三联书店，2012 年 12 月，第 129 页。

11 略带说明一下，"亚洲"与"东亚"在"亚洲空间"的话语构建层面几乎可以换用，而对于沟口，其"东亚"可以和"中国"、"日本"划上等号。基于近代文脉，甚至可以说日本人的中国观就是对亚洲观的直观反映。这一层面的问题，在此不做详细论述。

12 冈本隆司：『中国の論理』，中央公論新社，2016 年 8 月初版、2016 年 10 月再版，第 213 页。原文：世はただいま「嫌中」一色。中国の悪口を書かないと売れない、と出版会も口をそろえる。この不況では迎合でなくとも、世間のの風向きに背を向けるわけにはいかない。……筆者だって、中国・中国人が好きか、嫌いか、と聞かれれば、嫌いだ、と答えるだろう。

13 葛兆光：《思想史研究课题讲录续编》，生活·读书·新知三联书店，2012 年 12

而言，也应该重视并理解"亚洲"内部的他者——日本。近代日本在亚洲的"崛起"，始终应该被作为一块中国自身反思的基石、一个谦虚面对"他者"的理由。

第二节　日本近代"亚洲意识"的滥觞

近代以降的日本，基于"亚洲空间"的话语缔造可谓昌盛。将理念的亚洲时而统合进自身内部，时而作为抽象的价值对象区分对待。"亚洲"这一从最初便是被赠与的概念形象对日本来说可谓是交错无序、纷难复杂。在思想的场域内更是盘根错节、互相牵拉。

因此，近代日本时常陷入对亚洲难以分割论述又无法划一定义的两难境地。从这一意义上来说，近代以前的"唐土"、"华夏"、主导"华夷秩序"的中国与所谓形成近代冲击的西洋对日本来说，至少在他者意义上表现得稍为纯粹。

但事实上，这一以"亚洲"、"东亚"空间单位为核心展开的思想构造在明治维新以前就已经开始胎动。

首先需要明确的是，对日本（乃至所有亚洲国家）来说，"亚洲"归根结底是源于他者——欧洲所赠与的概念。早在 1606 年耶稣会传教士利玛窦（Matteo Ricci，1552-1610）所绘制的《珅舆万国全图》就已传至日本[14]。作为地理位置的实体亚洲已经在日本先进知识人群体里被赠与完毕。事实上，"从历史的角度看，亚洲并不是一个亚洲的观念，而是一个欧洲的观念。"[15]。最初的"亚洲"认知、"亚洲"概念对于包括中国、日本、印度等亚洲国家在内都是一种被定义与被接受的存在方式。

周知的是，由于在相当漫长的岁月当中，中国与日本之间文化交融的特殊性——日本古代，乃至近世[16]的思想文化架构都无疑是通过吸收亚洲大陆的先进文化，特别是中国文化建立起来的。因此，日本人尤其是知识人对中

月，第 121 页。

14 参考：山室信一：『思想課題としてのアジア』，岩波書店，2001 年 12 月。

15 汪晖：《现代中国思想的兴起　下卷第二部　科学话语共同体》，生活·读书·新知三联书店，2015 年 1 月第三版，第 1539 页。

16 近世指日本江户时代（1603-1867），当时的统治阶级为了稳固统治吸收了中国的朱子学与阳明学等学说，并通过日本知识分子的阐述，构建起了日本官方意识形态。

国和中国文化始终抱有尊敬的态度。在《坤舆万国全图》传入日本近百年后的 1708 年，西川如见（1648-1724）的《增补华夷通商考》（『増補華夷通商考』）中所付的地图《地球万国一览之图》（「地球万国一覧之図」）仍将中国标识为"唐土"，视为世界中心，"唐土"以外的其他亚洲区域及欧洲统统被含括在"外夷"之中。

然而，随着西方传教士的出现，日本人以往固有的一元世界认知发生了一定程度的微妙变化。一部分日本人开始意识到西方文明，以中国为中心的"亚洲"、"东方"逐渐从日本人认知中的全世界变为了东方的世界。与此同时，在抽象的语言表述过程中，"亚洲"的整体概念也开始浮现。[17]这一时期的话语在一定程度上对日本"近代"思想的生产起到了奠基作用，当然其中也包含了反"近代"的"近代"思想。

被视为日本西学之滥觞的新井白石（1657-1725）在 1715 年出版的《西洋纪闻》（『西洋紀聞』）中谈及对西方传教士的印象时说道："（他们）只知道一些所谓形而下的东西，到目前为止对于形而上的东西还没有耳闻"[18]。这一评论虽然显示了新井对亚洲（尤其是中国）文化的认同及其对亚洲文明的自信。但其中也透露了另一个信号，即在这一时期西方文明开始进入日本人的视野，"华夷内外"[19]的世界观开始出现松动，从前相对单一的世界形象开始出现他者。昔日的他者在一定程度上被外来的他者所消解，并为亚洲整体概念的出现做了奠基。

另外，值得注意的是，新井言论中潜藏着"东洋＝精神文明、西洋＝物质文明"东西二元论模式原型。此后，它衍生出诸多泛二元论模式，并形成一股延绵不绝的暗流，潜移默化地影响了日本人的近代世界观。

此后，随着以兰学为中心的西方学问在日本的传播。日本人逐渐意识到西方的学问不仅仅局限于形而下之学，其中同样内含了类似于中国宋明理学

---

17 佐藤信渊（1769-1850 年）即发表过亚洲文明具有同一性的言论，在佐藤看来，亚洲自古多圣贤，注重礼仪、道义，极少有侵略他国的企图。原文：亚細亜大州は国土最初に開けて聖賢多く降誕し……亜細亜人は礼を学び義を行ひ、各確然としてその境界を守り、他国を侵伐し他人の物を奪い取るの念寡し。参考：鵜田恵吉：『佐藤深淵選集』，読書新報出版部，1943 年。

18 新井白石：『西洋紀聞』『日本思想体系 35　新井白石』，岩波書店，1975 年，第19 页。原文：所謂形而下なるもののみを知りて、形而上なるものはいまだあづかり聞かず。

19 即以"中国"为中心，其余地区均视为"蛮夷"的文明观念。

之类的、与人类精神世界普遍相关的学问（西方哲学）。

一个有趣的现象是，曾经对日本知识分子来说，具有"普遍性"意义的"儒学"[20]。在当下，时常要为自己所失去的"普遍"寻求具备世界性价值的合理阐释。而上述时期的"洋学"（西方文明）则与现在的"儒学"一样，在为自己的"普遍性"而努力。

然而，幕末的渡边华山（1793-1841）对西方文明的态度就与新井的看法有了显著的差异，渡边认为"（西方）的技术精博，鼓舞了教政的羽翼，（在这一点上）甚至连中国似乎都有不及他们的地方。"[21]"在地球上，像中国这样把自己国家看作是天下，像印度那样认为地球之外还有三千世界的看法说到底全部都是空疏无迹的看法，他们只是炫耀上古圣人之道，而对古今之所变并不知晓。很可笑的是，古代圣人诞生的地方，以及盛产文物的地方现在都成了夷狄之地"[22]。

渡边的上述言论是极具冲击性的。他不但将"华夷"观念相对化，颠覆了以往"华夷内外"的固有认知，言语中甚至暗含了对文明转向的预判，将昔日"夷狄"之"西方"抬到与中国相同甚至更高的位置。笔者以为，此后对近代日本发展形成巨大影响的福泽《文明论之概略》正是渡边思维脉络延长线上的产物。

然而，同属幕末时期的佐藤信渊（1769-1850）对形势的看法虽然与渡边趋于一致。但与渡边有所背离的是他对昔日"中华"的自信，"最初的亚洲多圣贤，礼乐刑政也很昌隆……亚洲人学理讲道义，各自都很明确的守卫自己的国土，不太会侵略他国，强取他人的东西"[23]。从上述言论中可以觉察出佐藤对亚洲文明的自信，同时值得注意的是，他将亚洲作为一个文明载体的符

---

20 广义层面的"儒学"。

21 渡辺崋山：『慎機論』『日本思想大系 55　渡辺崋山・横井小楠他』，岩波書店，1971 年，第 69 頁。原文：その芸術精博にして、教・政の羽翼鼓舞をなす事、唐山の及ぶ処もあらざる似たり。

22 渡辺崋山：『外国事情書』『日本思想大系 55　渡辺崋山・横井小楠他』，岩波書店，1971 年，第 51 頁。原文：一地球の内、唐土のごときは一国を天下と存じ、印度のごときは地球の外、三千世界ありとし、畢竟はみな空疎無稽の識、ただ上古聖人の徳に眩耀いたし、古今、変化を存ぜず。ただ、怪しきは古聖降誕、文物盛り候地、一国も残らず夷狄の地とあい成り……

23 原文：亜細亜大州は国土最初に開けて聖賢多く降誕し……亜細亜人は礼を学び義を行ひ、各確然としてその境界を守り、他国を侵伐し他人の物を奪い取るの念寡し。参考：鵜田恵吉：『佐藤深淵選集』，読書新報出版部，1943 年。

号来处理，强调了亚洲的同一性。

总体来说，在上述时期，包括一部分抱有危机意识以及具有明显"日本国粹主义"倾向的先进知识人，日本人对亚洲、对中国并没有表现出日后所谓的"先进—落后"二分主张。即便有，也是极其混沌且不含清晰标准的粗略想法。正如子安所言："直到 19 世纪欧洲凭借其卓越的包括航海技术在内的军事力量向东亚世界夸耀其新文明的威力，在此之前，中国仍旧作为所谓华夷秩序的中华文明圈国际秩序的中心所存在。"[24]但可以说，作为符号的"亚洲"已经在这一时期被赠与完毕，它为日本人的主体想象提供了近代地理学意义上的空间。

此后伴随着一系列史实的呈现，"亚洲"自身开始出现裂变，而这一裂变可以说主要始于 1840 年鸦片战争。至此，"华夷内外"观，"中华文明圈"开始瓦解，"西方的冲击"正式成为一个重大问题登上历史舞台。思想的脉络也在这一时期开始出现明显的倾向性，即便两条脉络基于价值判断的内涵并无二致，但在现实思维、理想层面，两者的发展还是互相交织、影响并相互冲突。

第三节 "文明论之概略"与"东洋的理想"[25]

当作为符号的"亚洲"被赠予完毕，日本人意识到自己所处的位置之后，他们以此地理框架为前提，再一次根据自身的知识、感知、体验、经历对亚洲进行了反构建。这时，"亚洲"就成为思想生产的场域，具有生产性的思想通过话语的叙述展现出极具活力的能量，认识论的资源通过话语的打造被付诸实践。当然，反之，行动亦能成就话语。

如若将萨义德（Edward Said，1935-2003）《东方学》（"Orientalism"）中

---

24 子安宣邦：『「アジア」はどう語られてきたか——近代日本のオリエンタリズム』，藤原書店，2003 年 4 月初版、2007 年 6 月第 6 刷，第 71-72 頁。原文：十九世紀にヨーロッパが卓越した航海技術を含む軍事力をもって東アジア世界にその新たな文明的威力を誇示するにいたるまで、中国はなお華夷秩序という中華文明的な国際秩序の中心に存在していた。

25 《文明论之概略》为福泽谕吉在 1875 年所著论著，此处不用书名号而用引号以表示笔者借其书面来表示一种日本的文明论思潮。同样《东洋的理想》为冈仓天心于 1902 年所著论著，同样笔者将其视为一种思想以及认识论资源，故使用引号表示强调而舍去书名号。

所批判的西方世界之"亚洲"论述移植入日本的思想脉络，即可将上述话语实践表述为是日本在"东亚世界"内部的世界史的再构筑，并且这一过程比西方"世界史"式的亚洲论述更为复杂与多变。因为西方所要处理的亚洲是纯粹意义上的他者，而亚洲较之于日本并不具备西方论述他者的纯粹性。在笔者看来，其中较为典型的"日本式"亚洲论述即为福泽谕吉（1835-1901）的《文明论之概略》与冈仓天心（1863-1913）的《东洋的理想》[26]（*The Ideals of the East with Special Reference to the Art of Japan*，1903）。他们此后也分别成为代表日本"近代主义"与"亚洲主义"的典型乃至成为其鼻祖。

对于福泽，暂且不具体论述福泽与欧洲文明论者，如基佐（Francois Pierre Guillaume Guizot，1787-1874）、卢梭（Rousseau，1712-1778）等人的嫡系关系。这里需要明确的是，西方文明史成立的必要条件是对非西方、反"世界"的"异己"的区分。福泽在阐释文明论时则将亚洲视为一个世界，在亚洲"世界"内部构建"世界史"式的文明秩序。

卢梭（Rousseau，1712-1778）、黑格尔（G. W. F. Hegel，1770-1831）等欧洲的先学们的西方反面形象设定首先是印度。到了马克思（Karl Marx，1818-1883）那里，这一反面材料则变为了土耳其。而对福泽来说，反"文明"的主要对象是中国。其中固然包含了地缘政治层面的原因。但毫无疑问，这一过程包含了日本民族主义的觉醒。换言之，"亚洲"被赋予了主体想象与自由建构的权利。带有"民族主义"色彩的主体，结合其个性体验、经历以及对世界、"亚洲"的新认识，将上述权利转化为思想的话语（对福泽来说甚至是一种义务）。在这样的过程之中，西方文明论的"构造性特质"[27]被福泽削足适履式地继承并发展，最终成为一套在福泽看来更符合日本的"文明"论体系。

正如子安宣邦在《黑格尔〈东洋〉概念的呪缚[28]》（『ヘーゲル「東洋」概念の呪縛』）[29]一文中所指出的那样：

---

26 原著用英文创作而成，题为："The Ideals of the East with Special Reference to the Art of Japan"。日文版译为：『東洋の理想』，由富原芳彰翻译，笔者参考的是于1986年2月由讲谈社学术文库出版的译本。

27 子安宣邦在其著作中论述福泽文明论与西方文明论间的关系时，将二者的关联之处归结为共享有一套"结构性的特质"。详见：子安宣邦：『「アジア」はどう語られてきたか——近代日本のオリエンタリズム』「序」，藤原書店，2003年4月初版、2007年6月第6刷。

28 "呪缚"为非汉语词汇，但本处遵照日文原文使用"呪缚"一词。

29 初出自《环》，2011年冬号。后被收入：子安宣邦：『「アジア」はどう語られて

（福泽的）"脱亚"这一言说构成中的有关文明论的关系构造是
对黑格尔历史哲学中"东洋"概念的再生产。日本自负地认为自己
是文明国家，强迫规定了除己之外的亚洲诸国都是文明以外的停滞
的东洋。……将自己视为欧洲文明的正嫡子所构成的"脱亚"言说
将黑格尔的东亚概念以自我脱离的方式带进了亚洲。[30]

当然，我们无法忽视当时因朝鲜改革派失败等史实对福泽产生的影响。
但无论如何，福泽无疑是日本"脱亚"论的鼻祖，是"西洋文明论"的积极倡
导者，日本式"近代主义"的先驱与缔造者。

正如沟口所言："福泽谕吉的思想中就存在日本近代的原型。从这个原型
出发，派生了各种各样的形式，形成了日本的近代意识。"[31]而上述日本的"近
代意识"即是沟口学术生涯问题意识的主线之一。可以说，沟口"将中国作
为方法"的目的之一即是为这一根深蒂固的日本"近代意识"松绑，将其相
对化，并最终指向多元化。

事实上，基于以上"近代"，近代日本产生了两条看似迥异，实则基于同
一价值判断的"亚洲"思想脉络。其一即为以福泽为代表的"脱亚论"，其二
是"兴亚论"，其代表思想即为"亚洲主义"。而冈仓对"东洋理想"的阐释可
以说是"兴亚论"的典型，并且其辩证式的"亚洲一体论"在一定程度上被沟
口基于"理念型中国"所呼吁的"将中国作为方法"所继承。

冈仓天心"东洋的理想"诞生于 19 世纪末 20 世纪初，亚洲日常生活中
所共有的"美"与"爱"是天心亚洲理想的基石。天心著作《东洋的理想》第
一句就开门见山地写道："亚洲是一体的。"接着天心阐释道：

きたか——近代日本のオリエンタリズム』「序」，藤原書店，2003 年 4 月初版、
2007 年 6 月第 6 刷。

30 子安宣邦:『「アジア」はどう語られてきたか——近代日本のオリエンタリズム』
「序」，藤原書店，2003 年 4 月初版、2007 年 6 月第 6 刷，第 70 頁。原文:「脱
亜」という言説構成に見る文明論的な関係構造がヘーゲルの歴史哲学的な「東
洋」概念を再生産する。みずから文明国と自負する日本は己れを除くアジア諸
国の上に文明境外に停滞する東洋という規定を押しつけるのである。……みず
からを欧州文明の正嫡子としながら構成する「脱亜」の言説が、ヘーゲル的な
「東洋」概念を己れが離脱するアジアの上にもたらすのである。

31 平野健一路、土田哲夫、村田雄二郎等編:『インタビュー　戦後日本の中国研
究』「主体への問、沟口雄三」，平凡社，2011 年 7 月初版第 1 刷，第 108 頁。原
文: 福沢諭吉のなかに日本の近代の原型がある。それがいろいろな形で派生し
ながら日本の近代意識形成していると思い……

虽然喜马拉雅山脉把两个强大的文明，即孔子的共同社会主义中国文明与吠陀的个人主义印度文明相隔开，但那雪山的屏障，却一刻也没能阻隔亚洲民族那种追求带有'终极普遍性'意义的爱的扩散。正是这种爱，是所有亚洲民族共通的思想遗产，使他们创造出来世界所有的大宗教，……阿拉伯的骑士道、波斯的诗歌、中国的伦理、印度的思想都在讲述着单一的古代亚洲的和平物语，和平之中蕴含了共通的生活，虽然不同的地域有不同的特点，但不论在哪儿都没法划出一道明确不动的分隔线。[32]

基于"终极普遍性"的"爱"——一种可以将亚洲统合的抽象精神概念是天心"亚洲一体"论的思想基轴。事实上，这并非是纯粹浪漫主义诗人式的凭空念想，它是天心凭借美术研究感悟及丰富人生阅历的宣言式表述，是他对亚洲之"美"特质切身感受后形成的某种主体认知，这一命题日后也成为了天心思想的核心要素。

然而，天心的思想并没有"亚洲是一体"这一此后被反复利用的话语一般简单。毋宁说，思想的多元复杂性才是天心的特点，才是其反复被战前、战中以及战后思想界提起的缘由。换言之，基于天心与身俱来的浪漫主义气质，"国粹主义""亚洲主义""人文主义"等一系列主题型的思想都能在天心式激昂言语表述中找到相应的繁衍资源。因此不得不说，天心的思想拥有强大的能量，是具备持续性、可再生性的多元化认识论资源。

战争期间的天心被塑造为"大东亚共荣"之先觉者[33]，同时被日本浪漫派

---

32 岡倉天心：富原芳彰訳『東洋の理想』，講談社学術文庫，1986 年第 1 刷，第 17、19 頁。原文：アジアは一つである。ヒマラヤ山脈は、二つの強大な文明、すなわち、孔子の共同社会主義をもつ中国文明と、ヴェーダの個人主義をもつインド文明とを、ただ強調するためにのみ分っている。しかし、この雪をいただく障壁さえも、究極普遍的なるものを求める愛の広いひろがりを、一瞬たりとも断ち切ることはできないのである。そして、この愛こそは、すべてのアジア民族に共通の思想的遺伝であり、かれらをして世界のすべての大宗教を生み出すことを得させ、……アラビアの騎士道、ペルシアの詩歌、中国の論理、インドの思想は、すべて単一の古代アジアの平和を物語り、その平和の中に一つの共通の生活が生い育ち、ちがった地域にちがった特色のある花を咲かせてはいるが、どこにも明確不動の分界線を引くことはできないのである。

33 譬如战争期间"日本文学报国会"负责选定的"国民座右铭"——即全年每日选择一位合适先人的名言作为"国民座右铭"。1941 年 12 月 8 日太平洋战争爆发当日被选中的即是冈仓天心的"亚洲是一体的"。

文学家视为"美之使徒"和反"近代"的革命家、思想家[34]即是例证。竹内基于天心的思想特质分析其与"浪漫派"的相互关系时说道:"'日本浪漫派'从某种意义上来说是利用了天心,但另一层面,也可视为是对天心思想的新发掘,不论这对天心来说是幸运的或是不幸的,但从理论上来说是顺其自然的。"[35]"从理论上来说顺其自然"的原因即是天心思想具备多元阐发可能性的佐证。在这一层面意义上来说,即使天心被军国主义者所利用,但"因为其思想是生产性的,因此这即便被视为是天心的荣誉也不能被视为是耻辱。"[36]

事实上,天心思想的内质并不具备在战争期间被军部所利用的所谓政治性的意识形态及内涵[37]。"天心的'亚洲是一体的'本来并没有指代政治层面的一体性"[38]。虽然就结果而言,确实,天心的"亚洲一体"论与侵华战争,太平洋战争结合并产生了强大的精神能量。

但天心本身的"要求"里并没有包含类似的政治意图。即使天心是一位彻底的民族主义者,毋宁说对日本过度的西化风潮感到担忧以及对日本传统性的逐渐丧失感到沮丧才是天心将亚洲理念化、抽象化并提出"亚洲一体"论这一行为的本质。

而这与沟口是相通的,沟口言说"理念化中国"的本质同样是出于在新

---

34 以保田与重郎(1910-1981 年,与天心同为东京帝国大学美术史专业学生)为首的日本浪漫派否定战争,将天心言说的"美"来对抗源自西方的科学,认为科学是导致战争的罪魁祸首,而"美"则可以超越科学与战争,换言之,日本浪漫派对日本的文明开化持否定态度,认为它是近代一系列灾害的源头,作为与近代对抗的思想资源,天心的思想被赋予了新的阐释。

35 朝日ジャーナル編集部編:『新版　日本の思想家』,朝日新聞社,1975 年 9 月,第 23 頁。原文:天心が「日本ロマン派」によって、ある意味では利用され、ある意味では新たに思想的に発掘されたことは、天心にとっての幸不幸は別として、論理的には当然の成りゆきであった。

36 朝日ジャーナル編集部編:『新版　日本の思想家』,朝日新聞社,1975 年 9 月,第 23 頁。原文:利用されたのは、それだけ彼の思想が生産的だったからであって、これは天心の名誉ではあっても、恥ではない。

37 根据竹内好的论述,大东亚战争期间,"亚洲是一体的"被以"大东亚共荣圈"为战略目标的日本军国主义政府所用,这使冈仓给世人留下了帝国主义赞美者的印象,战后他的名字也一同被埋没了。详见:竹内好:『日本とアジア』「日本人のアジア観」,筑摩書房,1993 年 1 月第 1 刷、2013 年 5 月第 10 刷。

38 松本三之介:『近代日本の中国認識　徳川期儒学から東亜協同体論まで』,以文社,2011 年 8 月初版,第 148 頁。原文:……天心における「アジアは一つ」とは、本来、政治的なレベルの一体性を意味するものでなく……

时期对日本西方中心主义倾向的担忧，所以沟口提出要从亚洲出发思考，确立亚洲的主体性。

正如竹内所指出的那样：

> ……天心的真意并非赞美帝国主义也并非在劝说日本成为山头霸主。

> 翘首等待现实中充满侮辱的亚洲，通过回到本性的自觉，来拯救弥补以武力为基础的西洋文明之缺陷那一天的到来才是他的真意。那样的亚洲本性是美，……[39]

通过"美""爱"等具备原理性的概念将亚洲捆绑为一体，继而用这一"亚洲"所具备的特性来弥补西洋文明的缺陷是竹内读出的天心。而基于类似的知识心境，沟口提出了用亚洲的原理去衡量欧洲。值得一提的是，这一"亚洲一体论"也被竹内融合进了"作为方法的亚洲"这一课题当中。

第四节　辩证法式"亚洲一体"论

毋庸置疑，在艺术领域（尤其是美术领域）卓有成就的天心对亚洲的言论有其理想化的一面。理想的脉络里甚至流淌了与天心形象格格不入的不自信，但这可以说是日本近代（更确切地说是与西方接触以降）知识人所共通的特征之一——即在与西洋接触、碰撞的过程中，祭出"亚洲一体"之形式来为单一日本民族的反"西洋"精神壮胆。

正如津田左右吉在《东洋文化是什么》（『東洋文化とは何か』）一文中谈及"近代"源头的幕末思想家时所指出的那样：

> ……幕末时代的日本思想家们，难以从自己身上寻求与西洋文化相对立的东西，于是他们将自己所尊崇的支那文物，特别是儒教纳入自己一方，甚至说是依赖也不过分。至少，在与西洋对抗之时，单一的日本不如以东洋整体的形式出现（对他们来说）更有把握。[40]

39　竹内好：『日本とアジア』，筑摩书房，1993 年 1 月第 1 刷、2013 年 5 月第 10 刷，第 101 页。原文：……天心の真意は、帝国主義を赞美しているのでもなければ、日本にお山の大将になれと劝めているのでもないことがわかる。现状では污辱にみちているアジアが、本性の自觉に立ちもどることによって、力の信仰を基础とする西洋文明の欠陷を救う日が来るのを待ちのぞむ、というのが彼の真意である。そのアジアの本性とは美であり……

40　津田左右吉：『日本文化と外来思想　津田左右吉セレクション 2』，書肆心水，

值得注意的是，随着 1905 年日俄战争日本的胜利，及此后帝国日本的扩张，膨胀后的日本更加趋向于"亚洲一体"论思潮。

高坂正显（1900-1969）将"自然·神格·人"之西洋式"实在"的"有"与东洋式的"无"相互类比的关于东西哲学的论述，也正是在上述层面对东洋与西洋的特质加以把握的。但与天心不同的是，作为"京都学派"的代表性论客，高坂学术理论的前提明显包含了一定程度的政治意图。

对于天心，不容否认的是其在高歌理想的同时对亚洲实际状况的把握亦是相对准确的，至少是领先于他所处时代的。"亚洲是一体的"精神世界的背后，隐含着另一种辩证之思想，那即是对现实世界亚洲诸国间"异"的清晰认知：

> 如果说亚洲是一体的，那么亚洲各民族又形成了各自单一且强力的网眼也是不争的事实。……阿拉伯的骑士道、波斯的诗、中国的伦理、印度的思想，这一切都在讲述着单一的亚洲和平物语，在那里自然而然地孕育出了共通的生活，虽然不同的地方开出了相异的各具个性的花朵，但却无法划出确切的区分线。[41]

天心提出"一体论"的目的可以说是一种对视角转换的诉求，对日本极度西方崇拜的抵制。

不难看出，基于"亚洲是一体的"这一"东洋的理想"之前提，事实上，天心对包含伊斯兰教在内的亚洲文化相异性的把握亦是行走在他所属时代之前列的，是先进的。"在对日本人来说的亚洲文化甚至仅仅只有中国的儒教和印度的佛教之时，天心眼界的宽度着实令人惊讶"[42]，甚至连中国内部的南北

2012 年 7 月，第 71 页。原文：……幕末時代の日本の思想家が、西洋の文化に対立するものを日本みずからのみには求めかね、彼らが尊重していたシナの文物、特に儒教、を味方とし、むしろそれに依頼しようとしたところから生じたものである、といっても甚しき過言ではあるまい。少くとも、西洋に対抗するに当っては、日本としてよりもいわゆる東洋としての方が心強かったのである。

41 岡倉天心：『東洋の理想他』　東洋文庫 422，平凡社，1983 年 6 月初版、1987年 1 月第 2 版，第 12 頁。原文：もし、アジアが一つであるならば、アジア諸民族が単一の強力な網の目をなしていることもまた事実である……アラブの騎士道、ペルシアの詩、中国の論理、そしてインドの思想、これらの一切が、単一のアジア的な平和を語っていて、そこにおのずと共通の生活が育ち、それぞれの場所で異なった特徴的な花を咲かせながらも、確たる区分線など引きようもないのである。

42 山室信一：『思想課題としてのアジア』，岩波書店，2001 年 12 月，第 82 頁。原

差异问题都成了天心关注的对象[43]。正如同竹内所指出的那样，亚洲的"现状是多样的、复杂的，对天心来说，这样的现实认识极其深刻。"[44]

　　而另一方面，对于天心，除去文化层面的具体考察，历史状况也同样"要求"其提出"亚洲一体"论的命题。换言之，天心对亚洲"现状是多样的、复杂的"认识与亚洲之于西洋的沦陷互为表里。"深刻"体现的正是天心对亚洲丧失主体、现状没落的哀叹，此与《东洋的理想》中"欧洲的光荣是亚洲的耻辱啊！"[45]声嘶力竭之呐喊参互成文，体现了天心对作为屈辱进行时、屈辱史的"亚洲是一体的"危机意识。这也正是竹内所言"在理想的层面，他（天心）不得不浪漫地讴歌本应是一体的亚洲之本性"[46]的原因，也是"他（天心）的亚洲观与劝诫日本之西洋崇拜的泰戈尔的亚洲观及其类似"[47]的缘由。

　　基于现实的亚洲，天心说道："由于亚洲各国之间的相互孤立，对这一突如其来的事态无法进行总体性地把握。"[48]"亚洲是一体的"正是天心意识到现实状况下亚洲内部的孤立特征、亚洲的非一体性而提出的箴言式命题。继而天心再一次从"亚洲是一体的"这一带有屈辱内质的命题出发，唤醒亚洲：

文：……日本人にとってアジアの文化といえば、中国の儒教とインドの仏教以外に思い及ぶことさえなかった時代に天心の眼差しの及んだ境域の広さは一驚に値する。

43　对冈仓天心《东洋的理想》稍加阅读即可了解其对现实东洋诸国间差异性的认识是相当深刻的。"亚洲是一体的"是在标题为"理想的领域"这一章节所提出的。基于现实层面，天心从日本的原始美术开始论述、对各时代日本的特征进行了分析阐释，其中还对中国宗教的南北差异性、印度美术与佛教的问题进行了详尽论述。详见：冈仓天心：『東洋の理想他』　東洋文庫422、平凡社、1983年6月初版、1987年1月第2版。

44　竹内好：『日本とアジア』，筑摩書房，1993年1月第1刷、2013年5月第10刷，第101頁。原文：現状は多様であり、複雑である。天心にあって、この現状認識はきわめて深い。

45　冈仓天心：『東洋の理想他』　東洋文庫422，平凡社，1983年6月初版、1987年1月第2版，第148頁。原文：ヨーロッパの栄光はアジアの屈辱である！

46　竹内好：『日本とアジア』，筑摩書房，1993年1月第1刷、2013年5月第10刷，第101頁。原文：……彼は、理想において一体であるべきアジアの本性をロマンチックに謳わずにいられなかった……

47　竹内好：『日本とアジア』，筑摩書房，1993年1月第1刷、2013年5月第10刷，第101頁。原文：……この彼のアジア観は日本の西洋心酔を戒めたタゴールのアジア観ときわめてよく似ていた。

48　冈仓天心：『東洋の理想他』　東洋文庫422，平凡社，1983年6月初版、1987年1月第2版，第148頁。原文：アジアの国々は互いに孤立しているため、このぞっとするような事態の総体的な意味を把握することができないでいる。

"我们久久在理想之间徘徊，让我们再一次直面现实吧。"[49]"直面现实"即直面被欧洲全面侵蚀的亚洲这一现状，其内涵了某种理念中西"对抗"之思想。随着时代的变迁，沟口直面的是以欧洲为中心的日本学术界。在沟口看来，近代的亚洲没有言说自我的权利乃至欲求（主体性），所以要从亚洲出发来构建亚洲，而非将西方的"近代"视作永恒的"模板"。因此，沟口呼吁从"亚洲"这一空间单位出发思考，并以此为前提，或者说是线索，来相对化中日、多元化亚洲乃至世界。

需要指出的是，对天心来说，在理想的域界内，"东洋"是以"美"与"爱"的共同体为基轴构建的一体化"亚洲"。作为文明符号载体的"亚洲"，其终极理想应该并不在对抗西方，毋宁说期待以亚洲精神之"爱"、"美"以及宗教的普遍价值来包容、弥补甚至拯救西方文明所带有的缺陷与畸形才是天心的真意。

另外，如前所述，"东洋的理想"与半个世纪后，当经济崛起的日本深陷二次西化、二次脱亚风潮之时，竹内发表"作为方法的亚洲"[50]的演说主旨是极其一致的：

> 西方有必要重新被东方包围，西方反过来从自身进行变革，通过这样一种文化的反击，或者说是价值的反击而创造普遍性。……
> 在逆袭的同时，自己必须有自己独特的东西。如果要说那是什么，我想它是不会作为实体存在的。[51]

"有自己独特的东西"——在天心的世界里，即是亚洲自古以来精神的

---

49 岡倉天心：『東洋の理想他』 東洋文庫 422，平凡社，1983 年 6 月初版、1987 年 1 月第 2 版，第 148 页。原文：われわれはながく理想の間をさまよってきた、もう一度現実に目ざめようではないか。

50 《作为方法的亚洲》是竹内好于 1960 年 1 月 25 日在国际基督教大学亚洲文化研究委员会主办的"思想史方法论座谈"上的演讲，经过修改加工后于 1961 年发表在武田清子所编的《思想史的对象与方法——日本与西欧——》（『思想史の对象と方法——日本と西欧——』）中，后被收录于 1981 年由筑摩书房出版的《竹内好全集》（『竹内好全集』）第 5 卷当中。

51 竹内好：『日本とアジア』，筑摩書房，1993 年 1 月第 1 刷、2013 年 5 月第 10 刷，第 469 页。原文：……西洋をもう一度東洋によって包み直す、逆に西洋自身をこちらから変革する、この文化的な巻返し、あるいは価値の上の巻返しによって普遍性をつくり出す。……その巻き返す時に、自分の中に独自なものがなければならない。それは何かというと、おそらくそういうものが実体としてあるとは思わない。

共同体——"美"、"爱"、宗教等等一系列抽象的非实存之物。而在竹内看来，"自己独特的东西"同样"作为实体是不会存在的"——即东洋应以某种非实体形式对西洋进行包容、弥补式的反击。可以明显体察到的是两者共享的某种知识心境，以及其共同对西式"物化"日本发起的质疑与批评。

如前所述，同样出于对新时期日本西化风潮的担忧[52]，沟口于 2004 年出版了《中国的冲击》(『中国の衝撃』)一书。面临憧憬式中国美好想象终结的真空时期（现代中国[53]）以及"大中华帝国"威胁论的悄然呈上，日本人的世界观似乎面临着新世纪的再建构问题。围绕"日本应该怎样面对当今中国的变化？现在的中日关系应该如何定位？今后的中日关系应该是怎样的关系？"[54]等一系列问题。不得不说，回归亚洲、东亚，以中国（理念型）为媒介来寻求新一轮世界发展的普遍法则与原理，是作为继承日本历史文脉的中国学家沟口的紧要任务与学术使命。同时作为一位具有现世关怀的人文学者与左派民族主义者，沟口面临的是另一个与战中"近代的超克"问题相关联的"超近代"课题。过于迫切的回归心情必然会对沟口的论述造成一定程度的影响，这也是这部作品让沟口处于日本学院派非议之风口浪尖的原因之一。

而对于天心，要而言之，他并不是一位纯粹意义上的浪漫主义式诗人、"美的使徒"[55]，他同时扮演了现实观察者与文明预言者的角色。在这一点上，

---

52 即："明治以来，日本一直是抱着西欧中心主义的近代观来推进自己的近代化的。日本的这一坐标轴在二十一世纪里还能够依然故我地保持下去吗？在以中国为首的亚洲诸国或地区正在发生巨大变化的情况下，日本的坐标轴是否已经到了非自我反省不可的地步了？"参考：沟口雄三：『中国の衝撃』，東京大学出版会，2004 年，第 256 页。与此互为表里的是普通民众对中国的优越感。此外，数年后伴随着钓鱼岛事件的出现，中日关系极具恶化，沟口的担忧成为现实问题呈现在我们面前。正如平野聪所言："在近年急剧恶化的中日关系下，由于对中国的拒否感产生的对中国漠不关心的风潮逐渐蔓延开来的现状着实令人担忧。"（参考：平野聪：『「反日」中国の文明史』，筑摩書房，2014 年 7 月，第 16 页。原文：近年の急激な日中関係悪化の中で、中国に対する拒否感から、中国のことを知りたくないという風潮がはびこる現状を心から憂えるものである。)

53 即沟口所言："1978 年进行改革开放以来的中国，尤其是上世纪 90 年代以降的中国"。参考：沟口雄三：『中国の衝撃』，東京大学出版会，2004 年，第 255 页。

54 沟口雄三：『中国の衝撃』，東京大学出版会，2004 年，第 256 页。原文：中国の現在の変化を日本はどう受けとめたらよいか、現在の日中関係はどういう位置関係にあり、今後の日中関係はどうあるのがよいかを考えよう……。

55 源自竹内好对天心的解读。参考：朝日ジャーナル編集部編：『新版　日本の思想家』，朝日新聞社，1975 年 9 月，第 31 页。

天心、竹内与沟口是相通的。理想的世界与现世关怀互相交织，相互影响。天心通过对美术的研究，逐渐将亚洲的精神特质抽解出来，并认为它并不逊色于西方甚至凌驾于西方之上，竹内从广义的文学领域出发，通过感知中国人的思考方式，并通过感知去研究更深层次的中国式生活本身来思考将亚洲作为方法的一系列可能性路径。而沟口以中国的传统思想为基点，在中国前近代思想的展开过程中，寻求另一个异端"近代"的可能性，并希望将其作为一种"方法"，向创造新的世界原理出发，创造出另一个世界本身。

第五节　津田支那学[56]——"异"的原理

　　纵然在理想的域界天心提出了"亚洲是一体的"这一贯穿其生涯的核心命题与思想。但正如前述，天心对亚洲现实的"异"依旧有着清晰的认知。同样，基于现实层面，亚洲内部的差异性也是沟口的重点关注对象，甚至是沟口中国学方法论的成立前提。津田支那学则为沟口对"异"的原理性要求提供了学理资源。

　　津田左右吉于 1938 年发表了《支那思想与日本》（『支那思想と日本』）[57]一文。字里行间津田不遗余力地将中日差异化，强调日本民族历史文明层面的独立特性，主张"亚洲内部本质不同"[58]论。永原庆二（1922-2004）曾在分析津田的上述作品时说道："津田强调日本的生活、文化、思想在整个历

56　在日本，战前的中国研究一般称为"支那学"，"支那"一词带有一定程度的蔑视意味，笔者并不认同这一称呼。此处作为固定用法，暂且保留"津田支那学"一语。

57　此文先于 1933 年以《日本支那思想移植史》（「日本に於ける支那思想移植史」）为题发表在《岩波讲座哲学》（『岩波講座哲学』），后又于 1936 年以《文化史上东洋的特殊性》（「文化史上に於ける東洋の特殊性」）为题发表在《岩波讲座东洋思想》（『岩波講座東洋思想』），最终在 1938 年以《支那思想与日本》（『支那思想と日本』）为题由岩波书店刊出。

58　津田在 1938 年刊行的《支那思想与日本》（『支那思想と日本』）中不遗余力地说明并证明东洋各国之间的相异性，特别是中国与日本之间的不同。譬如其在《支那思想与日本》一文序言部分开头即指出："日本的文化是伴随着日本民族生活独自的历史进程而独自形成的，它与支那的文明完全不同……"参考津田左右吉：『日本文化と外来思想　津田左右吉セレクション2』，書肆心水，2012 年 7 月，第 9 页。原文：日本の文化は、日本の民族生活の独自なる歴史的展開によって、独自に形づくられたものであり、従って、シナの文明とは全くちがったものである……。笔者将这一津田式的论调命名为"亚洲内部本质不同"论。

史发展过程中与中国有怎样的不同，认为虽然日本从中国接受了以律令制为中心的先进文化，但非常表面化，或只是上层阶级的事情，两国民众的生活文化几乎没有交流，完全不同。"[59]

需要说明的是，津田否定的并非是日本向外国学习先进文化这一史实。相反的，"津田一直强调，日本不论在哪一历史阶段都学习了外国学问"[60]。但津田认为："国民的生活文化与外来文化之间具有较大差异。外来文化、特别是近代以前的中国文化没有影响到日本文化的根基，二者具有异质性。"[61]这也是津田强调最多的一点。正如永原所言："《支那思想与日本》（岩波书店，1938 年，第一部和第二部分别是 1933 年、1936 年发表论文的结集）中最大的特征也是强调这一点。"[62]

然而，值得注意的是，津田中国学从属于整体津田史学研究，更确切地说是附属于"日本史研究"、"日本思想史研究"、"日本精神史研究"学术话语体系的。对于这一学术话语体系成立的背景，正如子安宣邦在《日本近代思想批判——国知的成立》（『日本近代思想批判——国知の成立』）一书中所指出的那样：

> "日本思想史"或者说是"日本精神史"的学术语言是日本近代史的某个时期，即听闻第二次世界大战爆发，或者说是与满洲国建国（1932 年）同时，日本帝国主义在东亚地区明确自我主张这一时期，即 1920 年到 30 年代间成立的话语。[63]

果不其然，紧随其后子安即将津田的《神代史的研究》（『神代史の研

---

59 永原庆二著，王新生译：《20 世纪日本历史学》，北京大学出版社，2014 年 3 月，第 131 页。

60 永原庆二著，王新生译：《20 世纪日本历史学》，北京大学出版社，2014 年 3 月，第 55 页。

61 永原庆二著，王新生译：《20 世纪日本历史学》，北京大学出版社，2014 年 3 月，第 55 页。

62 永原庆二著，王新生译：《20 世纪日本历史学》，北京大学出版社，2014 年 3 月，第 55 页。

63 子安宣邦：『日本近代思想批判』，岩波書店，2003 年 10 月第 1 刷、2009 年 1 月第 3 刷，第 153 页。原文：「日本思想史」あるいは「日本精神史」という学術的言説とは、日本近代史のある時期に、第二次世界大戦の跫音が聞こえてくる時期に、あるいは満洲国の建国（一九三二年）とともに日本帝国主義の東アジアにおける自己主張が明確化する時期、すなわち一九二〇年から三〇年代にかけて成立してくる言説である。

究』，1924)、《古事记及日本书纪的研究》(『古事記及日本書紀の研究』，
1924) 等代表性著作与和辻哲郎（1889-1960）的《日本精神史研究》(『日本
精神史研究』，1926) 以及大川周明（1886-1957）的《日本精神研究》(『日本
精神研究』，1927) 一同例举为早期带有上述色彩的相关作品。

　　换言之，津田学问是伴随着"日本思想史与精神史在大正末年至昭和战
争期的成立"[64]而成立的，同属于上述话语大框架之内。因而，津田学问必然
背负着日本思想史话语体系成立背后所特有的性格特征。而隶属于、抑或说
是附庸于日本史、日本思想史研究的津田支那学则毫无疑问是为了日本史、日
本思想史而设立的一个附属的"对极"。因此，毋庸置疑，津田支那学也必然
会带有子安所说的"自我主张"的性格。伴随着日本帝国主义扩张的"自我
主张"的一项重要任务即是"去中国化"，这一进程甚至可追溯至江户幕府末
年，日本国自我意识崛起的一个开端，即后来的"国粹主义"之源流。但毫无
疑问，明治以后日本的帝国化进程加速了对"自我主张"的要求。

　　而"自我主张"的根源即是伴随着"近代"浪潮而觉醒的日本民族主义。
如若在失控状态下，则会因丸山真男话语体系里的日本社会"无责任体系"
(《日本的思想》)的构造，发展为"超国家主义"，并直接与臭名昭著的膨胀
主义、军国主义、法西斯主义挂钩（此处不做详细论述）。可以说，津田史学、
津田支那学的成立是日本在上世纪前半期民族主义思潮反映在学理层面的具
体事例，"异别化"工作则是基于意识形态的必要操作。

　　暂且不论津田上述"异别意识"[65]本身正确与否。需要注意的是，在沟口
的思想体系里，由"异别意识"所产生的治学立场被提升到了原理主义的高
度。亦即证明亚洲、东亚各国内部的实际情况如何不同。而津田无疑是从学
术层面将上述"异别化"发挥到极致的人物。因此，极端地说，沟口是在证明
中国与日本之"基体"——"质"的差异方面与津田形成了某种共鸣，这也是

64 子安宣邦：『日本近代思想批判』，岩波書店，2003 年 10 月第 1 刷、2009 年 1 月
　　第 3 刷，第 153 页。原文：……日本思想史・精神史という言説は大正末年から
　　昭和の戦時期にかけて成立するのである。
65 "异别意识"的提法来源于沟口雄三：沟口雄三：『方法としての中国』，東京大
　　学出版会，2014 年第 5 刷，第 143 页。沟口在谈及津田中国学时说道："津田对
　　于根源的关心应该是来自他的异别意识。也就是说，他把支那思想、文化看作
　　是支那的思想、文化而试图把日本的思想、文化与其区分开来……"。原文：彼の
　　この根底への関心は、思うに、彼がシナ思想・文化をシナの思想・文化として、
　　日本のそれとは異別してとらえようとした、その異別意識から出るもので……

沟口对津田支那学格外关注的原因。当然，不得不说，对于沟口，实际上只是中国与日本的"异别化"。

换言之，沟口的"异别化"要求、与津田的共鸣是为"作为方法的中国"所内含的认识论服务的。其主要目的是主张"中国基体论"之研究方式以及批判以往日本中国研究中"没有中国的中国学"。

"中国基体论"即是将研究视角置于中国内部，主张中国历史有其发展的自身脉络。其典型即是沟口所主张的：

> 不应该把中国近代看作是所谓"西方冲击"的承受者，比如理解为"中体"的全盘"西体"化，即"旧中国"的瓦解过程，而应该反过来把其视为"旧中国"的蜕化过程。蜕化是一种再生，换个角度，也可视为新生，但蛇不会因为蜕了皮就不再是蛇。[66]

而作为"基体"的"蛇"即是沟口"异别化"的主体对象。正如沟口在谈及关于欧化前后中日间实际存在的相互关系时说道：

> 正如津田左右吉早就指出的那样，日中的共同点本来就很稀少；在这一点上，明治以前与明治以后基本上没有发生变化。倒是在两国渐行欧化以后，双方使用了相同的西历年号、学校制度和教育科目等等。因此，从这方面来看，具有讽刺意味的是，日本与中国在社会文化层面上的相同成分在欧化以后反倒增加了。[67]

而另一方面，沟口还要通过"异别化"来批判以往的日本中国研究。葛兆光（1950-）曾对这种"没有中国的中国学"做过如下描述：

---

66 沟口雄三：『方法としての中国』，東京大学出版会，2014 年第 5 刷，第 56 页。原文：中国近代は、いわゆる"西洋の衝撃"の被体として、たとえば端的に「中体」の「西体」化、いいかえれば「旧中国」の解体過程としてとらえられるのではなく、むしろ逆に、「旧中国」の脱皮過程としてとらえられるべきだ、と強調したいがためである。脱皮とは一つの再生であり、見かたによっては新生であるが、しかし蛇が脱皮したからといって蛇ではなくなるわけのものではない、ということである。

67 沟口雄三：『中国の衝撃』，東京大学出版会，2004 年，第 5 页。原文：津田左右吉がつとに指摘しているように、もともと日中間に共通性は希薄であり、その点では明治前後も以後も基本的にかわっていない。むしろ、両国が欧化を施して以降は、西暦年号、学校制度、教育科目などが共有されるようになったため、その面からいえば、日本と中国の社会文化面での関係は、皮肉にも欧化以後にかえって共通部分を増している。

在这种研究里面，"中国"并不是日本的"他者"，也没有真实的现实中国，他们不了解或者不愿意了解近现代的中国，只是在想象一个曾经和日本文化有关的古典中国……他们沉浸在古典中国之中，还觉得自己是继承了传统中国的经学和考据学，把中国当作文本上的东西来研究。[68]

所以，沟口正是针对上述日本的中国研究所提出的"异别化"，并将其上升到了"原理主义"[69]的位置。并且，沟口认为，对"异"的论述考证过程并不应只是"停留在表层的比较，只把事物和现象罗列一番，而是深入到了原理的抽象这一层面"[70]。反过来说，也正因为津田"把中国思想、文化看作是中国的思想、文化而试图把日本的思想、文化与其区分开来"的"异别化"学术态度，所以沟口认为他是一位"原理主义者"。

譬如在谈及今后中国学的发展时，沟口强调指出：

今后的中国学，应该摆脱一时代的制约，回到原理本身，从原理的普遍性着手。这样我们再来重读津田支那学的时候，就会发现，……（津田的）各种原理主义性质方法论都是我们应该谦虚地继承和发展的。[71]

要而言之，上述关于对津田中国学的继承部分对沟口来说，归根结底就是对研究对象应有的"异别意识"与"异别化"之要求。沟口在谈及战后学者对津田所整理出的原理与结构的继承之时，也同样是基于上述层面的继承。

---

68 葛兆光：《思想史研究课题讲录续编》，生活·读书·新知三联书店，2012 年 12 月，第 136 页。

69 沟口雄三：『方法としての中国』，東京大学出版会，2014 年第 5 刷，第 142 页。原文：津田はさしずめ原理主義者であり、彼はその原理主義において不転変である。

70 沟口雄三：『方法としての中国』，東京大学出版会，2014 年第 5 刷，第 143 页。原文：事象の羅列といった表層レベルの比較にとどまらず、原理的なものの抽出にまで至っていることである。

71 沟口雄三：『方法としての中国』，東京大学出版会，2014 年第 5 刷，第 147 页。原文：これからの中国学は、こういった一時代的な制約を抜けだし、原理そのもの、原理の普遍のところにたち返るところから始めるのがよく、そこからあらためて津田シナ学を読みかえしてみると、そこに見られる先の原理主義的な方法論のあれこれが、謙虚に継承し発展されるべきものとして、あらためてたち現れる。

第六节　"异别意识"与沟口

当然，需要指出的是，对津田的历史观（如"中国社会停滞论"）及价值判断（因"停滞"，所以"落后"、"蔑视"）层面的问题，沟口的意见是有所保留的，甚至是无法认同的。

在沟口看来，津田支那学是"以西方文化='世界'为尺度，一方面把支那文化的视为停滞不前的文化，另一方面通过支那文化的异别化来发现'世界'性的日本文化的独特性，这样的支那异别化，实质上就是为了蔑视服务的支那学。"[72]换言之，津田的"异别化"带有鲜明的时代烙印，毋宁说，在排除掉"停滞论"、"蔑视"等观点、判断之后的"异别化"才是沟口所提倡的原理主义"异别化"。

并且，在史实层面，日本自古以来受中国文化的影响也是周知的事实。虽然被日本吸收的中国文化并非原封不动地扎根于日本，作为外来的中国文化时常会与日本本土文化在相互融合的基础上，产生一系列具有日本"个性"的文化。但其独自文化的形成亦不可避免地包含有诸多中国文化的元素。岛田虔次（1917-2000）在谈及中日文化间交流时曾指出：

> 日本恐怕从历史的最初阶段开始就不断受到中国文化的影响与冲击。当然很多时候，是以朝鲜半岛的民族与国家为中间媒介的，但不久之后就以直接接触为主流了。从大局上看，毫无疑问，日本属于中国文明圈内部，而且处于最边缘的位置。[73]

东洋史学者西岛定生（1919-1998）更是直接指出，"日本是发达的高度文明国中国文化的接受国……中国是（日本）文化的供给源"[74]。对于地处东亚

72　沟口雄三：『方法としての中国』，東京大学出版会，2014 年第 5 刷，第 141 页。原文：西洋文化=「世界」文化を尺度としてシナ文化を停滞不前の文化を見なし、かたや「世界」的な日本文化の独自性を、シナ文化との異別化を通して明らかにする、そういうシナ異別化、実質は蔑視、のためのシナ学……

73　島田虔次：『中国の伝統思想』，みすず書房，2011 年 5 月第一刷、2016 年 5 月第 2 刷，第 6 页。原文：日本はおそらく、歴史の最初から中国文化の不断の波をかぶってきたと思われる。もちろん多くの場合、朝鮮半島の民族と国家が中間で媒介したということはあるが、やがては直接の接触が主流となる。大局的に見て日本が、中国文明の圏内に、ただしその最周辺部に、あったことは疑いない。

74　西嶋定生：『中国史を学ぶということ　わたくしと古代史』，吉川弘文館，1995年 1 月，第 20 页。原文：日本は先進的な高度の文明国である中国文化の受容国……日本の歴史にとって、中国は文化の供給源ではあった……

区域的日本来说：

> 作为文化传递最重要的道具文字是起源于中国的汉字；作为古
> 代政治机构的律令制毫无疑问采用的是中国的律令制；儒教思想也
> 同样是起源于中国的。说到佛教，虽然其起源于印度，但日本佛教
> 并非从印度直接传来，而是通过用汉字表述的汉译佛典这一媒介经
> 朝鲜由中国传来的，之后则直接从中国传来。只要直视上述这些文
> 化内容，不论如何将其日本化，即使说在其中有日本独自文化的形
> 成，但总的来说，日本与中国是属于同一文化圈的，即不得不判定
> 他们隶属于同一个世界。[75]

基于此，西岛甚至毫不忌讳地指出，"极端地说，东亚世界就是中国文化
圈、汉字文化圈。"[76]

而针对津田，永原庆二就曾直接指出：

> 如果津田对中世、近世的史实仔细思考便会清楚，继承了中国
> 法令和制度的律令制下的政治制度、秩序十分明显，还有佛教问题
> 和货币问题，无论在哪个方面，显然中国文明的影响都不仅限于日
> 本社会的表面。[77]

但尽管如此，这并没有妨碍沟口为其学术目的而对津田支那学脱离"历
史观点"、"价值判断"所剩下"异别意识"加以利用。就像沟口在谈及关于欧
化前后中日间实际存在的相互关系时说道：

---

75 西嶋定生：『中国史を学ぶということ　わたくしと古代史』，吉川弘文館，1995
　　年1月，第29-30页。原文：文化伝達の手段としてもっとも重要な道具とされ
　　た文字は中国に起源をもつ漢字であり、古代の政治機構としての律令制はいう
　　までもなく中国の律令制を移入したものであり、儒教思想もまた中国に起源を
　　もつものである。仏教についていえば、その起源はインドであるけれども、日
　　本の仏教はインドから直接にもたらされたものではなく、漢字によって表現さ
　　れた漢訳仏典を媒介とする中国仏教が朝鮮を経由して伝来したものであり、の
　　ちには中国から直接にもたらされたものである。このような
　　文化内容を直視するかぎり、それらがいかに日本化され、そこに日本独自の文化
　　が形成されていても、巨視的にみれば日本と中国とは同一の文化圏、すなわち
　　同一の世界にふくまれるものであったと判断せざるをえないのである。
76 西嶋定生：『中国史を学ぶということ　わたくしと古代史』，吉川弘文館，1995
　　年1月，第31页。原文：東アジア世界とは端的にいえば中国文化圏であり、
　　漢字文化圏である。
77 永原庆二著，王新生译：《20世纪日本历史学》，北京大学出版社，2014年3月，
　　第107页。

如果我们放下抽象概念去考察实际存在的关系——例如明治时代以降的日中关系的话，可以得知它与明治时代以前相比，在许多方面并没有发生变化。就社会文化方面亦即社会风俗、习惯、宗教、生活伦理等方面而言，正如津田左右吉早就指出的那样，日中的共同点本来就很稀少；在这一点上，明治以前与明治以后基本上没有发生变化。倒是在两国渐行欧化以后，双方使用了相同的西历年号、学校制度和教育科目等等。因此，从这方面来看，具有讽刺意味的是，日本与中国在社会文化层面上的相同成分在欧化以后反倒增加了。[78]

在证明"中日间的共同点本来就很稀少"这一点上，毋宁说沟口自身即是不遗余力的，沟口甚至从认识论，方法论着手进行着对"异别化"的全方位阐释。当然，其中内含了应如何处理东亚与西方的关系等近代日本文脉中的重要议题。如沟口在《中国思想史》（『中国思想史』）的后序部分写到：

摆脱西洋中心主义就是对西洋世界的相对化，同时将中国自身相对化，以及将我们日本人也相对化，意味着作为对象的中国世界的他者化。换言之，即是致力于将中国视为世界中的中国。[79]

并且，沟口将理想化的中国学标志总结为以下三点：

（一）把中国作为一个单独的世界，从日本、世界的角度加以相对化；

（二）反过来说，通过自问作为一个日本人为什么要以中国为研究对象，把中国这一同样的单独的世界客观化，从中国乃至世

---

78 沟口雄三：『中国の衝撃』，東京大学出版会，2004 年，第 5 页。原文：その抽象概念を離れ、事実関係に即して見れば、例えば明治以降の日中関係は、明治以前と多くの点で不変である。社会文化面すなわち社会風俗、習慣、宗教、生活論理などの面でいうと、津田左右吉がつとに指摘しているように、もともと日中間に共通性は希薄であり、その点では明治前後も以後も基本的にかわっていない。むしろ、両国が欧化を施して以降は、西暦年号、学校制度、教育科目などが共有されるようになったため、その面からいえば、日本と中国の社会文化面での関係は、皮肉にも欧化以後にかえって共通部分を増している。

79 沟口雄三、池田知久、小島毅：『中国思想史』，東京大学出版会，2007 年 9 月，第 244 页。原文：西洋中心主義を脱却するというのは、西洋世界を相対化し、同時に中国世界それ自体も相対化するということ、そしてそれは日本人であるわれわれ自身をも相対化し、対象としての中国世界を他者化するということを意味する。世界のなかの中国として見るように努める、と言い換えてもよい。

界的角度来加以相对化；

　　　（三）通过对各个对象的相对性认识，建立起多元的世界观，并创
　　　造出津田所说的"真正的普遍性"。[80]

　　显然，沟口的"主张"里已经见不到津田支那学所带有的"蔑视"性格。
甚至在竹内的影响下，转为对"另一个近代"中国的"希冀"。但沟口仍旧如
此重视继承津田支那学里的"异别意识"，甚至将其提升至原理化的高度，沟
口对时代环境的认识是一个重要因素，"如'文化大革命'以后的中国的路线
转换、围绕中国的亚洲关系结构的变化，以及由此而兴起的所谓'儒教复兴'
等等……"[81]但隐藏在时代环境认知深处的是沟口对日本中国研究界，以及以
往日本中国研究的焦虑。沟口关切的首要对象是日本，尤其是日本的中国学
界。

　　换言之，虽然"异别化"原理主义倾向充满了沟口理想型的中国学。但
是，沟口将战后"在中国研究者当中的评价总的来说是偏低的"[82]津田支那学
提至原理主义的高度加以肯定的背面实际上隐藏的是其作为日本人在确立自
我价值认同感之时，塑造主体性意识的迫切心情。在笔者看来，沟口如此不
遗余力地反复强调世界多元性、中日差异性、东西"异别性"的目的之一即
是通过学术领域的实践活动，让自古以来受中国影响、近代以来受西方影响
的日本得以获得真正意义上的"独立"。即便这一"独立"只是一个美好的愿
景。

---

80 沟口雄三：『方法としての中国』，東京大学出版会，2014 年第 5 刷，第 149 页。
　　原文：（一）中国を一つの独自的世界として、日本から、また世界から相対化す
　　るための、（二）ひるがえって、また、日本というこれも一つの独自な世界を――
　　――日本人である自分がなぜ中国を研究の対象とするかの自問を通して一客観
　　化し、中国ひいては世界から相対化するための、（三）さらに、これら個々の相
　　対化を通して多元的な世界観、およびその上に津田のいわゆる「真の普遍化」
　　をうちたてるための――中国学、外国学の標識と思われるからである。
81 沟口雄三：『方法としての中国』，東京大学出版会，2014 年第 5 刷，第 142 页。
　　原文：文化大革命以後の中国の路線転換、その周囲をとりまくアジアの関係構
　　造の変化、それに触発されてのいわゆる「儒教ルネサンス」など……
82 沟口雄三：『方法としての中国』，東京大学出版会，2014 年第 5 刷，第 141 页。
　　原文：中国研究者の間での評価は総じて低かったのである。

第四章　沟口雄三中国思想史研究的脉络

第一节　"中国基体论"之雏形

日本中国学家岛田虔次（1917-2000）被视为"引领了战后中国近世、近代思想史研究的东洋史学者"[1]。岛田在中国思想史研究层面对中国"近代思维"[2]的探索，可以说为沟口中国学的认识论、方法论的提出进行了先驱性的探索并打下了坚实的基础。

岛田的专著《中国近代思维的挫折》（『中国における近代的思惟の挫折』）于1949年出版[3]，相较于丸山真男（1914-1996）那著名的《日本政治思想史研究》（『日本政治思想史研究）还早了三年。显然，其构思甚至始于战前。

1　刘部直、片冈龍编:『日本思想史ハンドブック』,新書館,2008年3月初版、2014年4月第5刷,第190页。原文:戦後の中国近世・近代の思想史研究をリードした東洋史学者である島田虔二……

2　即岛田在《近代思维的挫折》（『中国における近代的思惟の挫折』）补论中的"近代的思想"、后序中所述的"近代そのもの"。它是一种19世纪、20世纪以西欧文明为母胎的理念化的"近代"（参照马克思韦伯的论述），而非指时代进程的过程本身。

3　该著作脱稿于1948年4月，比"新中国"成立早一年半，而岛田对其内容的构想则形成于更早时候的7年以前，亦即1940年、太平洋战争爆发的前一年。在沟口看来，岛田的研究意图是非常领先于时代的，就这一观点，笔者表示认同。参考:沟口雄三著，龚颖译:《中国前近代思想的屈折与展开》，生活・读书・新知三联书店，2011年7月。

对于中国,"在大约同时期构想成熟的丸山真男的《日本政治思想史研究》依然认为中国是个停滞的社会(这并非丸山氏本身的责任,正如丸山本人在该书"后记"中所述,当时中国学界的主流观点就是如此)"[4]。那么,如果将同时期日本中国学界的主流观点与战后中国研究的新风潮结合看来,岛田的研究在克服"中国社会停滞论",以及与此互为表里的、从内在连续性的角度对中国思想史加以把握的研究意图等方面无疑具备了先行于时代的前瞻性。

尽管岛田秉持京都学派中国学"唐宋变革"的一贯立场,但岛田对京都学派以往不受重视,甚至被一度贬低的明代学问[5],尤其是明末清初转型时期思想界对中国思想史脉络新一轮展开(晚清革命等)的内在影响与启蒙价值做了突破性的再发现与再评价。

以王守仁(号阳明,1472-1529)在《传习录》中言及的"大同"(最早出自《礼记》礼运篇)思想、或者说是理想为例,在岛田看来:

> 这样的大同说作为"天下为公"的共产主义乌托邦思想,对清末的改革主义者·康有为、革命家·孙文有很大的影响,这是周知的事实,即便在这之前太平天国洪秀全的宣传册当中也被大力歌颂。当然,阳明所言及的(大同)并没有康有为、孙文那般重大的意义,但总之强调"万物一体之仁"思想并最终说出了"大同"还是应该引起注意的。[6]

---

4 沟口雄三著,龚颖译:《中国前近代思想的屈折与展开》,生活·读书·新知三联书店,2011 年 7 月,第 73 页。

5 京都学派的中国研究在岛田以前一直对明代学问评价平平,甚至非常低劣。一般认为与元、明学问没有大的差异,元代尚且还有一些像样的学术研究者,而到了明代则在规模上比元代更小,学者们仅仅是对经书里一字一句的玩味就将其当作是自己一生的学术修养了。具体可参见京都学派元老之一狩野直喜(1868-1947年)对明代学问的评价。而打破这一京都学派对明代学问偏见常识的即为《中国近代思维的挫折》(『中国に於ける近代思惟の挫折』)这一岛田的著作,岛田开门见山地说:"宋代朱熹创造的中国空前的思辨哲学,即性理学,历经元代被明代所继承,明代初期的学问仅仅是对传统的守旧,一般认为思想界极度停滞。这一停滞的真实状况如何,这应该说是真的停滞么。"参考:岛田虔次:『中国における近代思惟の挫折』,筑摩书房,1970 年 12 月初版、1978 年再版,第 17 页。从上述此书第一章节的第一句话即可窥见岛田的研究立场,对明代学问停滞的质疑。

6 岛田虔次:『朱子学と陽明学』,岩波新书(青书)627,1967 年 5 月第 1 刷、2016年 10 月第 43 刷,第 140-141 页。原文:その大同説がいわゆる「天下を公となす」ところの共産主義的ユートピア思想として、清末の改革主義者·康有為や、革命家·孫文において、いかに大きな役割を果たしたかは周知のところであろ

　　而另一方面，岛田认为，"宋学、或者说朱子学必然会发展为阳明学"[7]。那么，作为阳明学核心思想的"万物一体之仁"[8]作为上承朱子学、下启"大同"说，继而延绵至清末，可以说是一种中国式思想的延续与发展。它从一开始便形成一股暗流，最终浮出地表，并成为晚清革命的一股强大思潮。

　　所以岛田说，"强调'万物一体之仁'思想并最终说出了'大同'"的阳明思想"还是应该引起注意的"[9]。而在笔者看来，"应该引起注意"的深层含义，即是岛田希望明晰上述"大同"思想在朱子学→阳明学→晚清革命这一历史脉络中的延续性，继而从一个具体的侧面来反驳明代学问无思想、无价值的同时，证明中国历史在思想史层面的一贯连续性。

　　此外，譬如岛田所论证的宋以后新儒学向"内"的（如"吾性自足"[10]）展开、而追求"内面主义"的巅峰即为阳明学；王阳明"良知"说的成年状态为李贽的"童心"说；王阳明对"德"内含平等性的狂热追求与此后平等观念的内在联系等一系列思想课题，都包含了其对明代学问价值肯定、强调中国思想史内在连续性的意图。

　　而岛田对上述连续性进行探究的一个基本立场即是从"中国基体论"视角出发的，这在岛田中期的著作当中体现得更为明确。例如岛田在《朱子学与阳明学》（『朱子学と陽明学』，1967）的《后记》中，谈及自己理解阳明学对朱子学的继承关系时说："尝试着将'朱子学→阳明学'自始至终都作为中国的'朱子学'、'阳明学'来理解，是本书创作过程中始终持续的一个中心

　　うし、それ以前、太平天国の洪秀全の宣伝パンフレットのなかでも、大きくうたわれている。もちろん陽明のここでの言及に、康有為、孫文、におけるほどの重大な意味があるというのではないが、ともかく「万物一体の仁」の思想を強調して、ついに「大同」が口にせられているということは、一応、注目してよいことなのである。

7　島田虔次：『朱子学と陽明学』，岩波新書（青書）627，1967年5月第1刷、2016年10月第43刷，第143頁。原文：宋学は、あるいは朱子学は、必然的に陽明学にゆきつくべき運命にあった、というのがわたしの見方である。

8　并非阳明提出。

9　島田虔次：『朱子学と陽明学』，岩波新書（青書）627，1967年5月第1刷、2016年10月第43刷，第140-141頁。原文：ともかく「万物一体の仁」の思想を強調して、ついに「大同」が口にせられているということは、一応、注目してよいことなのである。

10　同时阳明通过论证表示"吾性自足"正是宋代以后中国近代精神向前摸索、并作为前提的人的理想型。参考：島田虔次：『中国における近代思惟の挫折』，筑摩書房，1970年12月初版、1978年再版，第32頁。

思想。"[11]换言之，即将自身的研究视角置于"中国"这一"基体"内部，来理解明清思想史的连续性问题是岛田中国研究，尤其是中后期研究的一个基本立场。

毋庸置疑，上述伴随带有"中国基体"性质的先行研究为沟口的处女作《中国前近代思想的曲折与展开》（『中国前近代思想の曲折と展開』，1980）做了坚实的铺垫。甚至在笔者看来，沟口"中国基体论"的研究方法论是对岛田的直接继承与发展。

以上铺垫一方面表现在对上述明代学问的重新评价（重新评价内含了对"延续性"的肯定与"中国基体论"的原型），另一方面则主要体现在对日本知识界对欧洲学问态度与理解层面。

例如，岛田在1970年回溯创作《中国近代思维的挫折》之时，对学界主流，即当时基于唯物史观解释世界史发展阶段这一通行法则时说：

即便在当时，我当然也没有将用唯物史观解释的发展阶段论视为普遍妥协的，即所谓"科学的"概念作为前提，即便是非常常识性意义上的西洋模式的三阶段说，但既然作为一种操作上的假说，作为前提它也未必是一义的。[12]

换言之，岛田甚至在战前就已将"世界"史（即以西欧中心为尺度的世界史）相对化，并付诸实践。在岛田看来，即便沿用欧式模式，当它实际运用于中国史之时，其内涵也应该是符合中国个性的，即在"中国基体"观照下的阶段划分。

很显然，沟口将岛田的研究意图进一步向前推进了，当沟口站在"中国基体论"的基础上审视这一时代划分时，他说道：

如果站在以中国为方法的观点……例如，就时代区分论而言，

---

11 島田虔次：『朱子学と陽明学』，岩波新書（青書）627，1967年5月第1刷、2016年10月第43刷，第198頁。原文：「朱子学→陽明学」をあくまで中国のそれとして理解しようとこころみること、その点も本書執筆にあったて常に念頭にもちつづけた一モチーフであった。

12 島田虔次：『中国における近代思惟の挫折』，筑摩書房，1970年12月初版、1978年再版，第329頁。原文：当時においてもわたくしは、唯物史観的に解釈されているような発展段階説を、普遍妥当的な、いわゆる「科学的」な概念としては前提していないのはもちろん、ごく常識的な意味での西洋史モデルでの三段階説をも、作業仮説として以上に、必ずしも一義的には前提としていない、ということである。

我们可以暂时放弃"中世"、"古代"等"世界"史阶段论的框架，充分利用以往的研究成果，根据中国的实际情况，首先就变化的阶段划分达成共识，然后通过中国自己的发展阶段，把"世界"史的发展阶段看作为欧洲的发展阶段来个别化、相对化，经过这样一番考察，我们不但能把握中国独特的世界，还可以通过承认多元的发展阶段，来重新探询历史对于人类的意义。

　　……我希望通过这样的交流，创造出崭新的世界图景。[13]

　　沟口甚至提倡直接放弃"中世"、"古代"等的时代划分，并根据中国的实际情况，来创造出属于中国自己的发展阶段。在上述意义上，将沟口视为激进派的岛田似乎是合理的，亦即某种完备状态的岛田中国学。

　　而对于岛田，不得不说，他的研究在突破"第二次世界大战前后出现的那批研究中常见的、把欧洲的概念生硬地套在中国身上，即以欧洲标准看中国或是欧洲式地解读中国"[14]的中国研究方面做出了先行的尝试。

　　可以说，岛田从研究的起步阶段便拒绝接受对于战前由西方人草创，经由日本知识精英再建构的"中国社会停滞论"、以及由此衍生出的对中国思想停滞、中国不具备"西欧"式先进思想的种种论断。在将中国与西方的"比"与"不比"之中，岛田的研究跳出了以"常识"外衣包裹自我的先验性价值判断，进行了"从中国的思想文化当中读出欧洲来"[15]这一可以说是后来"中国基体论"原型的，对当时学问界来说属于非常规、逆向操作的研究行为。并且通过这一"半基体论"[16]性质的研究，岛田越发坚信"中国思想独自的

13　沟口雄三：『方法としての中国』，東京大学出版会，2000 年第 4 刷，第 139-140 页。原文：方法としての中国という観点から見返してみると……たとえば時代区分論の場でいえば、「中世」か「古代」かという「世界」史段階からいったん離れて、これまでの成果をもとに、中国に即してまず変化の段階をどことどこに置くかについて合意が得られ、その中国的段階によって「世界」史段階がヨーロッパ的段階として個別・相対化され、こういった過程をへて、中国的世界が明らかにされる、そうして多元的な発展段階の承認から、あらためて人類にとっての歴史の意味が問い直されうる、などである。……そういった交渉をへて、新しい世界像の創出へと向かうこととしたい。

14　沟口雄三著，龚颖译：《中国前近代思想的屈折与展开》，生活·读书·新知三联书店，2011 年 7 月，第 74 页。

15　島田虔次：『中国における近代思惟の挫折』，筑摩書房，1970 年 12 月初版、1978 年再版，第 292 页。原文：中国の思想と文化のうちにヨーロッパを読もう……

16　"半基体论"是笔者将岛田的中国研究视角相对与沟口基于"作为方法的中国"

价值"[17]认为伴随着研究的展开上述"价值"会"明确地浮现"[18]。

如若将其研究在史学史上加以定位，笔者认为，岛田将近代以来，尤其是二战前后日本中国研究的视角向中国这一"基体"做了很大程度地挪回，亦即将"欧洲中心"视角向"中国基体论"视角的转换迈出了最初、同时也是最为艰难的一步。

第二节 "挫折"史观

岛田在其代表作《中国近代思维的挫折》（『中国における近代思惟の挫折』）中，通过对明代王阳明（1472-1529）、历经泰州学派，到李贽（号卓吾，1527-1602）（即阳明学左派学问）思想演变轨迹的探索[19]，发现了中国近代市民意识、近代思维的萌芽（认为李贽的个性化主体适合欧洲市民社会）。

虽然就结论而言，岛田认为在现实中国的历史中由于近代思维产生的过早，所以最终不得不遭遇挫折。但这一挫折对岛田来说，自始至终都是"近代思维"的"挫折"[20]。它是作为西欧产物的"近代思维"在另一个历史基体的"挫折"。那么，毋庸置疑，对上述意义的"近代"探索必然会援用西方的近代概念，或者说是日本明治维新以来的近代概念。

所提出的完备的"中国基体论"所提出的。

17 岛田虔次：『中国における近代思惟の挫折』，筑摩书房，1970 年 12 月初版、1978 年再版，第 292-293 页。原文：中国思想独自のメリット

18 岛田虔次：『中国における近代思惟の挫折』，筑摩书房，1970 年 12 月初版、1978 年再版，第 293 页。原文：明確にうかびあがってくるのではないであろうか。

19 岛田以明代思想史为自己学术研究的出发点，《中国近代思维的挫折》即为这一起点的学术成果。参考：岛田虔次：『隠者の尊重』，筑摩书房，1997 年 10 月，第 243 页。原文：私は研究者としての生活を、まず明代史（特に明代思想史）の研究者として始めたものであり、『中国に於ける近代思惟の挫折』（一九四九年、筑摩书房、一九七〇年再販）がその成果であった。

20 岛田自己也对"挫折"进行过界定，岛田认为："所谓挫折，即是没有开花结果就终止了。在半途就倒塌了。"对其原因，岛田是宽容的，在岛田看来，"期待在理性与感性两方面同时从原理向理论层面构筑，并一下子完成近代思想（近代思维），对历史来说本来就是过于性急与苛刻的要求。"参考：岛田虔次：『中国における近代思惟の挫折』，筑摩书房，1970 年 12 月初版、1978 年再版，第 294 页。原文：挫折とは開花結実に至らずして止んだということである。中道にして倒れたということである。そもそも一挙にして理性面感性面兼ね備った、そうして原理を理論にまで構築しった近代思想（近代思想そのもの）の出現を期待するのは、歴史に対する余りに性急にして苛酷なる要求ではないであろうか。

例如从岛田分析"天人分裂"产生的人欲之个人（内在自然）对天理性社会（外在规范）的自立可以窥出欧洲近代市民社会的"神人分裂"。可以说，岛田理念中"近代"过程内涵了将人欲之自然视为与既存天理相离心、相对抗的运动过程。当然其中也包含了个性自我之自律的萌芽。

具体到李贽，岛田将其"童心"说视为王阳明"良知"的成年形态，继而将李贽视作"中国近代思维的一个顶点"，即是站在上述立场所做出的判断。李贽对既成（准确地说是时代主流、朱子学式）"天理"的决绝反叛，使其陷入了孤立之境，但对孤立之境视若罔闻，则造就了其"个"性化的存在。而在这一意义上的"个"，在中国思想史脉络里，被黄宗羲（1610-1695）、顾炎武（1613-1682）和王夫之（1619-1692）等人所排斥，被他们视为异端，并成为了岛田"中国近代思维的挫折"。因为，对岛田的"近代"来说，李贽的"个"具备欧式近代萌芽的性格，它更适合在欧洲市民社会的环境中发展，而不适宜在中国这一异西欧脉络的"基体"内延续。

因此，岛田的"挫折"是欧式近代萌芽在中国历史脉络里的挫折，而非"中国思想史"整体脉络在延续性层面的"挫折"。

正如沟口在评价岛田的上述著作时所言：

> 岛田氏所说的"挫折"并不是在"中国思想史的挫折"这一意义上使用的。不仅如此，甚至可以说，岛田氏是最早地、并且正确地提出"要把握明清之间连续的基础结构"（《中国近代思维的挫折》序）、并以此作为自己的研究课题的学者之一。在其思考的根柢处，内含有岛田氏的如下意图，那就是要发现宋代以后儒学思想之历史性展开的独特表现，据此研究成果来打破"亚洲停滞论"这一无稽之谈。[21]

事实上，遭遇上述"挫折"，在岛田看来，"与其说是历史发展阶段的问题，不如说是更深层次关于文明的问题。"[22]即固有中华文明根植于庞大中国"基体"的问题。其具体体现，用岛田的话来说即：

> 宋以后的中国，特别是其精神史，如果将欧洲史作为典型来测

---

21 沟口雄三著，龚颖译：《中国前近代思想的屈折与展开》，生活·读书·新知三联书店，2011年7月，第73页。

22 岛田虔次：『中国における近代思惟の挫折』，筑摩书房，1970年12月初版、1978年再版，第294页。原文：歴史の発展段階の問題というよりむしろ、より深く文明の問題ではないであろうか。

　　量的话，从文艺复兴前后开始到启蒙时期的诸多现象都在异常缓慢
　　并且零散地进行着，但这未必是不成体系的，在其根部深受中华文
　　明固有性格的影响，是在这一影响下逐渐展开的，其底部有着一贯
　　的精神构造与意识态度。[23]

　　所以在岛田看来，中国未能通过自身变革到达 "近代"，以机械文明、资本主义、市民社会等关键概念为代表的 "近代"，是宿命之事。这也并未妨碍岛田对中国文明的一贯态度，他认为，中国的文明毕竟是自成体系的，并且，"作为自体，它是活生生得，并且孕育了无限的可能性"[24]。

　　基于上述认知立场，岛田甚至自觉地从中国思想史脉络的展开之中，发现了 "中国的近代或许存在另一种异样展开"[25]的可能性，产生了 "宋代以后中国与欧洲近代（14、15 世纪左右开始的时代过程，而非 19 世纪、20 世纪从西欧文明当中理念化的'近代'）并行的直观感觉"[26]。在岛田看来："只要是人的社会，宋代以后的中国也一定会出现与欧洲文艺复兴期之后欧洲相同的现象，而通过对上述现象的追究，中国史的普遍性与特殊性就一定能够了然了"[27]。

23　島田虔次：『中国における近代思惟の挫折』，筑摩書房，1970 年 12 月初版、1978 年再版，第 295 頁。原文：宋以降の中国に、とくにその精神史に、もしヨーロッパ史を典型として測れば、ルネサンス期前後より殆ど啓蒙期に及ぶまでの諸事象が異常に慢性的にきわめて散発的に、しかも必ずしも無体系にではなく、また根底的に深く中国文明によって性格づけられて、現れているのをみとめ、その底に一貫した精神構造、意識態度をみとめうると考えるものである。

24　島田虔次：『中国における近代思惟の挫折』，筑摩書房，1970 年 12 月初版、1978 年再版，第 295 頁。原文：中国文明は究極的にはそれ自体として、生きた、無限の可能性をはらんだ文明として評価せられねばならないと考えるものである。

25　島田虔次：『中国の伝統思想』，みすず書房，2011 年 5 月第一刷、2016 年 5 月第 2 刷，第 431 頁。原文：中国の近代は或いは異なった展開になったかも知れない……

26　島田虔次：『中国における近代思惟の挫折』，筑摩書房，1970 年 12 月初版、1978 年再版，第 328-329 頁。原文：宋以後の中国がヨーロッパの近代 Modern Age（十四、五世紀ごろからはじまる時代過程をいうので、十九世紀、二十世紀の西欧文明から理念化された「近代そのもの」ではない）とパラレルであるという直観。

27　島田虔次：『中国における近代思惟の挫折』，筑摩書房，1970 年 12 月初版、1978 年再版，第 329 頁。原文：凡そ人間の社会であるかぎり、宋以降の中国にもルネサンス期以降のヨーロッパと同様な現象があるにちがいない、そのことの追究によって中国史の普遍性と特殊性とが明白になるに相違ない……

可以说，岛田在充斥着"近代主义"式价值判断的年代里，用"近代"标尺在不同的基体里丈量着迥异脉络中的思想成分；在作为"近代主义者"的同时，对中国文明（主要为儒教）也怀有"满腔共感"。在思想的矛盾与调和中徘徊前行，在这一意义上，不得不说，岛田的"挫折"史观意味深长。

第三节　对《中国近代思维的挫折》的继承与反叛

将以上岛田所说的"可能性"、"直观感觉"转化为必然性前提继而在中国思想史层面加以把握的是沟口。在谈及自己的研究与岛田的差别时，沟口说：

> 就我而言，我从一开始就把理解中国之独特性当成是自己的任务，不是对此项工作放弃与否的问题，而是把它看成必须的前提，我甚至认识到，放弃这一点就是不去读解中国。我想认清在相对的独特性意义上的完备而又不完备的中国。[28]

上述"必须的前提"反映了沟口对岛田学问的复杂态度，亦即带有在继承层面的批判性色彩。一方面，可以说，沟口忠实地继承了岛田"把握明清之间连续的基础结构"的研究理念，将"发现宋代以后儒学思想之历史性展开的独特表现"视为研究的首要课题，并逐渐将这一带有"基体展开论"性质的方法论贯彻于自己的中国研究之中，并最终才发展成为"作为方法的中国"。

沟口曾谈及岛田的研究对自己的影响：

> 岛田氏的此种研究意图，以及相关附带的一些具体观点，例如应当从连续性的角度来把握明清时代、要对儒学的作用给予积极的评价、中国的近代的完成应是人民共和国而不应是资产阶级市民革命，等等，所有这些地方都是能够引起我本人共鸣的地方，换言之，我在这一切问题上都只不过是岛田氏的后进晚辈，属于受到启发而动的"后发展"。[29]

而这些"启发"，在笔者看来，无疑构成了沟口中国学最核心的思想理念。

---

28 沟口雄三著，龚颖译：《中国前近代思想的屈折与展开》，生活·读书·新知三联书店，2011 年 7 月，第 76 页。

29 沟口雄三著，龚颖译：《中国前近代思想的屈折与展开》，生活·读书·新知三联书店，2011 年 7 月，第 74 页。

也为沟口中国研究方法的最初设定提供了"原材料"及理论层面的支撑。

另一方面，结合岛田本初的研究意图（即对当时学界认为明清精神史不具备连续性的风潮的质疑，以及由此产生的欲从明清思想史的正当连续性角度来理解历史的意图）与岛田处女座《中国近代思维的挫折》中的"挫折"二字便不难看出，在岛田思想的深处若隐若现，或者说影响了岛田研究的，有着另一条暗流、一个标准——即理念型的"欧洲近代"。

如前所述，"挫折"二字也正是相对于这一意义的"近代"所提出的。也正是在这一先行概念的影响之下，岛田认为：

> 自阳明到黄宗羲、顾炎武等的思想史中的路德式的、洛克式的、卢梭式的思想是片段的、扭曲的、错杂的，然而又绝非是没有自身体系的存在。[30]

这一充满了矛盾的感知正是岛田研究意图与"近代"标准、或者说是准标准之间无法调和的矛盾之反应。按照沟口的说法即是：

> 这是由岛田氏通过欧洲的概念读解出来的中国式独特性——仅限于以欧洲式标准被判定为非的"非欧洲式中国"——虽说是有其自成一体的独特体系的，但它依然被看成是不完备的。[31]

事实上，用欧洲的透视法来衡量中国，"不完备"是理所当然的。设想逆向操作——用中国来衡量欧洲，欧洲或许也将变得"不完备"。可以说，岛田"缺乏一种既要通过研究欧洲去研究中国的独特性，同时又要以同样的操作利用研究中国得出的成果去观察欧洲，这样一种相互性的视点。"[32]

换言之，岛田思想的标杆——衡量世界的潜在基准之绝大部分（例外部分，比如对中国儒教内容中所持普遍性的看法）即为被普遍化、合理化的"欧洲近代"。继而岛田通过这一先入式的欧洲理念型近代社会所给出的标准来处理王阳明、李贽等人的思想，至少说是参照着这一理念型的近代模型来进行

---

30 岛田虔次：『中国における近代思惟の挫折』，筑摩书房，1970 年 12 月初版、1978 年再版，第 292 页。原文：私は率直に言って陽明より黄宗羲、顧炎武らに至るまでの思想史にルーテル的、ロック的、ルッソー的などの思想が断片的に、ゆがんで、錯雑して、然し決してそれはそれなりの体系をもたねというのではなく、存在しているのを感ずるのである。

31 沟口雄三著，龚颖译：《中国前近代思想的屈折与展开》，生活·读书·新知三联书店，2011 年 7 月，第 75 页。

32 沟口雄三著，龚颖译：《中国前近代思想的屈折与展开》，生活·读书·新知三联书店，2011 年 7 月，第 75 页。

中国思想史方面有关"连续性"的探索。所以沟口认为岛田才会对中国思想史整体出现上述"片段的、扭曲的、错杂的"感觉。

　　然而，值得注意的是，这一在今天看来缺少相对化视角的研究态势，对岛田所处的时代来说，是无法回避的。正如岛田评述自己研究方法之时所透露出来的无奈，不论"对上述现象的追究""是好是坏，对于生活在现在的我们来说别无他法。"[33]亦即"比起从一开始就高举中国之独特性大旗而放弃对它的理解这种做法来说，目前的最佳选择是，以整理得最为完善的各种欧洲式学术概念为指标，即从中国里读出欧洲来，除此之外，别无他法。"[34]

　　即便是以上述理由为切入口对岛田研究立"异"，并从一开始便高举中国独特性旗帜的沟口也不得不为岛田"挫折感"的来由进行辩护：

　　　　对于岛田来说，以欧洲概念为指标，这只是无奈之举的第二手段……如果回到四十年前、岛田氏提出他的研究的时候来考虑的话，情形显然与今天有很大不同。在当时，中国式独特性就是亚洲式独特性，而亚洲式独特性更多地意味着停滞、落后的独特性。联系这些情况来说的话，在岛田著作公之于世的时候，如果"高举"中国式独特性的话，这一行动对岛田来说几乎就是与"不读"中国同义的。[35]

继而沟口说道：

　　　　我这里的立异之说就不是针对岛田氏个人的，而是针对岛田氏成果发表之前的以及从那以后至今的日本全部的中国思想史研究的成果而言的。不止于此，应该说，正是因为有了这些成果，我才有可能立异的。所以，从这个意义上说，这里的立异并非真正的

33　島田虔次：『中国における近代思惟の挫折』，筑摩書房，1970 年 12 月初版、1978 年再版，第 329 頁。原文：よくもわるくも、今日に生きるわれわれにはそれ以外に方法はないという自覚。

34　島田虔次：『中国における近代思惟の挫折』，筑摩書房，1970 年 12 月初版、1978 年再版，第 329 頁。原文：最初から中国の独自性をかかげて理解を断念するよりは、もっともよく整備されているヨーロッパ風学問の諸概念をインデックスとして、つまり、中国のうちにヨーロッパを読もうとして、まず、進む以外はない。

35　沟口雄三著，龚颖译：《中国前近代思想的屈折与展开》，生活·读书·新知三联书店，2011 年 7 月，第 76 页。

"异",而应当说它是对以往研究的继承。[36]

所以,在笔者看来,沟口的中国思想史研究虽然抹去了岛田所持有的"挫折"概念。但正因为岛田"挫折"感中还包含有一种"直观感觉"与"可能性",也正是这一"直观感觉"、"可能性"坚定了沟口对中国思想史"延续性"的信念,并最终溢出思想史领域,发展成为一种富有生命力的"中国"立场与方法。

第四节　岛田中国学与丸山日本学

岛田与丸山分别在中国与日本的历史脉络当中(主要是朱子学的解体过程)发现了各自近代思维的萌芽,就这一点来说,两者的问题意识和研究视角极其类似。丸山对从"自然"到"作为"的江户时期思想演变轨迹的探索,与岛田从"天理"、"人欲","天人分裂"的角度对中国明代思想的变迁分析的思维理路相一致,甚至岛田的研究"可以说与丸山的观点处在一个互补的位置"[37]。当然,互补的前提建立在基于史实的,对整体"亚洲社会停滞论"的反思之上。但对于日本来说,"亚洲"几乎就只有中国与他自身。

伊东贵之(1962-)曾在评论岛田与丸山的上述前期代表性著作时说道:

> 两著作中的文章基本是在战争期间创造的,此时的岛田与丸山都还处于无名时代,他们之间必然没有相互的往来与通信,即便是研究的对象与时代也完全不同,岛田的领域是中国明代,而丸山则是江户时期的日本。但尽管如此,两部著作均尝试在中国和日本各自的历史脉络当中发现近代思维样式的萌芽,就这一点来说他们之间是相通的。此外,在问题的设定与研究视角方面,也有许多惊人的相似之处。[38]

---

36 沟口雄三著,龚颖译:《中国前近代思想的屈折与展开》,生活·读书·新知三联书店,2011年7月,第76-77页。

37 刘部直、片冈龙编:『日本思想史ハンドブック』,新书馆,2008年3月初版、2014年4月第5刷。原文:丸山の観点と相補的な位置にあると言うことができる。

38 刘部直、片冈龙编:『日本思想史ハンドブック』,新书馆,2008年3月初版、2014年4月第5刷,第190页。原文:両著のもとになった論攷は、概ね戦中に書かれており、その間、世間的には無名時代であった二人の間に、往来や交信などがなかったことはもとより、それが扱う対象や時代も、島田が中国の明代、

可以看出，在战争期间，岛田、丸山就已经开始对作为独立历史基体的中国、日本在各自历史脉络中思想演变轨迹进行了梳理，对各自内发性"近代"进行了先驱性地探索，无疑这对于克服乃至超越"亚洲社会停滞论"具有重大意义，同时也为战后的中日思想史研究乃至亚洲研究提供了不可或缺的问题意识与视角方法。尤其对于中国，正如丸山在谈到战前中国史研究的情况时所言，"中国的停滞性就当时来说，是身处一线的中国史学家们之间或多或少都共通的问题意识。"[39]因此，岛田的研究成果，在中国史、尤其是中国思想史研究领域可以说是领先于时代的。具体到沟口，则可以说岛田的研究对沟口中国学来说是不可或缺的先行摸索，为沟口提出"作为方法的中国"以及沟口的中国方法论打下了坚实的基础。

然而不可否认的事实是，对岛田、丸山来说，作为思维轴心、理念模型的"近代"始终是西欧式的近代。丸山的所谓"近代思维"，其载体即为上述大塚史学框架内的"中产阶级"，亦即西欧近代"先进"的人的类型，其中内涵了合理主义、资本主义、民主主义、民族主义等西欧所产的诸概念。

即使丸山在1952年为《日本政治思想史》作后记时反思自己前期学问中对中国的停滞性论断，以及与其互为表里的对日本相对进步性的看法，认为"这样的看法即便有它正当性的一面，但另一方面，也会有导致事态不当单纯化的危险性"[40]。但那也只是中国与日本之间的事，它伴随了对日本法西斯式史学的批判与反省以及对战胜国中国，对之后成立的"新中国"的憧憬。换言之，仅仅是对日本的"亚洲"内部成分的一次思维转换。而对于"西欧近代"这一具备超越性、抽象化、纯粹化的目标概念，丸山仍旧将其凌驾于一切标准之上，并将其作为衡量现实"亚洲"的标准，即用与这一理念化的"近代"构造的距离来把握认识现实的"亚洲"。

丸山が江戸時代と全く異なっていた。それにもかかわらず、両著はまず、中国と日本のそれぞれにおいて、朱子学の解体過程の裏に近代的な思惟様式の萌芽を見ようとする点で、共通している。加えて、その問題設定や研究上の視角にも、驚くほど符合する部分が多い。

39 丸山真男：『日本政治思想史研究』，東京大学出版会，1952年12月初版、2014年8月新装第16刷，第371頁。原文：中国の停滞性ということは当時の第一線に立つ中国史家の間に多少とも共通した問題意識であった。

40 丸山真男：『日本政治思想史研究』，東京大学出版会，1952年12月初版、2014年8月新装第16刷，第371頁。原文：この見地が一面では正当さを含みながらも他面では事態の不当な単純化に導く危険性のあること……

島田亦然，"在解释中国思想之时，对那些从一开始便拿与欧洲不同的衡量标准，将之作为中国特殊的部分来处理的方式，（島田）是持反对立场的。"[41]在島田看来，"首先应该在欧洲思想的范畴内来进行思考，对无法被欧洲思想回收进内部的东西，再将其当作中国思想之所以能成为中国思想的原因来加以把握"[42]。

尽管島田对中国的儒教（思想层面）持有普遍主义立场[43]，但主要是因为儒教无法被回收进欧洲的思想脉络，甚至毋宁说与欧洲基督教原理的产生没有任何历史性交集。但島田又从中国的儒教世界里看见了欧洲式理念型的人文主义色彩。因此，在島田看来，中国儒教具备了贯通全人类的普遍主义价值。而支撑这一普遍主义价值的绝大部分内容即由西欧式的"近代"所产生。

所以总的来说，島田的研究同样是将"西欧的价值基准作为外在的框架将中国（的情况）往里面镶嵌"[44]。島田自己也不否认上述思想立场，称自己为"近代主义者"、"欧洲主义者"[45]，并将自己的研究概括为"将具备了形成市民社会力量的欧洲的东西作为法则式的典型来看待，并与其对照着试图来理解旧中国"[46]。

---

41 島田虔次：『中国の伝統思想』「解説」，みすず書房，2011 年 5 月第一刷、2016年 5 月第 2 刷，第 433-434 頁。原文：著者は中国の思想を解釈するにあたって、最初からヨーロッパとは異なった物差しをもって特殊中国的なものとすることに反対であった。

42 島田虔次：『中国の伝統思想』，みすず書房，2011 年 5 月第一刷、2016 年 5 月第 2 刷，第 434 頁。原文：ひとまずヨーロッパ思想範疇によって考えた上で、そこに収まりきれないものを、中国思想の中国思想たる所以として把握すること……

43 详见：島田虔次：『中国の伝統思想』「解説」，すず書房，2011 年 5 月第一刷、2016 年 5 月第 2 刷，第 426 頁。1988 年度东亚知识人会议（東アジア知識人会議における報告稿）报告上的发言，题为『儒教における生けるもの』。

44 刘部直、片冈龍编：『日本思想史ハンドブック』，新書館，2008 年 3 月初版、2014 年 4 月第 5 刷，第 191 頁。原文：西欧的な価値基準を外在的に中国に当て嵌めようとするもの……

45 参考：島田虔次：『中国における近代思惟の挫折』「あとがき」、筑摩書房、1970年 12 月初版、1978 年再版。

46 島田虔次：『中国における近代思惟の挫折』，筑摩書房，1970 年 12 月初版、1978年再版，第 330 頁。原文：「市民社会的近世を形成するのに与って力のあったヨーロッパ的なものを法則的に典型的なものとして立てて、それとの対照においておて旧中国を理解しようと試み」

第五节　"憧憬论"式中国研究与沟口

岛田虔次（1917-2000）自不必说，不论是丸山真男（1914-1996）、竹内好（1908-1977），还是西顺蔵（1914-1984）、西岛定生（1919-1998），可以说，战后初期的研究者基本形成了以下这一有关中日"近代"问题的共识，即：

> 日本的近代化走的是一条由统治阶级领导的自上而下的道路、因而也是没有经过社会革命、追随西欧的帝国主义道路，与此相反，中国的近代化走的是自下而上的反帝反封建社会革命、即人民共和的道路。

> ……

> 在近代化方面一片空白、本应是落后的中国反而将其空白化为动力，自我更生地实现了世界史上史无前例的、全新的第三种"王道"式的近代。[47]

在沟口看来，这一新式的、在战后初期日本学界几乎可以说是达成了普遍共识[48]的中国观，彻底排除了津田左右吉（1873-1961）式的将"现代文化"等同于"西洋文化"的世界观，同时也抹去了基于日本意识形态框架内"先进—落后"的二分模式。[49]毋宁说是具有积极意义的。

对于沟口本人，上述研究行为背后的意识倾向也被他所共有，作为伴随着史实的观念态度的转变，亦即对中国从蔑视转向憧憬性质的中国研究所具有的倾向是沟口一代中国学家的研究起点。

沟口这样谈论自己同时代的中国研究者：

> 我们这些在战争期间或战后成长起来的中国研究者，最初对中国几乎都不具备批判性的视野。毋宁说，对曾经因为批判、蔑视中

---

47 沟口雄三：『方法としての中国』，東京大学出版会，2014年第5刷，第10-11页。原文：日本の近代が旧支配層による上からの、したがって社会革命ぬきの西欧追随＝帝国主義的な道をたどったのに対し、中国の近代は下からの反帝・反封建の社会革命による人民的共和主義の道をたどるものであったという……近代欠如の落ちこぼれのはずの中国が、かえってその欠如をバネにして、世界史に例を見ない全く新しい第三の〈王道〉的近代を自己回生的に実現してみせた……

48 沟口认为至少在上世界50年代到60年代这一共识是存在的。参考：沟口雄三：『方法としての中国』，東京大学出版会，2014年第5刷，第10页。

49 参考：沟口雄三：『方法としての中国』，東京大学出版会，2014年第5刷，第10-11页。

国而自行参与了中国侵略的战前、战时的研究者，如津田左右吉等人的近代主义中国观进行否定、批判或排除才是我们中国研究的出发点。[50]

虽然观念背后的意识倾向是沟口作为研究主体的出发点，但是，就这一研究行为本身，沟口认为，由于其是带有主观想象的客体研究，因此也无法产生出真正意义上客观的中国研究。"憧憬式"的中国意识、中国观以及与其连带的在先行意识的向导之下进行目的性史学研究的方式因此成为沟口批判战后中国研究的立足点之一。

在沟口看来，这一憧憬意识的极端表现即是竹内好的中国观。对于"憧憬式"的中国意识：

> 一方面对日本的所谓"脱亚"的近代主义进行自我批判，另一方面把中国推向和日本相反的另一个极端，看作是亚洲理想的未来而憧憬不已。[51]

而"脱亚"的近代主义观念形成的主要原因之一，即是受到了西欧启蒙主义时期形成并随后逐渐发展（主要从孟德斯鸠、斯密、黑格尔、马克思等人的学说）的上述"亚洲社会停滞论"的影响。

岩井茂树（1955-）曾论述道：

> 20 世纪，"亚洲社会停滞论"最忠实的信奉者正是日本。在亚洲诸国当中唯一实现"脱亚"并一举成为"发达国家"的日本，在拯救衰退的亚洲、"解放"受西方列强支配的亚洲民众的主观性意图支配下，侵略亚洲邻国，并将"亚洲社会停滞论"视为将自身行动正当化、合理化的理论加以接受并深化。[52]

---

50 沟口雄三：『方法としての中国』，東京大学出版会，2014 年第 5 刷，第 5 頁。原文：わたくしたち戦中・戦後育ちの中国研究者のほとんどの研究起点に、中国への批評的視点というものはなかった。むしろ中国に批評的かつ蔑視的であり、そのためおのずと中国侵略に加担することにもなった戦前・戦中の、たとえば、津田左右吉氏らの近代主義の中国観を、否定的に批評もしくは排除するところこそが起点であった。

51 沟口雄三：『方法としての中国』，東京大学出版会，2014 年第 5 刷，第 5 頁。原文：日本のいわゆる脱亜的な近代主義を自己批判し、その反面それの対極におしやられていた中国に、かえってあるべきアジアの未来を憧憬したものものであり……

52 谷川道雄編著：『戦後日本の中国史論争』，河合文化教育研究所，1993 年 1 月第 1 刷、2001 年 11 月第 2 刷，第 237-238 頁。原文：二〇世紀になると「アジア社

但如前所述，由于历史的翻转，战后中国社会的一系列"进步性"[53]变动，日本的中国研究不得不进行根本性变革，而这一变革由于与对战败初期日本的彻底否定互相捆绑，因此主观上的肯定意识便被带进了这一时期的中国研究。作为对日本"彻底否定"的对立面，"肯定"式的内含于日本人主观构想之内的"憧憬式"中国意识即或多或少被这一时期的中国学家所共有。

在沟口看来：

> 这种憧憬的对象是在各种日本内部的自我意识——即和日本近代百年历史相关的种种"反"或者"非"日本意识——的对立面所形成的一种反自我意识的投影，所以从一开始便是主观的。这种憧憬的对象并不是客观的中国。所以这一"中国"才能够彻头彻尾地成为日本近代的反命题，其之所以成为憧憬的对象是因为它本来便是作为憧憬的对象而形成的。[54]

由于上述**极端**"憧憬式"的中国意识、中国观的最终目的在于批判日本的"近代"，而非对中国"近代"实际情况的关心（针对研究意图而言，并非实际研究行为），所以，类似的中国研究至多停留于拿中国作为参照物的中日"近代"对比研究。它实际上仅仅是对日本研究的诠释说明，并且时常寄托了对日本的主体性希冀，在极端的情况下，它亦与战前的日本汉学一样，是一种日本中心主义式虚无的"中国"研究。

但另一方面，也正因为沟口继承了战后日本亟待表达的，对于克服"亚

会停滞論」のもっとも強固な信奉者は、ほかならぬアジアの一員である日本になっていた。それはアジアのなかにあって唯一「脱亜」を成し遂げた「先進」たる日本が、アジアの衰運を救い、西洋列強の支配のもとからアジアの民衆を「解放」するという主観的意図のもとに、アジアの隣邦を侵略していくうえで、自らの行動を正当化、合理化する理論として受容され、深められたのであった。

53 中华人民共和国的成立、初期新民主主义的社会建设、社会主义的社会建设目标等等。

54 沟口雄三：『方法としての中国』，東京大学出版会，2014年第5刷，第5页。原文：この憧憬なるものは、さまざまの日本内的自己意識、すなわち日本の近代百年かかわるさまざまの反あるいは非日本意識の対極に、いわば反自己意識の投影像として自己内に結ばれたそれに向けられたもので、だからそれはあらかじめ主観的なものであった。憧憬は客観的な中国に対してではなく、主観的に自己内に結像された「わが内なる中国」に向けられたものであった。だからその「中国」は徹頭徹尾、日本的近代の反措定たりえたし、だから憧憬すべくして憧憬されえた。

洲社会停滞论"式论调的,"憧憬式"中国观所具备的知识心情,才使"作为方法的中国"这一命题的出现成为可能。

沟口秉持了纯粹客观主义的立场对竹内等人"非"、"反"日本的"理念型"中国进行批评,诟病他们主观性的中国研究"没有把对方当作一个客体来认识"[55],继而提出"作为方法的中国"这一命题,要求"既不蔑视也不憧憬,既不带偏见也不怀期待的态度,来探究作为'事实'的'异'性的中国世界。"[56]

归根结底,沟口所批评的是先验性"价值判断"的问题,在批判竹内、西顺藏中国研究无法"自由"的同时,沟口中国学是否是一个纯粹建立在客观研究之上的客观中国学?答案显然是否定的。

不可否认,"作为方法的中国"的提出是沟口中国学与既存中国研究、带有蔑视色彩的日本式"东方学"以及旧汉学式中国研究断绝的结果。作为结果,它必然脱胎于"旧"的中国研究,因而也受到以往中国研究的历史状况的制约与规定,即便是批判、否定与断绝,也只能是以否定之形式对"旧"中国研究的继承。

沟口中国学对江户时期的儒学、汉学等缺乏"异别意识"[57]的所谓"过于贴近自我"[58]的中国研究[59],以及伴随着帝国日本学知体系成立而成立的带有

---

55 沟口雄三:『方法としての中国』,東京大学出版会,2014年第5刷,第34页。
   原文:相手を一つの客体として認識しない……

56 沟口雄三:『方法としての中国』,東京大学出版会,2014年第5刷,第34页。
   原文:蔑視も憧憬も偏見も期待もなく、事実的世界としていかにも「異」な中国という世界の解明に……

57 "异别意识"的提法来源于沟口雄三:『方法としての中国』,東京大学出版会,2014年第5刷。在谈及法国支那学、日本汉学和中国哲学的差异时,沟口多次提及日本汉学所欠缺的"异别意识",如:当时的日本还没有确立足以把中国作为"异"世界来相对化的自己的世界……对日本汉学来说,中国可以说是自己内部的"世界"。此外,沟口在评述津田中国学时曾多次表示赞同其具有"异别化"意识的研究姿态,例如,沟口说道:"津田对于根源的关心应该是来自于他的异别意识。也就是说,他把支那思想、文化看作是支那的思想、文化而试图把日本的思想、文化与其区分开来……"。

58 沟口雄三:『方法としての中国』,東京大学出版会,2014年第5刷,第162页。
   原文:即自的。

59 更具体的可以说是伊藤仁斋(1627-1705年)、荻生徂徕(1666-1728年)等日本儒者的儒学研究。子安宣邦在《现代中国的历史辩证法》(『現代中国の歴史的な弁証論——沟口雄三『方法としての中国』『中国の衝撃』『を読む』、『現代思想』,青土社,2012年11月临时增刊号)一文中认为沟口对江户儒学是存在偏见

日本式"东方学"性质的东洋学、支那学的批判是相对彻底的。

然而，对于作为沟口学术研究原点的"憧憬式"中国意识，沟口更多的是从"西方"透视的角度进行批评。例如，他反驳西顺藏"超近代论"中国研究的主要逻辑即为："（西顺藏）通过推翻把旧中国视为停滞不前的欧洲的透视法即'看法'来进行对比"[60]，"也就是'从属于欧洲体系的中国形象'"[61]，"把欧洲式的否定性的中国论反过来重新进行积极的肯定"[62]。所以，这种基于"憧憬式"中国意识的"超近代论""从一开始就受到了欧洲中心体系、世界的制约"[63]，换言之，"西顺藏的超近代从一开始就被欧洲近代的尺度所束缚了。他在拒绝进步史观的同时，却以发现'后进'的价值的方式陷入了进步的框架之中"[64]。

因此，西顺藏的"超近代论"与西岛定生的"近代化论"虽然表面上看似乎是两个完全不同、乃至互相对立的思考理路内的产物，但在克服"亚洲社会停滞论"层面，以及与其互为表里的"憧憬式"中国意识方面，具有很大程度的一致性。尤其是在利用"西方透视法"方面，可以说，西顺藏更为"拐弯抹角"[65]，而西岛则直接很多。

的，此处不做详述。具体可参见：子安宣邦：『方法としての江戸』，ぺりかん社，2000 年 5 月。

60 沟口雄三：『方法としての中国』，東京大学出版会，2014 年第 5 刷，第 42 页。原文：そのヨーロッパと中国の対比が、ヨーロッパと中国のそれぞれに独自な二つの座標軸について対比ではなく、旧中国を停滞とみたヨーロッパ的遠近法つまり「見かた」を翻転するというかたちで……

61 沟口雄三：『方法としての中国』，東京大学出版会，2014 年第 5 刷，第 42 页。原文：つまり「ヨーロッパ体系に従属する中国像」

62 沟口雄三：『方法としての中国』，東京大学出版会，2014 年第 5 刷，第 43 页。原文：「ヨーロッパの否定的規定の中国論を、いわば裏返しにして積極的に規定」

63 沟口雄三：『方法としての中国』，東京大学出版会，2014 年第 5 刷，第 43 页。原文：当初からヨーロッパ的体系・世界に規定されていたのだ。

64 沟口雄三：『方法としての中国』，東京大学出版会，2014 年第 5 刷，第 43-44 页。原文：つまり西氏の超近代はあらかじめヨーロッパ近代の尺度に規定されていた。氏は進歩史観を拒否しながら、「後進」に価値を認めるというかたちで、進歩の構図にとらわれた。

65 为沟口评价西顺藏用语，参考：沟口雄三：『方法としての中国』，東京大学出版会，2014 年第 5 刷，第 43 页。原文：まわりくどくとも……

第六节　沟口雄三的悖论

沟口在批判性总结上述前人研究的基础上提出的"作为方法的中国"当中的"中国"，在笔者看来依旧是一个理念化的"中国"概念，并且带有乌托邦式的色彩。从初期的"憧憬式"中国意识，到后期逐渐脱离现实（伴随着中国自身的变化），以"前近代中国"为基础的方法化"中国"，一系列研究成果的呈现对于沟口自身期许的"作为方法的中国"的客观性的实现是有所背离的。

根据韦伯（Max Weber，1864-1920）的观点：

> 从根本上来说，社会科学的所有命题都不得不以某种价值判断为前提，研究者对这一点应该有所自觉。恐怕在包含历史、文化等研究对象在内的社会科学层面，纯粹的客观立场一类的东西是不可能存在的。也就是说，因为社会科学研究自身是被置于特定历史状况内部的研究，对应的是特定的文化时代环境的需求。……社会科学研究者在进行自己的研究之际，有必要辨明自身研究是以何种价值判断为前提的……[66]

沟口批判竹内好等人中国研究的主观臆断，认为他们的中国研究有失客观性的主要原因之一即在于其研究内含了先验性的"价值判断"。包括上述西岛的中国社会经济史研究在内，他们均带有战后克服"亚洲社会停滞论"之意图，继而认为中国本身是"进步"的，是值得"憧憬"的研究对象。历史目的论式的中国研究在沟口看来是内含上述"价值判断"的，也是非客观的中国学。

另外，类似"价值判断"在研究过程中往往会出现二重甚至多重构造，并相互缠绕影响。再以上述西岛的研究为例，在内含"进步"、"憧憬"中国

66　山之内靖：『マックス・ヴェーバー入門』，岩波書店，1997 年 5 月第 1 刷、2015 年 8 月第 25 刷，第 3 頁。原文：社会科学のいかなる命題も、根本的には何らかの価値判断を前提とせざるを得ないということ、そしてこの点をはっきり自覚している必要があるということでした。純粋に客観的な立場などというものは、およそ歴史や文化をその研究対象のうちに含む社会科学において存在しえない。というのも、社会科学の営み自身が、特定の歴史的状況の内部におかれているからであり、特定の文化的時代環境の要請に対応するものだからである。……社会科学の研究にたずさわる者は、自分の研究をなすにあたって、その研究がいかなる価値判断を前提とするものであるかについて明らかにしておく必要がある……

"价值判断"的同时，西岛的另一个研究前提即是对西欧先进性的无怀疑态度，这一态度内含了信奉绝对性的西欧进步观念。简而言之，是一种西方中心主义的表现形式。而竹内式"憧憬"中国则是建立在对中国的"异"西欧资本主义的另一种进步观念基础之上的。

而沟口所提倡的"作为方法的中国"，以上述"憧憬"中国观、绝对性西方进步观念、日本的西方中心主义为主要批评对象，要求"自由的中国学"——即"包括摆脱'进化'论观点在内的方法论上的自由，同时也是指不再把中国的——为了他们自身的复权的——目的当作我们自己的学问目的，也就是从那种与中国密切相关的'目的'中解放出来的自由"[67]的中国学。"自身的复权"即意味着沟口要求的中国学是排除了上述以确立西方自我为目的、以确立日本自我为目的理念构筑性质的"中国"，以"中国"自身为目的的"中国的复权"。

但批评终归是批评，批评的意义在于意对问题意识的推进。对沟口自身的研究而言，从早期的"憧憬式"中国意识到后期以"前近代"中国为基体，抽出连续性因子（如"理"的内在延续）的"方法化中国"研究，可以说，沟口也依旧没有脱离"价值判断"的陷阱。换言之，沟口中国学的一个意识前提即是"中国"内含了将其作为方法的理由，并认为可以从"前近代"中寻求出的某种支撑自己"价值判断"的因素，中国是能够成为"方法"的。

这样的"中国"，用韦伯的理论来说即是"理念型"的、"再生产"的中国，它是"基于现实的某些侧面而纯化的一种乌托邦式"[68]的中国，它为理念的"中国"以及中国研究共同体乃至构筑"东亚"共同体提供了一片空间，一块归属地。

因此，极端地说，沟口中国学自身即是"憧憬式"中国意识的一种表现

---

67 沟口雄三：『方法としての中国』，東京大学出版会，2000 年第 5 刷，第 136 頁。原文：ここの自由の意味が、もちろん「進化」離れを含めての方法論上の自由の拡幅を指すと同時に、中国にとっての——彼ら自身の復権をめざした彼らの——目的をみずからの学の目的意識とするような中国密着的な「目的」からの自由をも指し、こういった自由こそ、これまで以上に中国を客観的に対象化する保証となり、この客観対象化の徹底こそが中国なき中国学にとっての十二分の批評たりうる、と思われるからである。

68 山之内靖：『マックス・ヴェーバー入門』，岩波書店，1997 年 5 月第 1 刷、2015 年 8 月第 25 刷，第 3 頁。原文：現実のある側面を抽出してそれを純化した一種ユートピアなのであり……

形式。有所不同的是，西岛、西顺藏们"憧憬"背后的终极参照物是西欧，而沟口"憧憬"背面隐藏的则是其对中国式自发近代的肯定与执着。在这一意义上来说，沟口与竹内是一脉相承的。

第五章　战后日本中国史学史的思想史研究——沟口雄三的位置

第一节　战后日本史学的变革与中国史研究

1945 年 8 月 15 日日本宣布无条件投降。历史在一夜间发生了巨大翻转，日本国民面对这一未曾有过的经历，茫然无措。以往"受军国主义教育，坚信日本民族优越于他民族的国民们直面这一结果，纷纷陷入了茫然自失的状态。当时被反复使用的'虚脱状态'一词即是对上述茫然自失状态的表达。"[1]信仰颠覆后的"虚脱状态"反应的是日本人经历惨痛史实后的某种复杂心境。

对当时正处在中学一年级的沟口来说，可以说其固有的世界认知在一瞬间被全面颠覆了，他回忆战败体验时说道："我们这个年纪的人，在中学时代赶上了战败，于是被告知到那时候（指战败）为止的教科书的记载错了"，"突然发现，在那之前所坚信正确的东西，都是谎言。"[2]以至于沟口将与自己共

1　谷川道雄编著：『戦後日本の中国史論争』，河合文化教育研究所，1993 年 1 月，第 9 页。原文：軍国主義によって教育され、日本民族の他民族に対する優越性を信じこんできた国民は、この結果に直面して、茫然自失の状態におちいった。当時、"虚脱状態"という言葉がよく使われたが、それはこの茫然自失の状況を言い表わしたものである。

2　沟口雄三、孙歌：《关于"知识的共同体"》，载于《开放时代》，2001 年 11 月，第 7 页。

同成长起来的一代人称为"用墨水涂抹历史错误的一代"[3]。此后，美国的驻军、西式民主化的推进加速了固守价值体系的瓦解，人们对待历史的相对主义态度靡然成风，这也间接孕育了一部分抱有怀疑主义精神的知识分子。

但正如日本思想史家子安宣邦（1933-）所言："大变动意味着结束，也意味着某种开始吧……所谓变动，当然应该是内包了自己的诸体制（系统）的解体。"[4]沟口所说的"涂抹"即是关于自我解体的必要程序，解体的过程则会带来"空白"与"填补"的契机，就如同价值体系的颠覆会带来一系列观念的变动与思想的重组一样。

具体到日本的历史学界，战败后的"虚脱状态"也在一定程度上带来了重生式的转机。与战前、战时相比，史学研究应有的客观性与科学性得到了强调，有关皇国体制、军国主义的历史研究也不再被加以政治性质的限制与管控。[5]正如远山茂树在谈及日本历史学的变迁时所说："战前的历史学作为科学，它是脆弱的……战后的历史学，国民的历史意识变化很大。历史学的科学性、历史观的科学性被大家所讨论并得到了强调。"[6]以"历史学研究会"[7]的活动为例，战后该学会立即重启了相关的学术活动，例如将如何定位将"军国主义正当化的天皇制"作为最初的研究课题，类似的课题研究在战败以前显然是无法公开进行的。

另一方面，战后伴随着世界范围冷战格局的形成，日本被统合进了以美

3　参见沟口雄三、孙歌，《关于"知识的共同体"》，载于《开放时代》，2001 年 11 月。

4　子安宣邦：『「アジア」はどう語られてきたか——近代日本のオリエンタリズム』，藤原書店，2003 年 4 月初版、2007 年 6 月第 6 刷，第 39-40 页。原文：大きな転換とはある終わりであり、またある始まりであるだろう。……転換とは当然己れを包みこんできた諸体制（システム）の解体をも含んだ転換であるはずである。

5　战前基于天皇绝对主义的，以神国神话、"万世一系"等历史叙述为代表的，缺乏科学、客观性的伪造的历史被置于了批判的位置。需要指出的是，类似伪造历史的历史叙述并不局限于日本，16 世界英国的都铎（Tudor dynasty）王朝便利用亚瑟王（Arthurian Legend）的传说来进行政权的正统性建设。

6　遠山茂樹：『遠山茂樹著作集　第八巻　日本近代史学史』，岩波書店，1992 年 1 月，第 7-10 页。原文：戦前の歴史学は、科学として確立されることが弱かった。……戦後には、歴史学も、国民の歴史意識も大きく変わった。歴史学が科学であることが強調され、歴史観の科学性が論じられた。

7　"历史学研究会"（下文简称"历研会"，这一简称由内藤戊申提出）该学会于 1932 年在东京成立，是日本历史研究的最重要学会之一。成立之初受到马克思主义思潮影，后因对军国主义抱有批评意识，1944 年被迫停止一切活动。

国为首的西方阵营。此时的日本历史学在去"旧"、批"旧"的同时，又被卷入了新一轮的战后全球体系，使其不得不应对新一轮世界格局的冲击。此外，对史学界造成巨大影响的，另一个不可忽视的史实是，大批此前被认为不具有实现近代化能力的、所谓"停滞的"亚洲、非洲各民族、国家都逐渐通过民族解放运动脱离了殖民统治，用自身的力量将历史向前推进了一大步。

战后日本在中国史研究方面，也同样受到了整体日本史学变迁的影响。如前所述，伴随着军国主义体制的解体、对侵华战争的反思，革命后成立的"新中国"[8]亦给日本史学研究者带去了冲击，日本的中国研究者的问题意识开始发生变化[9]，研究中国的热情也随之高涨[10]。旧有的中国史观[11]在与中国发展的现实不断发生碰撞与摩擦的过程中已显得无力承担起诠释其发展脉络的责任与使命，新一轮中国史学的建构呼之欲出。另一方面，由于明治以来对中国的偏见蔑视，以及与此互为表里的明治文明观的持续影响、"二次开国"（美军进驻）风潮的陶染、对西方科学的崇拜等，直接导致战后初期史学界将西方人文社科领域的研究理论（如"世界史的普遍法则"）视为真理的倾向明显。檀上宽（1950-）论及当时日本的中国研究时曾指出："多数的研究者依据当时风靡历史学界的唯物史观，专心于以社会经济史为中心来把握中国史

8　指代1949年建国的"中华人民共和国"。

9　明治以后，历经甲午中日战争、日俄战争，抗日战争直到日本战败，日本的史学研究界与日本的大陆政策息息相关。譬如汉人统治的明朝研究即是相对冷门的研究（倭寇研究除外），而元朝、清朝的研究因与现实的大陆政策（外族统治）相关而被给予了关注。但战后，以批判中国社会停滞论为背景，在试图将中国史镶嵌进"世界史"当中来普遍化中国史的过程当中，明代、尤其是明末清初转换期开始受到重视。当然，甚至早在战争期间，岛田虔次就已经在中国思想史领域做了相关的研究，此处不做详述。

10　正如檀上宽（1950-）所言："他们研究中国一方面是基于对以往将中国社会视为停滞、以及对过去日本的大陆计划无批判的接受的反省。他们欲通过克服中国社会停滞论，并探明其发展的轨迹来真正理解中国。"原文："彼らを中国研究に駆り立てたもの、それかつて中国社会を停滞したものとみなし、日本の大陆政策を無批評に受け入れてきた過去への反省に一面では基づいていた。中国社会に関する停滞論を克服し、その発展の相を明らかにすることは、真の中国理解につながることになる。三田村泰助：『中国文明の歴史8　明帝国と倭寇』「解説」，中央公論新社，2000年9月，第397页。

11　指代受西方黑格尔（1770-1831年）、马克思（1818-1883年）等人物中国认识的影响，明治时代开始在日本知识分子甚至普通民众间逐渐盛行的，伴随着对中国蔑视的有关中国历史的停滞论史观。

的发展。"[12]而毫无疑问，"唯物史观"是当时"世界史的普遍法则"之典型。

但总的来说，战后初期的日本中国学研究领域在自觉响应战后中国史再构建的要求之下，论争迭起，中国研究呈现出了异样活跃的气氛，为世界的中国史研究做出了巨大贡献。正如中国史学者佐竹靖彦（1939-）在言及日本的中国研究时所说：

> 或许是在出于对西方冲击的回应、接受以及对（中国）大陆侵略、战败等历史状况中，我国的中国史学以其一贯所具有的某种形式被社会要求证明历史学的存在理由。于是催生出了中国社会论、时代区分论等迄今为止对世界学界有很大贡献的工作。[13]

然而，伴随着时间的推移，尤其是进入上世纪 80 年代以后，套用以往（西方=普遍）历史发展观的中国研究逐渐显示出其疲态。事实上，用西方的历史发展观来把握中国的历史进程原本就是牵强附会。另外，由于时代风潮中对"近代主义"的怀疑逐渐增多，被视为普世的发展方向与目的的"近代"变得相对化了。与此同时，认为每个时代都有其固有价值的研究者开始增多，并且他们关心的课题也逐渐趋于多元化，类似于以往宏观的"时代区分"论争便逐渐偃旗息鼓。譬如在谈及 80 年代以后日本对中国明清史的研究时，檀上宽说道："最近明清史（研究）的关键词是'地域'与'秩序'，它们反映的正是研究者的课题意识，作为连接过去与现在的一座桥梁，受到了极大的关注。每个研究者都努力用各自的方式，在摸索中国固有理论的过程中获得相应的线索，而这也是最近（研究界的）情况吧。"[14]

---

12 三田村泰助：『中国文明の歴史8　明帝国と倭寇』「解説」，中央公論新社，2000年9月，第397页。原文：多くの研究者が当時の歴史学界を風靡した唯物史観に依拠し、社会経済史を中心に中国史の発展的把握を専念した。

13 堀敏一、谷川道雄、池田温等編：『魏晋南北朝隋唐時代史の基本問題』，汲古書院，1997年6月。原文：おそらくウェスタンインパクトへの対応、受容と大陸への侵略と敗戦といった与えられた歴史的状況のなかで、わが国の中国史学は、一貫してなんらかの形で、歴史学の存在理由を明示することを社会的に要請されてきたように見える。それは、中国社会論、時代区分論等のかたちで、これまでに世界の学界に貢献すべき大きな仕事を生み出してきたと言えるであろう。

14 三田村泰助：『中国文明の歴史8　明帝国と倭寇』「解説」，中央公論新社，2000年9月，第399页。原文：最近の明清史のキーワードである「地域」や「秩序」は、そんな研究者の課題意識の投影に他ならず、過去と現在とをつなぐ一つの橋梁として、大きな関心を集めている。各人各様、中国固有の理論をまさぐる

总而言之，战后日本的中国研究主要包括了受西方人文社科学术研究催化（或曰日本的接受）所产生的研究，以日本"京都学派"为代表的传统东洋史学研究，以及作为对西方冲击论（Western impact）"反叛"式的回应研究（反"近代"研究大致可归在第三类当中）。当然，他们之间的界限划分并没有上述类型划分所呈现的那般清晰，学者们众多的研究立场与研究方法互相交织，相互影响。

第二节　关于"近代化"论与克服"亚洲社会停滞论"

如上所述，战后初期伴随着美国对战后日本民主变革的要求，战后日本史学研究的起点之一即是对所谓真正意义上[15]"近代"、"近代化"问题的研究以及与"近代"问题研究互为表里的对"封建制"、"天皇体制"的批判。

事实上，日本战后史学的中心议题之一即是上述"近代"问题，即便在世界范围内，"在现代历史学的众多潮流当中，作为其中心存在的亦即是'近代化的历史学'[16]。"[17]在西欧市民革命、产业革命、资本主义、合理主义的世界性繁衍之大背景下，无论是反"近代"论式的史学论述，或是支撑"近代"论框架逻辑的史学叙述都无法规避"西欧式近代"这一历史的前提。

需要说明的是，"无法规避"并不意味着对它的"忠诚与贯彻"（尼采、福柯、竹内好等），但作为思想资源的"近代"论毋宁说是现代人文社会科学的一股潜流，并具有无可替代的巨大思想能量，在这一层面，应该说它是无法规避也是无需刻意避免的。即便沟口晚年极力避免使用"近代"一词，但具有讽刺意味的事实状况是，其学术成就始于"近代"，止于"近代"，可以说，沟口终其一生都在与"近代"问题博弈。

中から、その手がかりを得ようと努めているのが、昨今の状況だとみなせよう。

15　"真正意义"是相对于日本战前的"近代"所使用的。

16　所谓"近代化的历史学"即是指，17 世纪到 19 世纪通过市民革命、产业革命而确立的以西欧近代社会为模型的历史学研究，研究主要内容为探究为何在这一时期仅仅在西欧地域产生了"近代"的诸原因，以及探究在西欧以外地域实现欧式近代化的可能性。这一历史研究伴随的一个前提即是将西欧近代看作是具有普遍性的、先进的近代，是需要各地域、各国家模仿追赶的。

17　浜林正夫、佐々木隆爾編:『歴史学入門』，有斐閣，1992 年 9 月初版、2011 年 6 月第 11 刷，第 185 頁。原文: 現代歴史学のいろいろな潮流のなかで、その中心を流れているのは、「近代化の歴史学」と呼ぶべきものであろう。

具体到战后的日本史学，永原庆二（1922-2004）曾在回溯战后 30 年日本的史学史时说道：

> 作为战后日本史学研究最大公约数的问题意识，总括来说就是，如何将战后民主主义变革在历史上加以定位、"克服封建制与近代化"的问题。就目前日本史研究者的数量来看，（直接以此为题的研究者）已经很微少了，但大多数史学研究者都是满怀了上述共通的、强烈的课题意识而进行研究的，就这一点来说，战后 30 年史学史的诸阶段都鲜有这样的例子吧。[18]

换言之，与"克服封建制与近代化"相关的问题意识贯穿了战后日本的历史研究，永原站在战后 30 年这一历史节点的总结至今依旧奏效，"近代"相关问题持续性地成为战后知识人所共同关注的话题。

经济史学家大塚久雄（1907-1996）的近代化理论即是战后初期克服"封建"、考察"近代"的代表性言论之一。[19]大塚史学的关注点是所谓"近代化"的起点问题，他以西欧（特别是英国）从封建制向资本主义转变的过程为线索，探究蕴含其中的近代社会成立的一系列条件（如生产关系）以及近代社会具有主体意识的人的成立要素（以"中产阶级"[20]概念为中心）。

由此看来，大塚史学的前提条件便是，将西欧近代（具体来说则是英国的近代化）视为一个恒定的基准，并将这一基准加以理念性质的纯粹化与价值性质的绝对化。[21]因此，"对于大塚的近代化理论，有人批评其是资本主

---

18 永原慶二：『歴史学序説』，東京大学出版社，1978 年 11 月初版第 1 刷、2013 年 12 月新装版第 1 刷。原文：戦後日本史研究の起点における最大公約数の問題意識は、戦後の民主主義変革を、歴史的に位置づけた「封建制の克服と近代化」に集約されていた。この時点の日本史研究の数は、今日からみればまことに微々たるものであるが、その大多数がそうした共通かつ強烈な課題意識に燃えていた点では、戦後三〇年の史学史の諸時期を通じて他に例がないであろう。

19 以《近代化的人的基础》（『近代化の人間的基礎』，1948 年，白日書院）、《日本社会的家族构成》（『日本社会の家族構成』，1948 年，学生書院）等著作作为代表。

20 原文：中産的生産者層。

21 例如大塚从韦伯《新教的伦理与资本主义的精神》（1904-1905 年）总结出现代意义上人的成立要素，将其归纳概括为"中产阶级"。大塚认为支撑英国绝对王政、进行资产阶级革命以及近代民族主义的旗手的即是上述"中产阶级"。大塚史学将西欧近代的合理主义、资本主义、民主主义、民族主义等一系列性格特征与其提出的概念"中产阶级"巧妙地结合并进行了统合。这一"中产阶级"的原型很显然是西欧近代人的特征。

义美化论。"[22]的确，大塚在上述基础之上对"近代"进行考察的结果会使真正意义世界史上的"近代"形式变得单一。大塚在陷入一种伴有价值判断的"先进—落后"之二分思维模式的同时，对于不符合资本主义式的近代模式——即将其作为"落后"或"不合理"来解释说明的行为也显得相对轻率了。

然而，对于战后初期的日本，大塚史学的意义毋庸置疑。"大塚的近代化理论在战后的历史学界引起了很大的反响。"[23]学界的普遍观点是，大冢的研究对于战后初期清理所谓带有军国主义性质的"封建残留"[24]，以及在史学研究层面引导日本走向真正意义上的近代化道路做出了一定的贡献，同时也开启了战后日本社会经济史研究的大门。[25]

与此同时，这一理论也影响了日本对亚洲近代化道路的反思。当然，上述反思带有一个周知的历史前提，即日本的战败与中华人民共和国的成立，以及由这一史实而产生的对所谓"亚洲社会停滞论"[26]的怀疑与克服。

由于受欧洲具有"东方学"色彩的亚洲想象与亚洲叙述的影响，加之日本确立自我认同等一系列政治层面的需要，亚洲，特别是中国的"停滞"在战前、战时的日本历史学界乃至日本普通民众层面均得到了广泛的认可。基于此，在被认为率先实现欧式近代化的日本，甚至产生了缺乏其指导与引领

---

22 浜林正夫、佐々木隆爾编:『歴史学入門』，有斐閣，1992 年 9 月初版、2011 年 6 月第 11 刷。原文:大塚の近代化理論に対しては、資本主義美化論だという批判がある。

23 谷川道雄编著:『戦後日本の中国史論争』，河合文化教育研究所，1993 年 1 月第 1 刷、2001 年 11 月第 2 刷。原文:大塚久雄の近代化理論は、戦後の歴史学界に多大の反響をよんだ。

24 日本的军国主义在战后初期的日本学界通常被认为是"军事的、带有封建性质的帝国主义"，因此，去除"封建残留"在战后的日本便显得意义重大。

25 对大塚研究的评价具体参见:谷川道雄编著:『戦後日本の中国史論争』，河合文化教育研究所，1993 年 1 月第 1 刷、2001 年 11 月第 2 刷。浜林正夫、佐々木隆爾编:『歴史学入門』，有斐閣，1992 年 9 月初版、2011 年 6 月第 11 刷。

26 在笔者看来，中国社会"停滞论"的基础即是通过日本再构建的马克思亚洲社会理论。根据马克思的东洋专制理论，亚洲社会村落共同体的普遍存在是其无法进步、发展的缘由之一。基于此，马克思根据生产方式将人类社会分为古代奴隶制、封建制、近代资本制等一系列具备"进步"阶梯的等级制度，而在上述制度所伴随的生产方式的最初形态，在马克思看来即是"亚洲式生产方式"。这一马克思的亚洲社会论即是日本社会战前、战中阐释"中国停滞论"的重要依据。但需要说明的是，这一"停滞论"最初产生于欧洲的启蒙时代。

中国便无法实现"近代化"、中国自身缺乏实现"近代化"的条件等一系列为日本侵华战争提供正当理由的观点主张。

日本战后初期的中国研究即带有克服以上论调的显著特征。

西岛定生（1919-1998）对明清时期棉花工业的考察即是在上述背景下进行的，西岛欲在沟口所关注的"前近代"工业体系当中，寻求出大塚近代化理论中"中产阶级"所具备的具有主体性质的阶层及其成立要素。

虽然最终的研究成果并未能够支撑西岛最初的研究构想，但"西岛的研究姿态本身，对当时的中国史研究来说，具有划时代的意义……就将中国社会的近代化过程从社会经济史层面进行**积极地**探寻这一点来说，受到了高度的评价。"[27]换言之，西岛将中国史置于欧式进步体系的大框架内进行肯定**倾向**的研究态度相对于战前、战时主流的中国研究来说是一次重大的转变与突破。

对于战后初期的中国研究，正如谷川道雄（1925-2013）所言：

> 中国在二战中战胜了近代化的发达国家日本，被理解为是在现实层面证明了中国史的进步特征。战胜国中国继而推进了新中国的建设，越过资本主义，走上了社会主义的道路。既然现在是这个样子，那么过去的历史也应该是沿着一条进步的道路而走来的。而那进步的历史应该如何被其体系化定位呢？[28]

西岛即针对以上一连串战后初期中国研究的相关问题在自己所属的经济史研究领域进行了一定程度的探索。

但是，西岛"近代化"论的中国研究将中国置于"近代进步"框架内考察的同时，也初步显露了其"憧憬式"的、战后初期中国学家所普遍具备的

---

27 谷川道雄编著：『戦後日本の中国史論争』，河合文化教育研究所，1993年1月第1刷、2001年11月第2刷，第12页。原文：西嶋の研究姿勢そのものは、当時の中国史研究において、画期的な意義をもつとされる。すなわち、中国社会における近代化過程を、社会経済史の面から積極的に追求した点に、高い評価が与えられるのである。

28 谷川道雄编著：『戦後日本の中国史論争』，河合文化教育研究所，1993年1月第1刷、2001年11月第2刷，第13页。原文：第二次世界大戦において、中国が、近代化において先進国である日本に勝利したことは、中国史の進步的性格を現実に証明したものと理解された。戦勝国中国は、これにひき続き、新生中国の建設を進め、資本主義をのり越えて、社会主義への道を歩んでいる。現在がこのようであるとすれば、過去の歴史もまた、進步の道をたどって来たのではないか。その進步の歴史は、どのように体系づけられるべきであろうか。

中国进步意识，以及以这一意识为线索导向来进行进一步研究的，带有目的性的研究行为。这一中国意识与战败日本的自我意识——反省意识是紧密结合在一起的。

丸山真男（1914-1996）在 1950 年太平洋会议上的报告即是其典型之一：

中国由于旧的统治阶级对新的局面缺乏适应能力而遭到了帝国主义列强的蚕食，但也正因为此，反而使反对帝国主义支配的民族主义运动不得不同时承担彻底变革旧社会=政治体制的任务。……反帝运动和社会革命的结合……成为了中国民族主义一贯的传统。而日本呢？打倒德川体制、掌握了统一国家权力的仍然是封建势力本身。只不过他们由于需要对抗西欧各国的压力而迅速地消解了国内多元的封建分权制，将权力统合于天皇的权威下，……实现了自上而下的近代化。……民间的民主运动除了二、三特例之外……不但没有和社会革命相结合，反而和反革命、反民主主义相结合了。[29]

需要说明的是，上述发言是丸山对 1946 年发表《超国家主义的伦理和心理》（『超国家主義の論理と心理』）[30]的补充与延伸。丸山认为，在超国家主义意识形态的支配下，日本的"国体"具备了超越性的价值，它将精神的权威与政治的权威均置于其控制之下，并渗透进"近代"日本人的人格内部，使人格的主体性以及近代主体的形成遭遇挫折、乃至毁灭性打击。那么显然，丸山的主要目的是批判日本的天皇制、国家主义、超国家主义，而非讴

---

29 丸山真男：『現代政治の思想と行動　増補版』，未来社，1964 年 5 月第 1 刷、1975 年 8 月第 72 刷，第 159 页。原文：中国は旧支配層が新しい局面への適応能力を持たなかったために、列強帝国主義の浸蝕を受けたが、そのことがかえって帝国主義支配に反対するナショナリズム運動に、否応なしに旧社会＝政治体制を根本的に変革する任務を課した。……反帝運動と社会革命の結合は……中国ナショナリズムの一貫した伝統をなした。ところが日本では、徳川レジームを打倒して統一国家の権力を掌握したのはそれ自体やはり封建的勢力であった。ただ彼らは西欧諸国の圧力に対抗する必要上、急速に国内の多元的な封建的分権制を解消してこれを天皇の権威の下に統合し、……上からの近代化を遂行した。……民間におけるナショナリズム運動は二、三の例外を除いて……社会革命と結合するどころか逆に反革命および反民主主義と結びつくものであった。

30 1946 年 5 月载于《世界》，后载入《现代政治的思想与行动》（『現代政治の思想と行動』），未来社，1956 年。

歌"中国的近代"。毋宁说，为了批判日本的"近代"（对于丸山，主要表现为超国家主义的伦理与心理），所谓中国的"自发性近代"才得到了相应的评价。

此外，针对上述"超国家主义"，丸山曾在日本近世的儒学者荻生徂徕（1666-1728）身上发现了可以与其对抗的可能性[31]。换言之，丸山通过分析徂徕思维方式的内在特性，发现其并未将朱子学"理"的世界作为一种"自然"（即对儒学本来身份秩序的肯定）存在来对待，而是将其作为"作为"的世界来加以理解。丸山在徂徕的思维方式中察觉到了日本走向具备主体性近代可能性的同时，也隐约看见了某种对抗"超国家主义"的力量。

第三节 "世界史普遍法则"[32]的进步性格

如前所述，在战后初期错综复杂的历史情形之下，历史学的研究活动在对军国主义进行批评的同时，建构新形式下的学术体系同样迫在眉睫。而这其中就包含了与"近代化"论史学研究息息相关的，将差异化的地域史统合进"世界史普遍法则"的大框架内进行所谓进化论式的线性论述及目的论式

---

31 详见：丸山真男：『日本政治思想史研究』，東京大学出版会，1952 年 12 月初版、2014 年 8 月新装第 16 刷。

32 笔者所用"世界史的普遍法则"指以西方人文学术经典为基础所构建的、西方话语内的对人类（实际上是以"西方"为模板）发展提出指导意见的"历史观"、"世界史像"，是广义的"世界史普遍法则"。如基于马克思历史唯物主义方法论（继承了以黑格尔为代表）的历史发展法则、前苏联斯大林所提出的"五阶段发展论"。本文中，笔者主要指以历史唯物史观发展阶段论为依据的"世界史普遍法则"，但需要指出的是，笔者并非专指历史上具体某人所提出的世界历史发展阶段论。在日本史方面，最早进行此方面尝试的是石母田正（1912-1986 年），石母田在战中执笔创作了《中世的世界的形成》（『中世的世界の形成』，1946 年，伊藤书店，のち東京大学出版会），并于战后第二年发表。据石母田本人所述是将从古代到中世日本的历史发展过程视为"世界史的普遍法则"式的进步过程来处理，是为了对抗艰苦、黑暗的战争年代。石母田将日本中世的领主阶级视为历史进步的动力，并与中国进行比对，将日本视为进步的同时，仍旧将中国视为停滞不前的。上述观点石母田在日后进行了自我批判。但毋庸置疑，正如永原庆二（1922-2004 年）所评论的那样："本书在开创（日本）前近代的历史过程按照历史唯物主义的法则来把握这一点上具有划时代的意义。"参考：永原庆二：『歴史学序説』，東京大学出版社，1978 年 11 月初版第 1 刷、2013 年 12 月新装版第 1 刷，第 58 页。原文：本書は、前近代の歴史過程を史的唯物論の理論によって法則的に把握する道をひらいた点でまさに画期的意義をもつものであった。

的历史回溯等内容，亦即"将一国的社会发展史、社会变革在法则层面加以把握成为主流的一个时期。"[33]

但这一法则性并非建立在完全否定各民族历史特殊性的意图之上。然而，这一法则性质的研究目的是在"阐明世界诸民族贯通历史的普遍法则的前提之下，根据比较史的考察来分析出民族的特殊形态=类型。"[34]那么，毋庸置疑，这一法则性质研究的认识论前提即为"所有的诸民族，虽说各自有各自的特殊性，但基本上都遵循着让社会构成体继起型交替这一普遍的发展法则"[35]。

这一潮流，对于日本，它与对战时军国主义、天皇体制的批判互为表里。因为这一时期多数的日本历史学研究者都在一定程度上都带有对军国主义、神国皇权的反省与批评意识。另外，在普通民众层面，"二次开国"的西化之风相较于明治时代可以说更甚[36]，于是，马克思式庞大的社会经济学理论便构成了他们寻求新一轮思想资源的宝库、反省战争灾难的理论武器。而另一方面，对战后的日本中国学来说，它在克服日本的"亚洲社会停滞"观、更极端地说是"中国社会停滞"观方面起到了一定程度的积极作用。

正如沟口在谈及战后日本中国学的变革时所言：

> 一般中国的近现代不但被认为毫无文明价值甚至在历史价值
>
> 上都比不上日本，更不用说欧洲。

---

33 永原慶二：『歴史学序説』，東京大学出版社，1978 年 11 月初版第 1 刷、2013 年 12 月新装版第 1 刷。原文：一国的な社会発展史、社会変革の法則的把握が主流となっていた時期である。

34 遠山茂樹：『遠山茂樹著作集　第八巻　日本近代史学史』，岩波書店，1992 年 1 月，第 59 页。原文：世界の諸民族の歴史をつらぬく普遍的な法則を明らかにし、それを基軸とする比較史的考察によって民族の特殊形態＝類型を析出しょうとしたものであった。

35 遠山茂樹：『遠山茂樹著作集　第八巻　日本近代史学史』，岩波書店，1992 年 1 月，第 60 页。原文：すべての諸民族は、それぞれ特殊性をもつとはいえ、基本的には、こうした社会構成体の継起をなす普遍的な発展法則をもつ……

36 沟口所回忆的上世纪 50 年代的学习经历可以从一个侧面反映西方影响之巨："我在大学（东京大学）学完第二外语中国语的时候，在当年毕业的两千多人中，学中国语的仅 12 人，其他一千九百五十多人学法语、德语，三十多人学俄语。这就是说，当时大部分学生盯着欧美，以亚洲或中国为学习对象是奇怪的事情。"显然，从东大学生选择外语的倾向可以明显看出，日本人对欧洲的关心要远远超过甚至凌驾于对中国等亚洲国家的关心。参见：沟口雄三著，龚颖译：《中国前近代思想的屈折与展开》，生活·读书·新知三联书店，2011 年 7 月，第 39 页。

当然，战后的中国学不可能不和这种固定观念进行斗争，不少研究者为恢复其应有的地位（尤其是历史价值的地位）而付出了巨大的努力。其中一种方法是依据来源于欧洲的进步论史观——不论是黑格尔的还是马克思式的——把中国的进化置于"世界"史的普遍性当中。[37]

因此，源自欧洲"进化论史观"的"世界史的普遍法则"才作为一种方法、一种依据，为伴随着史实变化的日本史学界的自我反省与自我突破提供了一条现实的路径与一种实现的方式。

此外，就史学史层面来说，"在昭和初期日本资本主义争论等方面蓄力已久的马克思主义史学、实证主义、近代市民主义历史学的高度结合之下，以'世界史普遍法则'为首的新世界史形象的构筑"[38]便如同一股潮流席卷了整个史学研究领域。

谷川道雄在论述战后新一轮历史研究特色时也说道：

> 战后，新一轮的历史研究的特色之一是：将日本史、中国史、欧洲史等相异地区的历史置于世界史这一共通的场域来理解。这一观点来自于对日本独善史观的批判与反省，此外……也有来自欲打破中国史停滞论观念这一方面的意图。总之……是要将世界史的概念贯彻其中来进行把握。[39]

---

37 沟口雄三：『方法としての中国』，東京大学出版会，1989 年 6 月初版、2014 年 4 月第 5 刷，第 132 頁。原文：中国の近現代が一般に文明価値どころか歴史価値そのものにおいても、ヨーロッパはもとより日本にすら劣っていると通念されてきたことと無縁ではない。もちろん戦後の中国学がこういった通念に抵抗しなかったはずはなく、少なからぬ研究者が劣位的とされたその（とりわけ歴史価値の）復権に精力を費やしてきた。その試みは一つには、ヘーゲル的マルクス的かは問わず、ヨーロッパ生まれの進化史観に依拠することにより、中国的進化を「世界」史的普遍においてそれに列位させるというかたちで進められた。

38 秋田茂、羽田正等編：『「世界史」の世界史』，ミネルヴァ書房，2016 年 9 月初版第 1 刷、2016 年 11 月初版第 2 刷，第 397 頁。原文：第二次世界大戦後には、昭和初期の日本資本主義論争などで力を蓄えたマルクス主義史学と、実証主義や近代市民主義の歴史学が高度に結合するなかで、「世界史の基本法則」をはじめとする新しい世界史像の構築……努力してきた。

39 谷川道雄編著：『戦後日本の中国史論争』，河合文化教育研究所，1993 年 1 月，第 11 頁。原文：戦後、新しく活動を開始した歴史研究の特色の一つは、日本史、中国史、ヨーロッパ史など地域を異にする歴史を、世界史という共通の場において理解しようとすることにあるであろう。この観点は、独善的な日本史

的确，日本用以上"世界史"的概念命题来定位中国、日本并以此来对抗日本超国家主义史观、"亚洲社会停滞论"不失为对战时主流思想反省与批判的有效手段。事实也证明，将"日本史、中国史……置于世界史这一共通的场域来理解"在战后初期为克服日本明治以来盛行的皇国史观、"中国社会停滞"提供了一条门径。

例如，西岛定生（1919-1998）对中国明清时期棉花工业的研究即是站在上述"世界史普遍法则"的立场下展开的，虽然最终并未达到预期的构想，但就其研究意图本身来说，相较于战前、战时的"停滞论"，不得不说是一种突破。正如谷川道雄在评价战后日本的中国史学研究时所说："就西岛的研究姿态本身来说，在当时的中国史研究层面，被认为是具有划时代意义的。"[40]

另外，需要补充的是，对于日本史研究，在战中，石母田正（1912-1986）、丸山真男（1914-1996）等学者便已经将这一带有进步（基于"达尔文主义进化论"）色彩的、法则性质的研究逐渐展开并以此来抵抗战争年代这一"黑暗的时代"[41]。但在这一时期[42]的石母田与丸山看来，中国社会依旧是停滞不前的。而他们将日本社会统合进"世界史的普遍法则"当中的目的除了上述反抗战争的知识心情以外，另一个目的即是为了证明中国相对于日本的"落后性"与"停滞性"（这也是日本明治以来的一贯作法，此处不做详细展开）。

而在日本战败以后，伴随着世界范围内民族解放运动的继起，中华人民共和国的成立，情况发生了巨大的变化。克服战前具有排他性质的"大东亚主义"、"国粹主义"，打破"中国社会停滞论"形成了一股不可逆的强大潮流。此时，"把中国的进化置于'世界'史的普遍性当中"[43]（如将中国的历史按

観に対する批判——反省の意識からも来ており、また、……中国史の停滞性の観念を打破しようとする意図からも来ている。要するに、……ひろく世界史の貫徹としてとらえようとするのである。

40 谷川道雄編著：『戦後日本の中国史論争』，河合文化教育研究所，1993年1月，第12頁。原文：この西嶋の研究姿勢そのものは、当時の中国史研究において、画期的な意義をもつとされる。

41 对于将日本政治思想史、日本史进行法则性把握的意图在于对抗"黑暗的年代"即战争年代是丸山，石母田在战后的自我表述。参见：《中世的世界的形成》（『中世的世界の形成』，1946年，伊藤书店，のち東京大学出版会）、《日本政治思想史研究》（『日本政治思想史研究』，1952年，東京大学出版会）。

42 之所以说"这一时期"，是因为战后的丸山与石母田都对自身前期研究中所持"中国社会停滞论"的见解进行了自我批评。

43 沟口雄三：『方法としての中国』，東京大学出版会，1989年6月初版、2014年4

照斯大林（1878-1953）的"五阶段发展论"来解读，以及上述西岛定生（1919-1998）对明清棉花工业的研究）来进行考察即被视为是对克服上述种种排他主义以及"中国社会停滞论"的一种"先进"方式。

之所以说是"一种"，因为除此之外，还有西顺蔵（1914-1984）、岛田虔次（1917-2000）等分别基于亚洲民族主义与西欧人文主义等多角度的中国研究（实际情况更为复杂），他们也同样将克服"中国社会停滞论"这一课题作为各自的学问前提。

因此，总的来说，源于欧洲的进化论史观、科学达尔文主义以及建立在此基础上的、目的论式的历史叙述（主要指"世界史的普遍法则"）为日本人文社科领域的诸多研究带去便利的同时，也为新一轮史学研究创造了必要的理论基础与知识空间。

尤其是在上世纪 50 年代前后（历史学研究会 1949 年大会的主题即为"世界史的基本法则"[44]），以"世界史的普遍法则"为基调的史学研究"一方面支撑起了确立科学的历史认识，对战前、战中非合理历史观、历史解释给予否定的时代要求，另一方面也明确了战后变革的历史性道路"[45]。并且，正如永原庆二（1922-2004）在回顾战后日本史学研究的发展状况时所言："回顾战后的经过，类似上述以社会发展的法则认识为指向的社会经济史研究，在战后大概 10 年间，可以说是独自领先，（在战后的研究中）占了极大的比重。"[46]

月第 5 刷，第 132 页。原文：中国的進化を「世界」史的普遍においてそれに列位させるというかたちで進められた。

44 在远山茂树（1914-2011 年）看来，历史学研究会 1949 年大会对日本历史学界来说是划时代的，其主题正是"世界史的基本法则"。参考：遠山茂樹：『遠山茂樹著作集　第八巻　日本近代史学史』，岩波書店，1992 年 1 月，第 57 页。原文：歴史学研究会の一九四九（昭和二十四）年五月の総会および大会は、この会にとっても、ひろく歴史学界にとっても画期的なものとなった。

45 永原慶二：『歴史学序説』，東京大学出版社，1978 年 11 月初版第 1 刷、2013 年 12 月新装版第 1 刷，第 60 页。原文：一方では戦前・戦時中の非合理的な歴史観、歴史解釈を否定して、科学的歴史意識を確立せねばならない要請に支えられ、他方では、戦後変革への歴史的道筋を明らかにする……

46 永原慶二：『歴史学序説』，東京大学出版社，1978 年 11 月初版第 1 刷、2013 年 12 月新装版第 1 刷，第 60 页。原文：戦後の経過をふりかえってみると、このような社会発展の法則認識を指向する社会経済史的研究は、戦後十年間ほどのあいだ、ほとんど独走的といってもよいほど大きな比重を占めつつ推進された。

从上述意义看来，应该承认在"世界史的普遍法则"下史学论述的进步性格，并肯定它对战后日本史学界的贡献，另外，对于沟口，它也构成了其中国学史学部分论说的批判前提。

第四节　"唯物史观"的魔咒

伴随着历史发展法则性研究的日益壮大，纵然史学界对它的反思与批判也在逐渐出现。但以马克思历史唯物主义史观为基轴的法则研究依旧独领风骚，"唯物史观"这一继承了以黑格尔为代表的、将历史发展法则性奉为信仰的世界观依旧长期笼罩着战后日本的史学界。

譬如，斯大林（1878-1953）所提出的"五阶段发展论"。他以马克思（1818-1883）"唯物史观"为基础，但斯大林将马克思所提出人类社会发展四阶段的第一阶段"亚洲生产方式"置换为具有前苏联特色的"原始共产制"，并在最后加上了"社会主义"这一发展阶段。于是，马克思在《经济学批判》（1859）[47]中以生产力与生产关系矛盾为社会前进主要动力所构建出"亚洲的、古代的、封建的、近代资本主义"的历史法则性认识便成为了斯大林主义式的、极具前苏联特色的"原始共产制、奴隶制、封建制、资本主义、社会主义"五阶段发展理论[48]。

而上述"五阶段发展论"也正是战后初期日本史学界所遵循的"世界史普遍法则"的主要模板。以"世界史的基本法则"为主题的日本历史学研究会1949年大会即是在上述"五阶段发展论"大理论框架的影响下所举办的[49]。正如小谷汪之（1942-）所言：

> 这一"五阶段发展说"被视作贯穿所有人类社会的，普遍的＝单系列的发展阶段说到上世纪50年代中期为止，也一直都是作为日本历史学界所共有的"世界史的基本法则"。[50]

47　参考书目为：マルクス、武田隆夫等訳：『経済学批評』，岩波書店，1956年。

48　此外，马克思持西欧近代主义立场，从全人类的角度出发，描绘出的宏观历史大法则并不局限于某个具体的国家。而斯大林则将"五阶段发展论"设想为以前苏联为模板的世界上任何一国家发展所应遵循的普遍法则。

49　对于其影响关系可参考：秋田茂、羽田正等編：『「世界史」の世界史』，ミネルヴァ書房，2016年9月初版第1刷、2016年11月初版第2刷，第335页。

50　小谷汪之：『歴史の方法について』，東京大学出版会，1985年1月初版、2014年9月新装版第1刷，第61页。原文：この「五段階発展説」は一九五〇年代なか

然而，将"五阶段发展论"作为世界史的普遍法则继而探索非西欧世界的历史展开时却遭遇了挫折。

这一挫折在如今看来或许理所当然，但对上世纪 40-50 年代的学界，"这一再定式化的'五阶段发展论'给世界带来了很大的影响，日本的历史学也无法幸免。"[51]

但是，伴随着日本对非西欧国家历史研究（尤其是中国研究）的推进，"五阶段发展论"还是逐渐退出了历史的舞台。除了理论本身的缺陷外（如在中国研究方面的时代区分争论），还因为"认为所有民族（社会）都遵循同一个'发展法则'来发展的'理论'，是基于斯大林与苏联权威的'政治的理论'，绝不是历史学所需要检讨的理论。"[52]。

但作为"五阶段发展论"理论前提的"历史唯物主义"的影响力则是空前的。正如小谷汪之（1942-）曾经说的那样："从战前激烈的思想·言论管控当中'解放'出来的战后日本的历史学，……马克思主义历史学的影响力非常强大。"[53]

事实上，对战后（但不局限于战后）日本史学界造成广泛深远影响的代表性"世界史"式人物黑格尔（1770-1831）、马克思（1818-1883）及斯大林（1878-1953）等，他们的思想互相关联、承前启后。并且可以说日本的人文社科学界乃至全日本社会直到今天都依旧受其影响。但不得不说，其中又是以对战前、战时的某种"反动"、"叛逆"、"解放"形式出现的历史唯物主义的

ばまで日本の歴史学においても「世界史の基本法則」として、すべての人類社会を貫く、普遍的＝単系的な発展段階説であるかのようにみなされてきた。

51 秋田茂、羽田正等編：『「世界史」の世界史』，ミネルヴァ書房，2016 年 9 月初版第 1 刷、2016 年 11 月初版第 2 刷，第 333 頁。原文：この再定式化された「五段階発展論」は世界中に大きな影響を及ぼし、日本の歴史学もそれから自由ではありえなかった。

52 秋田茂、羽田正等編：『「世界史」の世界史』，ミネルヴァ書房，2016 年 9 月初版第 1 刷、2016 年 11 月初版第 2 刷，第 335-336 頁。原文：あらゆる民族（社会）は同一の「発展法則」に従って発展するという「理論」は、スターリンとソ連の権威に基づく「政治的理論」であって、歴史学的に検証された理論では決してなかった。

53 秋田茂、羽田正等編：『「世界史」の世界史』，ミネルヴァ書房，2016 年 9 月初版第 1 刷、2016 年 11 月初版第 2 刷，第 335 頁。原文：戦前の激しい思想・言論弾圧から「解放」された戦後日本の歴史学においては、……マルクス主義的歴史学がきわめて強い影響力をもった。

影响尤为突出，在笔者看来，它甚至足以被视作代表广义"世界史普遍法则"类型的西方话语之典型。

"历史学研究会"在 1949 年召开的以"世界史的基本法则"为主题的大会即是基于上述世界史普遍法则立场的一次典型的学术会议自不必多言。在日本史研究界，日本史学大家石母田正（1912-1986）的论著《中世世界的形成》（『中世的世界の形成』）便是在"唯物史观"思维模式影响下的典型产物。石母以马克思的历史唯物主义为理论框架，通过一系列具体研究，主张日本社会同样经历了从古代农奴制到中世封建制的世界史的普遍法则式发展轨迹。此外，他还从与日本史的比较视野出发，认为中国唐宋以后广泛出现的佃户制其特征也属于中世封建制的范畴，因此认为中国也共享有这一世界史的发展历程。

世界史、东洋史学研究者奥崎裕司（1935-）曾对上述在马克思"唯物史观"影响下的历史发展法则性研究在战后的日本史学界独领风骚的现象直叙感慨，并点出了其根源：

>……将世界各地域的历史放在世界史的立场加以理解未必会生产出寻求各国共同法则的需求。但实际上这一短路的想法盛行。即将各国的历史进行个别化处理还是以贯彻世界史的方式来加以处理之间的选择，以及认为如若贯彻世界史就应该有世界史的通用法则。……或许历史唯物主义理论正是这一简单化（问题处理）的根源。[54]

然而，得以轻松识破并简洁论述出这一观念背后的缺陷是笔者从现有的知识状况回溯过往的结果。必须注意的是，上述命题作为一整套拥有强大思维能量的知识形态在战后的日本学界被积极地接受，甚至渗透到了一般民众层面，作为一种常识被大家所接受与传送。

正如奥崎在谈及自己领域中国研究之时的无奈：

---

54 奥崎裕司：『中国史から世界史へ　谷川道雄論』，汲古選書，1999 年 6 月，第 9 页。原文：……世界各地域の歴史を世界史という立場で理解することと、各国共通の法則を求めることとは必ずしもつながらない。しかし、実際にはこのような短絡した発想した。各国の歴史を個別化してとらえるか世界史の貫徹としてとらえるか、という二者択一、さらに、世界史の貫徹ならば世界史の共通法則があるはずだ、という短絡。このような単純化の根源はどこにあったのか。もしかすると史的唯物論こそが単純化の根源であったのではないか。

　　我的著作《中国乡绅地主研究》(『中国鄉紳地主の研究』) 公开
发行已经有 20 多年的历史了。抱有热情的时代也已经很久远了。
尽管拥有很多资料，但自己的研究却没有进展。乡绅问题早已不是
学界的主要研究课题了。但是，我一直认为乡绅问题才是研究的核
心。我做好准备要一直研究下去，直到这个问题得到认可。但为什
么研究没有进展呢。

　　问题出在马克思主义。我从来没有成为马克思主义者，我的朋
友也没有人认为我是马克思主义者。但马克思主义深刻地影响了我
的思考方式与文章写作。在大学讲课时，当我说到自己想挣脱马克
思主义影响的苦闷时，学生们说："老师好老古董啊，现在还在为那
样的事烦恼。"尽管被学生笑话，但我依旧只能继续努力脱离马克思
主义的影响。

　　我比别人晚一两周开始学习东洋史。我对自己研究的定位是对
抗与批评当时正处于全盛期的马克思主义式的研究论文。然而，我
却反被深深地影响了。从马克思脱离出来并不像换衣服那么简单。
我发现，用与当初接受他的影响相同的时间，都无法完全脱离马克
思主义的影响。不对旧著进行根本的重写就无法发展自己的研究。
但是不对自己的研究立场进行再定位，也无法进行根本性的改订。
在苦苦寻找头绪的过程中，时间飞逝。甚至让我想到是否会就这样
走完自己的一生。[55]

55 奥崎裕司：『中国史から世界史へ　谷川道雄論』, 汲古選書, 1999 年 6 月, 第 1-
2 頁。原文：私が『中国鄉紳地主の研究』を公刊してから、すでに二十年余が
過ぎ去った。熱気のある時代ははるか昔のことになってしまった。多くの資料
をかかえたまま私は研究を発展させることができなかった。鄉紳問題は学界の
中心的な研究題目ではなくなって久しい。しかし、私は鄉紳問題こそが核心だ
と思いつづけてきた。自分で納得できるまでこの問題と格闘する覚悟を固めて
いた。それなのになぜ研究を発展させることができなかったか。問題はマルク
ス主義にあった。私は一度もマルクス主義者であったことはない。私の友人も
誰ひとり私をマルクス主義者だとは思っていない。しかし、私の考え方や文章
にはマルクス主義がかなり深く浸透していた。大学の講義で、私のマルクス主
義的発想からの脱出の苦闘を語ると、学生は「先生は古いですねえ。今頃そん
なことに悩んでいるんですか」と言った。学生に笑われても私はその脱出の努
力をつづけるしかなかった。私は人より一周も二週も遅れて東洋史の勉強を始
めた。そのため当時全盛であったマルクス主義的研究論文と格闘し、批判する

"马克思主义深刻地影响了我的思考方式与文章写作"；"从马克思脱离出来并不像换衣服那么简单"；"我发现，用与当初接受他的影响相同的时间，都无法完全脱离马克思主义的影响"等感受恐怕是战后相当一部分日本知识分子的共鸣。之所以引用以上长文，是为了从一个具体的侧面来呈现"世界史普遍法则"之典型"唯物史观"在战后日本学界所具备的"坚韧"性格。

第五节　关于"时代区分"论争

毋庸置疑，以"唯物史观"为主要依据的法则性研究在战后日本的亚洲研究，尤其是中国研究方面，对于克服源头隶属于西欧话语体系的"亚洲社会停滞论"方面做出了一定的贡献。

但是，作为普遍法则，将其视作普遍前提将各国的历史进程向其中镶嵌的过程中，矛盾也随即产生了（如在中国史方面：奴隶制向封建制转移的时代区分问题、资本主义萌芽的产生时间问题的争论等等）。而由矛盾引发的论争则是"世界史普遍法则"自身破绽的外在表现，其中首当其冲的即是关于时代区分的问题。

岛田虔次（1917-2000）曾指出："战后我国中国史研究的历史，可以说是论争的历史"[56]。这一"论争的历史"的中枢及其最终归宿则可以说是中国史的时代划分问题。正如永原庆二（1922-2004 年）在论述战后日本史学界的争论时说："这样的论争最终是作为时代区分论而展开的……时代区分论争具备了对社会发展法则认识的研究的到达点的性格"[57]。

ことで自分の研究の位置を定めようとした。ところが逆にその影響を深く受けてしまった。これから抜け出すことは服をきがえるように簡単なものではない。影響を受けた期間と同じだけの期間を経ても脱出しきれないことに気がついた。旧著を抜本的に書き改めないかぎり、この研究を発展させることはできない。しかし、自分の研究の位置を定め直さぬ限り、その抜本的改訂はできない。そのてがかりをさがし求めて、いたずらに月日がすぎさっていった。このまま一生が終わってしまうのではないかと思うほどであった。

56 宮崎市定、島田虔次等：『アジア歴史研究入門 I』第 1 巻，中国：同朋舎出版，1983 年 11 月，第 9 页。

57 永原慶二：『歴史学序説』，東京大学出版社，1978 年 11 月初版第 1 刷、2013 年 12 月新装版第 1 刷，第 61-62 页。原文：こうした論争は究極的には時代区分論として展開し……時代区分論は、社会発展の法則認識的研究の到達点という性格を持ち……

然而，潜藏于时代划分论争背后的问题意识则是由上述基于历史发展法则性质的研究所催生的。谷川道雄（1925-2013）在谈及战后日本的中国史研究时曾说："新的时代区分法正是在这一理念的影响下构想出来的，并且这一构想构成了此后（中国史历史发展阶段）论争的契机。"[58]毫无疑问，上述"新的时代划分法"是在受"这一理念"（即指受"世界史的普遍法则"）影响的，历史发展法则性研究中所产生的。

小谷汪之（1942-）则更为直接地指出：

战后日本的亚洲史研究意识到克服西欧中心主义的"亚洲社会停滞论"是一大课题。那时，采取的方法，概而言之，即证明亚洲诸国的历史也同样适用于"世界史的基本法则"。而其中最为典型的即"中国史的时代区分"论争。[59]

因此，具体到战后日本的中国研究，受"世界史普遍法则"影响的，相对于"内藤[60]史学"、"京都学派"而言的新一轮中国史时代划分问题便无法回避。并且，这一关于中国史时代划分的争论在战后相当长的时间里都是日本中国史研究界的争论焦点。

有人说日本学者热衷于对中国进行体系化的时代划分，但事实上，毋宁说日本拥有对中国史进行"时代划分"的传统，甚至手握"专利"。其历史可追溯至战前（1910年前后）家喻户晓的"内藤史学"，此后逐渐发展形成了上述所谓"京都学派（史学层面）"[61]的中国史时代划分。甚至如谷川所言"以近代历史学的观点来看中国史，最早将其体系化的并不是中国人自己，而是我国的内藤湖南。内藤首先将中国史按照上古、中古（中世）、近世的序列来把握。"[62]

---

58 谷川道雄编著：『戦後日本の中国史論争』，河合文化教育研究所，1993年1月，第13页。原文：……新時代区分論は、こうした理念のもとに構想されたものである。そしてこの構想こそが、その後における論戦の契機となったのである。

59 秋田茂、羽田正等编：『「世界史」の世界史』，ミネルヴァ書房，2016年9月初版第1刷、2016年11月初版第2刷，第336页。原文：戦後日本のアジア史研究では、西欧中心主義的な「アジア社会停滞論」の克服が大きな課題として意識された。そのとき、取られた方法は、一言でいってしまえば、アジア諸国の歴史にも「世界史の基本法則」が貫徹していることを証明しようとするものであった。それを典型的に示しているのが「中国史の時代区分」論争である。

60 即内藤湖南（1866-1934年）。

61 以宫崎市定、宇都宫清吉、岛田虔次等学者为代表。

62 谷川道雄：『中国中世の探求　歴史と人間』，日本エディタースクール出版部，

所以，不论从学知传统抑或知识心情，都不难理解日本学者对中国史"时代划分"所持有的执念。即使有部分史学家们不以"时代区分"为直接关切对象，但最终他们的研究成果都或多或少会与"时代区分论"有一定的关联，换言之，不论研究者以何种视角、方法与立场进行中国史研究，他们之间共享的深层水流脉络的合流点之一即是中国史的"时代区分"问题。

而关于日本战后的中国时代划分论争产生的原因，在谷川看来："对中国侵略战争的反省，以及以此为起点的对中国史学再建构的必要性，战后思想的自由化，特别是马克思主义的盛行，另外，日本东洋史学界的两大学派——东京学派与京都学派间的一系列复杂关系"[63]是构成战后史学界论争的诸多基本要素。

的确，从总体上来看，这一以时代划分为焦点的持续论争除了受到上述"世界史普遍法则"理念的直接影响以外，它还受到了战后世界格局变动（如民族独立运动兴起）、战后日本社会状况，以及日本东洋史学研究传统的深刻影响。依笔者看来，除了史实的呈现，如"战败"、"中国革命"等客观因素。广义层面的"世界史普遍法则（以'唯物史观'为基础、含括谷川所说的'东京学派'）"和"京都学派（史学研究层面）"可以说是构成日本战后中国史论争诸要素的关键词。

战后，用所谓"进步意义上的观点"来看待中国历史是日本史学界所内涵的主脉络之一。史实的呈现、观念的翻转让克服"中国停滞论"成为史学研究界所共有的现实课题，于是，战后大多数研究者将中国的历史发展模式套进上述"世界史的普遍法则"（以"科学"的马克思式历史唯物主义发展论为主要依据）之中，欲在中国的历史进程中发现欧洲发展的原理，寻找出与欧洲历史演变过程中相近乃至相同的因素。

其中的典型即为"历史学研究会"（或称"历研派"、"东京学派"）的主

1987年9月，第61页。原文：中国史を近代歴史学の観点から、最も早く体系づけたのは、中国人自身というよりも、我が内藤湖南であった。湖南において始めて中国史は、上古、中古（中世）、近世という系列によって把握されたといってよい。

63　谷川道雄編著：『戦後日本の中国史論争』，河合文化教育研究所，1993年1月，第9頁。原文：中国に対する侵略戦争への反省、そこからくる中国史学再建の必要性、戦後における思想の自由化、とくにマルクス主義の盛行、さらに、日本における東洋史研究の二大学派——東京と京都——等々のファクターが複雑にからみあって……

张。假若以惯用的时代划分术语加以概括可将表述为：将唐代以前的中国视为古代中国，宋代开始则是中国中世的开端。[64]而其依据则主要出自历史唯物主义的社会经济史研究，研究者在生产力和生产关系中发现历史发展的契机。比如，将魏晋南北朝、隋唐时期的农耕劳作归为奴隶制劳动，继而将唐代以前的中国视为欧洲式时代划分里的古代国家。

而以"内藤史学"为主要依据的，"京都学派"的时代划分则主要以中国文化的变更为着眼点，将从太古到后汉这一时期视为中国历史的古代（上古）时期，后汉三国经隋至唐末五代视为中世（中古），宋以后则划分为近世范畴。

简而言之，"历研派"与以"内藤史学"为指导思想的"京都学派"在对"唐宋变革期"的评价问题上出现了分歧，"京都学派"将其定位为是中国中世到近世的转换时期，而"历研会"则主张这一时期是中国古代至中世的过渡时期。争议的背后隐藏的是研究者所持史的观察理念相位的差异。换言之，时代划分问题的产生是文化史观与历史唯物主义史观间的碰撞。

当然，就实际研究状况，他们之间的关系远非仅仅将其名词性分类那般简单，他们之间存在分歧的同时，也拥有着相当部分的共识。但"分歧"也好，"共识"也罢，他们最终都以"时代区分"的形式呈现，"时代区分论"作为日本战后中国史学论争的中心议题之一，在笔者看来即便在当下学界也没有失去继续探讨其价值的意义。因为这一大框架除了直接关系到中国史学建设的诸多局部乃至细节问题的研究与处理，还因为它关系到战后史学界对日本普通民众从明治以来所持中国观的审视、反思与再建构等问题[65]。

第六节 "时代区分论"与沟口中国学

沟口的中国思想史研究，在笔者看来，则主要继承了以"内藤史学"为核心的所谓"京都学派"（史学层面）的时代划分方式。

具体来看，对于第一期的古代，虽然一般认为从秦始皇开始才出现一直延续至清末的皇帝制度，但内藤湖南从文化史观的角度分析认为，秦汉与其之前的春秋战国时期在文化层面的连续性更强，因此将秦汉一同划分入古

---

64 这一划分法始于 1948 年前田直典的论文《东亚古代的终末》（「東アジアに於ける古代の終末」），之后被西嶋定生、堀敏一等中国史学者发展改进。

65 此处不做详述。

代。而作为中国史时代划分第二期的中世则是一个贵族政治繁盛期，政治、经济、文化等几乎一切领域都以贵族为中心展开，皇帝也仅是作为贵族的一员，并且在一定程度上说，贵族甚至在地位上较皇帝更高。但到了近世，作为独裁君主的皇帝，其存在是超越了一般领导阶层的，贵族阶层在所谓的"唐宋变革期"逐渐走向没落，平民文化在这一时期崭露头角。

宫崎市定（1901-1995）曾在评价"内藤史学"的时代划分时强调："内藤学说将（时代划分的）重心置于中国内部的变迁，强调在社会、政治层面中世的贵族走向没落，而平民的实力逐渐增强，以往贵族文化的衰退及以新平民阶级为背景的新文化的产生。"[66]

将"重心置于中国内部"正是沟口中国学根本的治学理念。此外，在笔者看来，思想史研究在一定范围来说，亦属于广义的文化研究。如儒教研究中近世儒教的成立；"唐宋变革期"天观的转变、理气世界观的成立等均主要为文化层面，而非经济、生产关系层面。因此，从总体上来说，沟口继承了"内藤史学"的时代划分方式也就不难理解了。正如沟口在谈及内藤对近世的划分时所说："首先，对于近世，我对内藤湖南将宋之后定位为近世这一点基本上是赞成的。"[67]

然而，沟口在岛田虔次（1917-2000）中国思想史（尤其是明代末期）研究的影响下，在"近世"之后，将"前近代"这一概念纳入了其基于中国思想史研究领域的时代划分体系。而沟口的"前近代"具体指代从明末清初到清末这一时期。

因为在沟口看来，"相较于宋、元、明，这一时期与近代的关系更深。"[68]显

---

66 宫崎市定：『中国史』，岩波书店，2015 年 5 月第 1 刷、2015 年 7 月第 2 刷，第 46 页。原文：

内藤学説はむしろ中国内部における変遷に重きをおき、社会的、政治的には中世の貴族が没落して庶民の勢力が台頭し、文化もまた従来の貴族的文化が衰えて、新興庶民階級を背景とした新文化が発生した点を強調する。

67 沟口雄三：「中国思想史における近代・前近代・近世」、「沟口雄三教授退官記念特集」，『中国哲学研究』第五号，東京大学中国哲学研究会，1993 年，第 233 页。原文：まず近世だが、私は宋以降を近世とする内藤湖南説に基本的に賛成である。

68 沟口雄三：「中国思想史における近代・前近代・近世」、「沟口雄三教授退官記念特集」，『中国哲学研究』第五号，東京大学中国哲学研究会，1993 年，第 233 页。原文：この時期が、宋・元・明の時代に比べて、一層、近代期に関係が深い、とみるからである。

然，这是沟口站在"基体展开论"[69]的研究立场上所得出的结论。沟口在解释以上"基体论"时说："中国有中国独自的历史现实和历史展开，这体现于长期持续的种种现象在不同时代里的缓慢变化上，所以中国的近代应该从近代与前近代的关联来把握。"[70]而正是在这一"中国独自的历史现实和历史展开"脉络里沟口找到了明末清初到清末这一时期与基于中国这一"基体"的近代种种复杂的联系。继而，沟口将这一"从近代与前近代的关联来把握"的中国近代的历史脉络概括为：

> 在我看来，宋、元、明基本上是皇帝、官僚主导的一君万民的时代，而与此相对的，清朝则是皇帝、官僚和地主的联合政权，即所谓地方精英（主要是乡绅）作为地方势力而发挥作用的时代。在经济层面，清代的地主间及地主与农民间在田地问题上的矛盾随着时代的推移而逐渐激化。政治上以地方精英的影响为背景的地方分权化趋势开始显著化。社会层面的宗族制影响明显扩大。[71]

接着，沟口继续说道：

> 清代的框架被鸦片战争以来的救亡、救贫的框架所继承，辛亥革命的各省独立运动（这之后反而又从反帝反军阀的立场，转向了强力的中央集权制），以及之后中国的反宗族=反封建斗争，土地改

69　"基体展开论"是沟口中国研究的基本立场。沟口曾在《作为方法的中国》一书中对这一立场进行过阐释。详见：沟口雄三：『方法としての中国』，東京大学出版会，1989 年 6 月初版、2014 年 4 月第 5 刷，第 56 页。

70　沟口雄三：『方法としての中国』，東京大学出版会，1989 年 6 月初版、2014 年 4 月第 5 刷，第 116 页。原文：中国には中国独自の歴史的実態およびそれの展開があるということ、それは長期に持続している諸相の時代的なゆったりとした変化として見られること、したがって中国の近代は前近代との関連からとらえられるべきだ……

71　沟口雄三：「中国思想史における近代・前近代・近世」、「沟口雄三教授退官記念特集」、『中国哲学研究』第五号，東京大学中国哲学研究会，1993 年，第 233 页。原文：私のみるところでは、宋・元・明が基本的に皇帝・官僚主導型の一君万民原理の時代であったのに対し、清朝は皇帝・官僚と地主の連合政権であり、いわゆる地方エリート（主に郷紳）が在地勢力として影響力を行使した時代であった。経済的にはこの清代には地主間および地主と農民の間の田土問題上の矛盾が、時代が下るにつれて激化し、政治的には地方エリートの影響力を背景にした地方分権化への趨勢が目立ちはじめた。社会的には宗族制が一段とひろがった。

革等等，换言之，那些都具备了中国近代内容的特征。[72]

可见，沟口将一般意义层面的中国近代——即鸦片战争以后近代中国社会的诸特征，在明末清初至清末这一时间段内找到了其源头与初征。他对中国近代过程的西方决定论，以及以此为基础的断绝史观持否定态度。这也正是沟口所说的：

　　　　因为我所认为的近代即是前近代的解决形态，在这个过程当中欧洲列强的介入让中国内部的矛盾激化了，或者说是在其加速解决（自身问题）的途中让解决途径变得曲折、变质了，但中国的近代样态绝不是由外部因素决定的。在这个意义上来说，中国的近代是内发的、自生的。[73]

所以，可以说，沟口的中国研究是对"内藤史学"、"京都学派"时代划分体系的一种补充与完善，尤其是在与"近代"紧密相关的"前近代"区间内的思想史研究。但沟口并非对这一时代划分持完全肯定态度，他甚至希望否定这最初的称谓。在其自身中国学理念的指导下，沟口认为："需要把原有的时代区分论和发展阶段论暂时搁置起来，即便可以适用最好也只作为权宜之策。"[74]

当沟口谈及"复权的中国学"时，他提倡道：

　　　　就时代区分论而言，我们可以暂时放弃"中世"、"古代"等"世

72　沟口雄三：「中国思想史における近代・前近代・近世」、「沟口雄三教授退官記念特集」，『中国哲学研究』第五号，東京大学中国哲学研究会，1993 年，第 234 页。原文：清代の枠組が、アヘン戦争以来の救亡・救貧の枠組に継承され、辛亥革命期における省独立運動（これらはのちに反帝反軍伐の立場からむしろ強力な中央集権制に転変していったが）、そしてやがて反宗族＝反封建闘争、中国による土地革命などを将来し、つまりそれが中国の近代の内容を特長づけている。

73　沟口雄三：「中国思想史における近代・前近代・近世」、「沟口雄三教授退官記念特集」，『中国哲学研究』第五号，東京大学中国哲学研究会，1993 年，第 234 页。原文：私が想定する近代というのは、いわば前近代の解決態でもあるから、この過程におけるヨーロッパ列強の介入は、中国内の矛盾を激化させるもの、あるいは解決の速度を速めまた時には解決の方途に曲折や変質をもたらすものとして作用するが、中国の近代化の様態を外から決定する因素とはならない。その意味で中国の近代は内発的・自生的なものとして考えられる。

74　沟口雄三：『方法としての中国』，東京大学出版会，2014 年第 5 刷，第 119 页。原文：そのためには、既成の時代区分論とか発展段階論とかは、棚上げにするか、適用するとしてもあくまで便宜的なものにするのがよかろうと思うのである。

界"史阶段论的框架，充分利用以往的研究成果，根据中国的实际
情况，首先就变化的阶段达成划分达成共识，然后通过中国自己的
发展阶段，把"世界"史的发展阶段看作为欧洲的发展阶段来个别
化、相对化，经过这样一番考察，我们不但能把握中国独特的世界，
还可以通过承认多元的发展阶段，来重新探询历史对于人类的意
义。[75]

以上所设想的剔除"古代"、"中世"，表明了沟口甚至试图从最初的命名
方式来剔除西方中心主义式思考样式的决心。这也是在"时代区分"问题上，
沟口对以往广义层面"世界史普遍法则"所进行的彻底批判。它充分表现了
沟口坚决地反西方中心之立场。也正是在这一彻底得反西方中心立场之下，
沟口在中国思想史研究领域，在对"内藤史学"、"京都学派"时代划分的具
体内容表示理解与赞同的同时，对他们在欧洲先学影响下的时代划分命名方
式提出了质疑。

但总体上来说，就如同沟口对"近代"所持有的最基本的问题意识所表
述的那样，"把鸦片战争看作划时代标志的内在理由是什么。"[76]沟口所批判的
靶心依旧是战后受欧洲进化论史观影响的，将中国的进化统合进广义层面"世
界史普遍法则"（包含黑格尔、马克思、斯大林等先学）当中的做法（如战后
初期以前田直典、西岛定生等学者为代表的"历研会"）。

所谓的"作为方法的中国"、"中国基体论"也正是在与这一做法博弈的
层面上提出的。正如沟口所言："我提出基体论的意图之一就是要质疑以往把
从欧洲学来的时代区分论、发展阶段论机械地应用于中国的做法。"[77]沟口希

---

75 沟口雄三：『方法としての中国』，東京大学出版会，2014 年第 5 刷，第 140 页。
　原文：たとえば時代区分論の場でいえば、「中世」か「古代」かという「世界」
　史段階からいったん離れて、これまでの成果をもとに、中国に即してまず変化
　の段階をどことどこに置くかについて合意が得られ、その中国的段階によって
　「世界」史段階がヨーロッパ的段階として個別・相対化され、こういった過程
　をへて、中国的世界が明らかにされる、そうして多元的な発展段階の承認から、
　あらためて人類にとっての歴史の意味が問い直されうる、などである。

76 沟口雄三：『方法としての中国』，東京大学出版会，2014 年第 5 刷，第 117 页。
　原文：アヘン戦争……を画期とする内在的な理由が何であるのかを問いたいの
　である。

77 沟口雄三：『方法としての中国』，東京大学出版会，2014 年第 5 刷，第 119 页。
　原文：わたくしが基体論をもちだす意図の一つは、これまでのヨーロッパ仕込
　みの時代区分論や発展段階論を、中国に機械的に適用することに疑問を投げか

望"通过摆脱始终影响着区分论和阶段论的既存进化史观，从中国的基体出发，重新回到原理上来思考，对于历史来说到底什么是进步，或者近代化到底是什么。"[78]

第七节　"主体"、"原理"的亚洲史观

沟口将中国作为方法的治学理念离不开对亚洲"主体性"的复权。沟口所提出"复权的中国学"即是对日本中国研究"主体性"复权的希冀与实践。而这一对"主体性"需求的产生最初主要集中于战后亚洲民族解放事业勃发时期。围绕"主体性"的客体则主要是日本、中国与西欧，而中国、日本又多以"亚洲"、"东亚"一类话语整体出现，以示其反"近代"、创造更高阶段世界史的姿态。虽然这一需求在随即而来的另一波史实[79]面前有所消退，但它作为一种治学立场、一股思维能量依旧被具有强烈自我批评精神的研究者们所继承，即便是批判地继承。当然，这其中包括了沟口。

上世纪 50 年代，伴随着日本国内外政治状况的改变[80]，日本国民对美军占领的反感度逐渐上升，日本民族的自觉性空前高涨。加之亚非各民族的民族解放运动勃发，日本的反"帝国主义"情绪应运而生，而与此互为表里的即为对自我"主体性"确立的诉求。

正如小谷汪之（1942-）所说："二战后的日本思想界，受亚洲、非洲诸民族的民族运动之史实的感染，产生了一种将亚洲作为世界史形成的主体来把握，而非受西欧近代支配的客体的思想态度。"[81]

けることにある。

78　沟口雄三：『方法としての中国』，東京大学出版会，2014 年第 5 刷，第 120 页。原文：区分論とか段階論につきまとう既存の進化史観から離れて、中国の基体につくことにより、そもそも歴史にとって進步とは何か、あるいは近代化とは何かを、原理に立ちもどって考えなおす必要がある。

79　如中国的文革、中印边境冲突等原因。

80　包括朝鲜战争的爆发，GHQ 对日本共产党的解除公职，日美安保条约的签署等等。

81　小谷汪之：『歴史の方法について』，東京大学出版会，1985 年 1 月初版、2014 年 9 月新装版第 1 刷，第 164 页。原文：第二次世界大戦の日本の思想においては、現実の歴史におけるアジア・アフリカ諸民族の民族運動に即発されて、アジアを西欧近代によって支配される客体としてではなく、新しい世界史を形成していく主体としてとらえようとする思想態度が生み出された。

战后，在日本史学界提出亚洲"主体性"复权思想的先驱是上原专禄（1899-1975）。上原在《世界史像的新形成》（『世界史像の新形成』（1955，創文社））、《世界史中的现代亚洲》（『世界史における現代のアジア』（1961，未来社））等著作中清晰地表明了反西方中心主义的立场，并提倡将亚洲、非洲、拉丁美洲等旧殖民地区域的民族与国家作为新一轮世界史的主体担当，创造出新的世界史形象，来对抗旧有的广义层面的"世界史普遍法则"。

对上原来说，"亚洲""因为受欧洲殖民地主义、帝国主义支配的迫害，已经被刻上了'负性'='亚洲性'的标记"[82]，克服这一负面意义的"亚洲"形象即为其研究的首要任务。在此基础上，上原呼吁：

> 通过"负性"这一弹簧，在努力摆脱近代世界里的亚洲存在样式——即超越仅仅作为西欧的支配客体而存在的样式——的过程当中，亚洲亦要超越西欧近代的存在样式，即超越那种不扩大"帝国主义支配=民族压制"就无法存续的样式，并不断获得新的原理……[83]

可以说，"上原的亚洲即是改组既存的世界史，并通过对世界史认识构造本身的改造来确立主体性的（亚洲）。"[84]换言之，在意识形态层面，上原欲通过对西欧中心世界史构造本身——即"世界史普遍法则"的彻底批判，来确立亚洲的主体性，并在这一自我构建的"亚洲"里寻求新一轮世界史的展开。

值得注意的是，同样是在 1961 年，竹内好（1910-1977）在《日本与亚洲》（「日本とアジア」）、《作为方法的亚洲》（「方法としてのアジア」）等文

---

82 小谷汪之：『歴史の方法について』，東京大学出版会，1985 年 1 月初版、2014 年 9 月新装版第 1 刷，第 166 页。原文：ヨーロッパによる植民地主義・帝国主義支配の被害をこうむり、それによって刻印された「負性」＝「アジア性」……

83 小谷汪之：『歴史の方法について』，東京大学出版会，1985 年 1 月初版、2014 年 9 月新装版第 1 刷，第 167 页。原文：この「負性」そのものをバネとして、近代世界におけるアジアの存在様式、すなわち西欧的支配の客体にすぎないという存在様式を超え出ようとする努力のなかで、アジアは西欧近代そのものの存在様式、すなわち世界中に帝国主義的支配＝民族抑圧を拡大していかないかぎり存続しえないという存在様式をも超え出る、新たな原理を獲得しつつある……

84 小谷汪之：『歴史の方法について』，東京大学出版会，1985 年 1 月初版、2014 年 9 月新装版第 1 刷，第 167 页。原文：上原にとってのアジアは、世界史の現実を組みかえ、それをとおして世界史認識の構造そのものをつくり変えていく主体としてとらえたものだったのである。

中提出了与上原相类似的理念诉求。

竹内呼吁将"亚洲"作为原理，来对抗西欧近代以"普世"形式出现的"普世"价值，并且不应仅停留在对抗层面，而应该通过交流、碰撞创造出新一轮的普世价值。无疑，竹内的愿望有一个潜在的前提，那即是上原所提出的对亚洲主体性复权的实践。与此互为表里的则是对亚洲（更具体的则是日本）主体性意识薄弱的自我批评。附带说明一下，以"鲁迅研究"著称的竹内，也正是被鲁迅身上所带有的强烈自我批评意识所感染，或者至少说是认同鲁迅的自我批评，而走上鲁迅研究之路。而沟口早期亦为鲁迅文学的爱好者。

竹内也好，上原也罢，他们的终极关心毕竟主要指向祖国日本，而战后当日本处于被占领的局面之下，催发民族意识的觉醒无疑是日本知识分子的共同课题与历史使命。竹内在《日本与亚洲》一文中反复比对中日的近代化道路，最终的结论即可归结为，日本由于缺乏对西欧的抵抗，亦没有坚持自我的欲望，因此这样的（即缺乏主体意识的）日本什么也不是。这是对日本民族性赤裸裸的批判，而构成其批判桥梁或催化剂的才是中国。在这一点上，笔者认为沟口与上原、竹内是相通的，沟口批判的也正是战后的日本中国研究，是对过往日本的自我否定与批评。

沟口回顾上述战后日本的中国研究态势时说道：

> 从历史上来看，这种自我否定的构造至少在战后二十年里反而是具有积极意义的。随着这种自我否定被逐渐地内在化、深入化，我们自以为自己只要不停止反法西斯、反侵略，或者说联合亚洲人民的各种活动，就可以获得主体性。而这种主体性尽管有所保留，却使我们感到能够把自己的研究课题和如何来变革"我们内部的日本"的课题相结合起来，并深信这正是超越战前和战争时期的体制内中国研究的途径。现在再来回顾，就这一点而言，我们仍然无法否定其积极的一面。[85]

　　毫无疑问，上原以"主体性"为媒介的对新一轮世界史的倡导，与竹内对中国、对亚洲原理再发现的希冀，对战后隶属于"内部的日本"的中国研究、亚洲研究具有积极的意义。

　　在具体的史学层面，永原庆二（1922-2004）曾如是评价上原对史学界做出的贡献：

> 　　这（指上原的研究）是对以往将日本历史仅仅视为一国史，或者即便是"世界史的视野"，但其形式也仅仅是对"西欧标准"社会发展像的套用，（上原的研究）对上述视角进行了根本性的批判。因此，上原的论述给日本史研究带来了很大的影响。并且，以此为契机，大家感觉到了将日本史视为东亚地域史的一环来处理的必要性，以及对克服西欧标准的"脱亚"型日本史观、对亚洲停滞论彻底批判的必要性。[86]

　　上述"将日本史视为东亚地域史的一环来处理"、"克服西欧标准的'脱亚'型日本史观"、"对亚洲停滞论彻底批判"等上原的学术理念与沟口的治学方法具有高度的一致性。

　　虽然沟口的实际研究时常被诟病为只有中国的"东亚"研究，但在其治学理想层面，沟口对"东亚"地域的整体性给予了关注，并以"儒教"这一文化现象为核心，积极寻求并构建"东亚"话语体系。但总的来说，这一话语言说背后隐藏的主要目的依旧是"克服西欧标准的'脱亚'型日本史观"，并继续对早已站不住脚的"亚洲停滞论"给予最后的封喉。

　　此外，由于时代的不同，沟口在肯定"主体性"、"原理性"亚洲观在战后所具有积极意义的同时，对激进于"亚洲"主体复权的上原、竹内亦进行

　　　国研究の課題を「わが内なる日本」の変革の課題に結びつけうると思うことができ、そしてそれが戦前・戦中体制内的中国研究をのりこえる道である、とも考えてこれたのである。いまふりかえるに、そのかぎりでのポジティブな側面までを否定してはなるまい。

86　永原慶二：『歴史学序説』，東京大学出版社，1978 年 11 月初版第 1 刷、2013 年 12 月新装版第 1 刷，第 67 頁。原文：これは従来、日本歴史を一国史的にしか見ないか、「世界史的視野」といっても、「西欧基準」の社会発展像の適用という形でしかなかった視角に対する根源的な批評であった。それゆえこの上原の所論が日本史研究に与えた影響は大きく、これをきっかけとして、日本史の展開も東アジア地域史の一環としてとらえる必要があること、西欧基準の"脱亜"型日本史観の克服、またアジア的停滞性論の徹底的批評の必要性が痛感されるようになった。

了尖锐的批判，沟口说：

> 但同时我们不可否认，建立在与"中国近代"的关系上的自我
> 否定式的憧憬构造，也使我们的反脱亚、反近代主义或者说亚洲主
> 义式的主体成了主观因而也是脆弱的主体。[87]

确实，即便是历史意识卓越的上原，在与"中国"建立关系[88]从而进行
自我（日本）否定，并呼吁亚洲"主体性"构建的同时，伴随着某些现实中负
面状况的出现，其自身的立场随即也变得脆弱了，这也在一定程度上反映了
主体的脆弱性。正如小谷汪之（1942-）在评价上原时所说：

> 他对战后独立的亚洲诸民族、各国家在政治、经济等多方面的
> 摸索给予了不可动摇的信念，在他看来，这些亚洲的民族、国家所
> 创造出的新的世界史的现实才是破除旧有欧洲中心主义世界史认
> 识构造的冲击力。对他来说，对旧思想给予冲击、改造的根源不在
> 思想里，而在不允许旧有世界史存续的历史现实当中。[89]

于是，"如果看到了现代亚洲世界现实的阴霾，那么对于新世界史认识的
造型也随即失去现实的支柱。"[90]

可以说，被沟口称之为"憧憬"式自我否定构造的竹内中国学与上原世
界史有着异曲同工之妙。他们的亚洲"原理"、亚洲"主体"是作为"反"日
本近代主义、"反"日本西欧中心主义而一手打造的。换言之，他们均抱着自

---

87 沟口雄三：『方法としての中国』，東京大学出版会，1989 年 6 月初版、2014 年 4
月第 5 刷，第 6 页。原文：が同時に「中国の近代」との関係におけるそのよう
な自己否定的な憧憬構造が、わたくしたちの反脱亜・反近代主義的な、または
アジア主義的な主体を、主観的な、したがって脆弱なものにしたていたことも
また否めない。

88 如战后的中国社会主义建设、和平共处五项原则的提出、万隆会议的召开等等。

89 小谷汪之：『歴史の方法について』，東京大学出版会，1985 年 1 月初版、2014 年
9 月新装版第 1 刷，第 168 页。原文：彼は戦後独立したアジアの諸民族・諸国
家の政治や経済など多方面にわたる新たな模索に対して、揺ぎない信頼を寄
せ、これらのアジア諸民族・諸国家がつくり出す新しい世界史的現実そのもの
こそ、旧い西欧中心的世界史認識の構造をつき破る衝撃力となると考えたので
ある。旧い思想に衝撃を与え、それを組みかえていく根源的な力は思想うちに
あるのではなく、旧い世界史の存続を許さない歴史的現実のなかにある……

90 小谷汪之：『歴史の方法について』，東京大学出版会，1985 年 1 月初版、2014 年
9 月新装版第 1 刷，第 168 页。原文：現代アジアの世界史的現実そのものにか
げりが見えてくるならば、新しい世界史認識の造形は、その現実的支柱を失っ
てしまうことになるだろう。

我批评的目的，通过"亚洲"、"中国"的视线来完成自我的否定，包括战前、战中的日本，以至战后跟随美国资本主义的日本。因此，从这一意义上来说，他们话语中的"亚洲"、"中国"并不是客观意义上的亚洲与中国，而是伴有相当理想成分的客体。当然，上原与现实亚洲世界的联系更为密切，而竹内则主要在思想建树层面进行着这一自我否定，沟口则在这一股思维能量趋于弱势的后上原、竹内时代，批判性地继承了"主体"的、"原理"的亚洲方法，并将其进一步向前发展了。

结　语

　　综上，沟口中国学的产生与西方中国学、欧洲史学的发展趋势以及日本史学的内部演变密切相关。从日本传统的东洋史学研究到欧洲年鉴学派的历史研究，从由西方兴起的地域研究到带有"东方学"色彩的后殖民研究。以上种种研究所内含的思想立场与理论方法都潜移默化地渗入了"沟口中国学"的宏大治学理想与实践当中，构成了言说其学问脉络无法规避的学术背景。

　　对沟口的专业领域——日本的中国思想史研究领域来说，从战后初期到上世纪五六十年代，虽然传统汉学式的研究依旧强盛，但丸山真男（1914-1996）、西顺蔵（1914-1984）等学者已经不再一味埋头于朱子学内部。他们将欧洲的"近代主义"、"西洋文化"（自由、个人等）视为普世价值与世界文化的同时，将研究视野扩大至整个中国的思想文化，并用上述源自欧洲的"世界标准"得出了一系列中国停滞、落后的原因。而沟口的"近代"问题意识起源于上述时期的"近代"。可以说，丸山等人的"近代"成为了沟口学术生涯问题意识的起点。

　　另一方面，岛田虔次（1917-2000）、荒木见悟（1917-2017）虽然同样以欧洲的历史价值为基准，但通过阳明学，他们发现了蕴含于其中的（如"个体"、"内在"等）"近代意识"之萌芽。继而发现了中国思想史发展的一面，并对以往被贬低的明代中国思想进行了肯定。沟口继承了这一中国思想发展而非停滞的学说。在岛田中国思想史研究的延长线上，沟口提出了中国式的"近代"，以及"前近代"概念。

　　此外，沟口批判性地继承了以内藤湖南（1866-1934）为首的，京都学派

（史学层面）的中国史宏观框架，津田左右吉（1873-1961）的"异别化"原理主义，上原专禄（1899-1975）的"主体性"亚洲史观、竹内好（1910-1977）以"作为方法的亚洲"为核心的亚洲理想等一系列的亚洲、中国相关思想观念及理论研究，最终发展出沟口中国学"作为方法的中国"这一核心思想理念。

在笔者看来，以"批判"为基石的"作为方法的中国"有它的局限性。

譬如，沟口将带有"方法中国"理念的中国史建构过程比作是设计并建造一座殿堂。他认为，这一殿堂的"设计图和素材都必须是它自家的东西"[1]，"要选择中国制造的素材，制造中国制造的设计图"[2]。而按照上述要求进行工程创建的唯一方式，在其看来："深入到中国历史中去。归根到底，只此一途。"[3]"深入到中国历史中去"、作为"局中人"的沟口，势必会在一定程度上失去从历史全局、整体来把握"中国"的可能性。事实上，这一行为与沟口尖锐批判的西方并无二致。曾经西方被诟病的理由之一即为没有从外部的视野来观察自己，将自己囚禁在由自己一手创造的"近代"经验的"精密"仪器当中。故而产生"夜郎自大"、"先进—落后"二元论等现象。

并且，对于在构建"方法化中国"价值体系时，沟口所诟病的先验性"价值判断"。可以说，从早期的"憧憬式"中国意识到后期以"前近代"中国为基体，抽出连续性因子（如"理"的内在延续）的"方法化中国"研究，沟口也依旧没有脱离"价值判断"的陷阱。沟口中国学的一个意识前提即是"中国"内含了将其作为方法的理由，并认为可以从"前近代"中寻求出某种支撑自己"价值判断"的因素，中国是能够成为"方法"的。这样的"中国"，用韦伯的理论来说即是"理念型"的、"再生产"的中国，它是"基于现实的某些侧面而纯化的一种乌托邦式"[4]的中国，它为理念的"中国"以及中国研究共同体乃至构筑"东亚"共同体提供了一片空间，一块归属地。

---

1 沟口雄三：『中国の衝撃』，東京大学出版会，2004 年，第 258 頁。原文：設計図も素材もあくまで自前のものでなければならない。

2 沟口雄三：『中国の衝撃』，東京大学出版会，2004 年，第 259 頁。原文：中国製の素材を選び、中国製の設計図を制作し……

3 沟口雄三：『中国の衝撃』，東京大学出版会，2004 年，第 259 頁。原文：中国の歴史のなかに深く入ること、それに尽きる。

4 山之内靖：『マックス・ヴェーバー入門』，岩波書店，1997 年 5 月第 1 刷、2015 年 8 月第 25 刷，第 3 頁。原文：現実のある側面を抽出してそれを純化した一種ユートピアなのであり……

　　但事实上，对于沟口，当我们能够意识到其所处时代，面对的是一种强大到"普遍"的日本西方中心主义情怀之时，便能够理解，他尖锐的批判或是无奈之举，或是必经之路。

　　在笔者看来，沟口的中国研究对日本学界，尤其是日本的中国学界有着很大的贡献。当然，在日本的中国研究界，不论是在沟口之前，或是沟口之后，都不缺乏足够优秀的中国研究学者，沟口绝非一枝独秀。可以说，也正是因为众多优秀学者的前期耕耘，才引发了沟口的问题意识，造就了沟口中国学。

　　但沟口作为一位有着强烈现世关怀的学者，其学问思想往往与现实的"国家"、"社会"相关联，并且与"亚洲"、"东亚"地域的现实问题有着直接的联系。沟口知识生产的动力亦主要出自对现实历史叙述合理性与合法性的怀疑，即将根植于日本的某些普遍观念从"权威"的状态中抽离出来，将其历史化与相对化。在这一层面，沟口不但积极面对了交错于其周遭的历史状况，而且他还将主体的信念转化成了极具生产性的思想与研究。

　　在冷战阴影还未褪去，亚洲知识圈几乎尚未存在互动的七八十年代里；在经历了战后初期对社会主义中国的"憧憬"之后，日本中国研究逐渐显示出其颓势，中国学逐渐成为专业圈子里的学院派研究的年代里。沟口试图将内部渐行渐远的"亚洲"、"东亚"打造为知识话语的共同体，努力恢复"亚洲"、"东亚"作为主体所应具备的"主体性"特质，并通过这一方式来相对化以"欧洲"为中心的、强大到被视为"普遍"的"西方世界"，继而为"亚洲"、"东亚"的新一轮认知与内部的相互认同提供可行的视野与经验。

　　与此同时，沟口亦希望通过自身努力为逐渐边缘化的日本中国学、日本中国研究共同体复权。葛兆光曾说："他（沟口）对日本的中国学有很大贡献，就是把逐渐边缘的日本中国学，渐渐拉回到日本学术世界和社会视野的中心。"[5]无可否认的是，在一个中国研究没能给日本学界带去新的思想刺激与文化资源的年代里，沟口中国学为学术界提供了思想资源。

　　然而，对于中国学者，始终应该清楚的是，沟口中国学产自日本，它有着强烈的日本学界背景，即便是借鉴，在笔者看来，也应该是基于上述自觉的。沟口的一系列批判、构建针对的都是日本学界。正如同他所提出的中国

5　葛兆光：《思想史研究课题讲录续编》，生活·读书·新知三联书店，2012 年 12 月，第 129 页。

"原理"、亚洲"主体",它们都是作为"反"日本的近代主义、"反"日本的西欧中心主义而存在的。所以,当我们理解沟口及其学问时,应该清楚地意识到上述沟口中国学的形成土壤。

最后,笔者认为,沟口中国学在当下有着其现实的意义。当"中国威胁论"笼罩在日本社会上空,"(日本)社会清一色'嫌弃中国'。出版业一致认为,不写中国的坏话就卖不了作品。"[6]的年代里;当日本学者们面对以上状况,只愿顺从而"不敢背道而驰"的年代里。不得不说,沟口为"东亚共同体"、"日本中国研究共同体"的"呐喊"有其积极的一面。

---

6 冈本隆司:『中国の論理』,中央公論新社,2016 年 8 月初版、2016 年 10 月再版,第 213 页。原文:世はただいま「嫌中」一色。中国の悪口を書かないと売れない、と出版会も口をそろえる。この不況では迎合でなくとも、世間のの風向きに背を向けるわけにはいかない。……筆者だって、中国・中国人が好きか、嫌いか、と聞かれれば、嫌いだ、と答えるだろう。

参考文献

一、中文文献

（一）著作类

1. 严绍璗：《日本的中国学家》，中国社会科学出版社，1980 年 1 月。

2. 严绍璗：《日本中国学史稿》，学苑出版社，2009 年 9 月。

3. 余英时：《余英时学术思想文选》，上海古籍出版社，2010 年 10 月第 1 版。

4. [日]沟口雄三著，龚颖译：《中国前近代思想的屈折与展开》，生活·读书·新知三联书店，2011 年 7 月。

5. 沟口雄三著，孙军悦译：《作为方法的中国》，生活·读书·新知三联书店，2011 年 7 月。

6. 孙歌：《我们为什么要谈东亚——状况中的政治与历史》，生活·读书·新知三联书店，2011 年 12 月第一版。

7. 葛兆光：《思想史研究课题讲录续编》，生活·读书·新知三联书店，2012 年 12 月。

8. [日]永原庆二著，王新生译：《20 世纪日本历史学》，北京大学出版社，2014 年 3 月。

9. 葛兆光：《中国思想史（三卷本)》，复旦大学出版社，2014 年 5 月。

10. 葛兆光：《宅兹中国——重建关于"中国"的历史论述》，中华书局，2011 年 2 月第 1 版，2014 年 5 月第 6 次印刷。

11. 陈光兴：《去帝国：亚洲作为方法》，台湾社会研究，2014 年 7 月二版二刷。

12. 朱政惠：《美国中国学发展史——以历史学为中心》，中西书局，2014 年 11 月第一版。

13. 汪晖：《现代中国思想的兴起》，生活·读书·新知三联书店，2015 年 1 月第三版。

14. [日]滨下武志著，赵劲松等译：《中国、东亚与全球经济——区域和历史的视角》，2009 年 12 月第 1 版，2016 年 4 月第 2 次印刷。

15. [日]石井刚：《齐物的哲学：章太炎与中国现代思想的东亚经验》，华东师范大学出版社，2016 年 10 月。

16. [美]柯文著，林同奇译：《在中国发现历史——中国中心观在美国的兴起》，社会科学文献出版社，2017 年 7 月。

（二）论文类

1. 陈来：《简论东亚各国儒学的历史文化特色》，载于《北京大学学报（哲学社会科学版）》，1991 年第 1 期。

2. 叶坦：《日本中国学家沟口雄三》，载于《国外社会科学》，1992 年第 6 期。

3. 汪晖、沟口雄三：《没有中国的中国学》，载于《读书》，1994 年第 4 期。

4. 张萍：《日本人认识中国文化的五个阶段——沟口雄三教授访谈录——》，载于《中国文化》，1995 年第 2 期。

5. 孙歌：《作为方法的日本》，载于《读书》，1995 年第 3 期。

6. 孙歌：《在历史中寻找什么——再读〈在亚洲思考〉》，载于《读书》，1996 年第 7 期。

7. 许纪霖：《以中国为方法，以世界为目的》，载于《国外社会科学》，1998 年第 1 期。

8. 李长莉：《揭示多元世界中的中国原理——沟口雄三的中国思想研究——》，载于《国外社会科学》，1998 年第 1 期。

9. 桂明：《沟口雄三及其中国思想研究》，载于《华侨大学学报》，1999 年第 1 期。

10. 顾乃忠：《论文化的普遍性和特殊性（上）——兼评孔汉思的"普遍伦理"
    与沟口雄三的"作为方法的中国"》，载于《浙江社会科学》，2002 年第
    5 期。

11. 顾乃忠：《论文化的普遍性和特殊性（下）——兼评孔汉思的"普遍伦理"
    与沟口雄三的"作为方法的中国"》，载于《浙江社会科学》，2002 年第
    6 期。

12. 葛兆光：《重评九十年代日本中国学的新观念——读沟口雄三〈日本人
    视野中的中国学〉》，载于《二十一世纪》，2002 年 12 月号。

13. 蔡庆：《沟口雄三的中国学方法研究》，载于《武汉大学学报（人文科学
    版)》，2003 年第 2 期。

14. 方旭东：《Modern 之后：中国思想史研究范式的转移》，载于《哲学研
    究》，2003 年第 4 期。

15. 杨芳燕：《明清之际思想转向的近代意涵——研究现状与方法的省察》，
    载于《开放时代》，2004 年第 4 期。

16. 何培忠：《日本中国学研究考察记（二）——访日本著名中国学家沟口
    雄三》，载于《外国社会科学》，2004 年第 3 期。

17. 韩东育：《中国传统"平衡论"的前提假设与反假设》，载于《社会科学
    战线》，2004 年第 1 期。

18. 史艳琳、张如意：《日本中国学研究的新视角——当代汉学家沟口雄三
    的中国学研究——》，载于《河北大学学报（哲学社会科学版)》，2008
    年第 5 期。

19. 罗岗：《革命、传统与中国的"现代"——沟口雄三的思想遗产》，载于
    《文汇报》，2010 年 7 月。

20. 孙歌：《送别沟口雄三先生》，载于《中国社会科学报》，2010 年 8 月。

21. 孙歌：《在中国的历史脉动中求真——沟口雄三的学术世界——》，载于
    《开放时代》，2010 年第 11 期。

22. 石之瑜、徐耿胤：《亚洲国家视野下的中国历史基体——兼论从中国、
    韩国和越南发展研究视角的可能性》，载于《世界经济与政治》，2011 年
    第 5 期。

23. 江湄：《〈中国的冲击〉的冲击》，载于《21 世纪经济报道》，2012 年 2 月。

24. 张小苑：《关于日本战后知识界对"近代化"反思的思考》，载于《山西师大学报》，2012 年第 4 期。

25. 夏明方：《生态史观发凡——从沟口雄三〈中国的冲击〉看史学的生态化》，载于《中国人民大学学报》，2013 年第 3 期。

26. 齐钊：《〈中国的冲击〉对中国有何冲击——评沟口雄三的〈中国的冲击〉》，载于《国外社会科学》，2013 年第 3 期。

27. 孙歌：《"自然"与"作为"的契合》，载于《读书》，2014 年第 1 期。

28. 何小芬：《论沟口雄三之中国革命的动因与内发性近代》，载于《时代文学》，2014 年第 4 期。

29. 王杰：《耿李论争以后的李卓吾思想——以儒学的宗教化为中心》，载于《北京社会科学》，2014 年第 6 期。

30. 孙歌：《中国历史的"向量"——沟口雄三的中国思想史研究》，载于《山东社会科学》，2014 年第 7 期。

31. 葭森健介、徐谷芃：《"共同体论"与"儒教社会主义论"——以谷川道雄、沟口雄三的"公"、"私"言说为中心》，载于《江海学刊》，2015 年第 6 期。

32. 曹峰：《日本中国哲学研究的大致走向》，载于《中国社会科学报》，2015 年 6 月。

33. 何培忠：《"宿命之事"：日本的中国研究》，载于《中国社会科学报》，2015 年 7 月。

34. 任立：《沟口雄三对中日思想概念的比较》，载于《日本问题研究》，2016 年第 3 期。

35. 孙歌：《寻找亚洲的原理》，载于《读书》，2016 年第 10 期。

二、日文文献

（一）著作类

1. 丸山真男：『現代政治の思想と行動　増補版』，未来社，1964 年 5 月第

1 刷、1975 年 8 月第 72 刷。

2. 朝日ジャーナル編集部編：『新版　日本の思想家』，朝日新聞社，1975
年 9 月。

3. 谷川道雄：『中国中世社会と共同体』，国書刊行会，1976 年 9 月。

4. 島田虔次：『中国における近代思惟の挫折』，筑摩書房，1970 年 12 月
初版、1978 年再版。

5. 溝口雄三：『中国前近代思想の屈折と展開』，東京大学出版会，1980 年
6 月初版。

6. 宮崎市定、島田虔次等：『アジア歴史研究入門 I』第 1 巻，中国：同朋
舎出版，1983 年 11 月。

7. 岡倉天心：『東洋の理想』，講談社学術文庫，1986 年 2 月。

8. 岡倉天心：『東洋の理想他』，東洋文庫 422，平凡社，1983 年 6 月初版、
1987 年 1 月第 2 版。

9. 谷川道雄：『中国中世の探求　歴史と人間』，日本エディタースクール
出版部，1987 年 9 月。

10. 上山春平：『日本文明史 1　受容と創造の軌跡』，角川書店，1990 年 2
月。

11. 谷川道雄：『中国中世の探求——歴史と人間』，日本エディタースクー
ル出版社，1987 年 9 月第 1 刷、1990 年 5 月第 2 刷。

12. 遠山茂樹：『遠山茂樹著作集　第八巻　日本近代史学史』，岩波書店，
1992 年 1 月。

13. 松永昌三編：『中江兆民評論集』，岩波書店，1993 年 3 月。

14. 宮崎市定：『宮崎市定全集』16　近代，岩波書店，1993 年 9 月。

15. 溝口雄三、浜下武志、平石直昭、宮嶋博史編：『アジアから考える』
「1」　交錯するアジア，東京大学出版会，1993 年 10 月。

16. 溝口雄三、浜下武志、平石直昭、宮嶋博史編：『アジアから考える』
「4」　社会と国家，東京大学出版会，1994 年 3 月。

17. 西嶋定生：『中国史を学ぶということ　わたくしと古代史』，吉川弘文
館，1995 年 1 月。

18. 溝口雄三:『中国の公と私』,研文出版,1995年4月。

19. 溝口雄三、伊東貴之、村田雄二郎:『中国という視座』,平凡社,1995年6月。

20. 西嶋定生:『中国史を学ぶということ わたくしと古代史』,吉川弘文館,1995年1月第一刷、1996年3月第二刷。

21. 丸山真男:『忠誠と反逆——転形期日本の精神史的位相』,筑摩書房,1992年6月初版第一刷、1997年5月初版第五刷。

22. 堀敏一、谷川道雄、池田温等編:『魏晋南北朝隋唐時代史の基本問題』,汲古書院,1997年6月。

23. 島田虔次:『隠者の尊重』,筑摩書房,1997年10月。

24. 森正夫、野口鐵郎、濱島敦俊:『明清時代史の基本問題』,汲古書院,1997年10月。

25. 小路田泰直:『日本史の思想——アジア主義と日本主義の相克』,柏書房,1997年10月。

26. 近藤和彦:『文明の表象 英国』,山川出版社,1998年6月。

27. 奥崎裕司:『中国史から世界史へ 谷川道雄論』,汲古選書,1999年6月。

28. 子安宣邦:『方法としての江戸』,ぺりかん社,2000年5月。

29. 三田村泰助:『中国文明の歴史8 明帝国と倭寇』,中央公論新社,2000年9月。

30. 溝口雄三、丸山松幸、池田知久:『中国思想文化事典』,東京大学出版会,2001年7月。

31. 谷川道雄編著:『戦後日本の中国史論争』,河合文化教育研究所,1993年1月第1刷、2001年11月第2刷。

32. 山室信一:『思想課題としてのアジア』,岩波書店,2001年12月。

33. 溝口雄三:『中国の衝撃』,東京大学出版会,2004年5月。

34. 岸本美緒、中見立夫等:『「帝国」日本の学知』第3巻,東洋学の磁場、岩波書店,2006年5月。

35. 森正夫：『森正夫明清史論集』第三巻，汲古書院，2006 年 6 月。

36. フランソワ・ギゾー、安士正夫訳：『ヨーロッパ文明史　ローマ帝国の崩壊よりフランス革命にいたる』，みすず書房，2006 年 9 月。

37. 子安宣邦：『「アジア」はどう語られてきたか——近代日本のオリエンタリズム』，藤原書店，2003 年 4 月初版、2007 年 6 月第 6 刷。

38. 溝口雄三、池田知久、小島毅：『中国思想史』，東京大学出版会，2007 年 9 月。

39. 加々美光行編：『中国の新たな発見』，株式会社、日本評論社，2008 年 3 月。

40. 子安宣邦：『「近代の超克」とは何か』，青土社，2008 年 6 月第 1 刷、2008 年 7 月第 2 刷。

41. 子安宣邦：『日本近代思想批判』，岩波書店，2003 年 10 月第 1 刷、2009 年 1 月第 3 刷。

42. 西村成雄、国分良生：『党と国家——政治体制の軌跡』，岩波書店，2009 年 10 月。

43. 浜林正夫、佐々木隆爾編：『歴史学入門』，有斐閣，1992 年 9 月初版、2011 年 6 月第 11 刷。

44. 平野健一路、土田哲夫、村田雄二郎等編：『インタビュー　戦後日本の中国研究』，平凡社，2011 年 7 月初版第 1 刷。

45. 松本三之介：『近代日本の中国認識　徳川期儒学から東亜協同体論まで』，以文社，2011 年 8 月初版。

46. 青木保：『「文化力」の時代——21 世紀のアジアと日本』，岩波書店，2011 年 12 月。

47. 岸本美緒：『風俗と時代観——明清史論集 1』，研文選書，2012 年 5 月。

48. 小島毅：『父が子に語る近現代史』，トランスビュー，2012 年 5 月。

49. 津田左右吉：『日本文化と外来思想　津田左右吉セレクション 2』，書肆心水，2012 年 7 月。

50. 岡本隆司・吉澤誠一郎編：『近代中国研究入門』，東京大学出版会，2012 年 8 月。

51. 青木保：『「日本文化論」の変容——戦後日本の文化とアイデンティティー』，中央公論新社，1999 年 4 月初発、2013 年 4 月第 5 刷。

52. 竹内好：『日本とアジア』，筑摩書房，1993 年 1 月第 1 刷、2013 年 5 月第 10 刷。

53. 永原慶二：『歴史学序説』，東京大学出版社，1978 年 11 月初版第 1 刷、2013 年 12 月新装版第 1 刷。

54. テッサ・モーリス、伊藤茂訳：『日本を再発見する一時間、空間、ネーション』，以文社，2014 年 2 月。

55. 溝口雄三：『方法としての中国』，東京大学出版会，1989 年 6 月初版、2014 年 4 月第 5 刷。

56. 刈部直、片岡龍編：『日本思想史ハンドブック』，新書館，2008 年 3 月初版、2014 年 4 月第 5 刷。

57. 丸山真男：『日本政治思想史研究』，東京大学出版会，1952 年 12 月初版、2014 年 8 月新装第 16 刷。

58. 小谷汪之：『歴史の方法について』，東京大学出版会，1985 年 1 月初版、2014 年 9 月新装版第 1 刷。

59. 羽田正：『新しい世界史へ一地球市民のための構想』，岩波書店，2015 年 3 月。

60. 山之内靖：『マックス・ヴェーバー入門』，岩波書店，1997 年 5 月第 1 刷、2015 年 8 月第 25 刷。

61. 岸本美緒：『中国の歴史』，筑摩書房，2015 年 9 月。

62. 丸山真男：『日本の思想』，岩波書店，1961 年 11 月第 1 刷、2014 年 11 月第 100 刷、2015 年 10 月第 102 刷。

63. 宮崎市定：『中国史』，岩波書店，2015 年 5 月第 1 刷、2015 年 7 月第 2 刷。

64. フェルナン・ブローデル著、金塚貞文訳：『歴史人門』，中公文庫，2009 年 11 月初版、2015 年 11 月第 5 刷。

65. 島田虔次：『中国の伝統思想』，みすず書房，2011 年 5 月第 1 刷、2016 年 5 月第 2 刷。

66. 入江昭：『日本の外交』，中公新書，1966 年 9 月初版、2016 年 6 月第 39 版。

67. リン・ハント、長谷川貴彦訳：『グローバル時代の歴史学』，岩波書店，2016 年 10 月。

68. 岡本隆司：『中国の論理』，中央公論新社，2016 年 8 月初版、2016 年 10 月再版。

69. 島田虔次：『朱子学と陽明学』，岩波新書（青書）627，1967 年 5 月第 1 刷、2016 年 10 月第 43 刷。

70. 秋田茂、羽田正等編：『「世界史」の世界史』，ミネルヴァ書房，2016 年 9 月初版第 1 刷、2016 年 11 月初版第 2 刷。

（二）论文类

1. 奥崎祐司：〈書評〉「溝口雄三『中国前近代思想の曲折と展開』」，『歴史学研究』504，1982 年。

2. 三浦秀一：〈書評〉「溝口雄三著『中国前近代思想の曲折と展開』」，『集刊東洋学』48，1982 年。

3. 久保田文次：「近代中国像は歪んでいるか―溝口雄三氏の洋務運動史理解に対して―」，『史潮』新 16，1985 年。

4. 杉山文彦：「近代中国像の「歪み」をめぐって―溝口雄三氏の「中国基体論」について―」，『文明研究』6，1988 年。

5. 臼井佐知子：「溝口雄三著『方法としての中国』，『史学雑誌』98（9），1989 年。

6. 子安宣邦：「思想の言葉：方法として中国」，『思想』783，1989 年。

7. 代田智明：「「溝口方法論」めぐって―続・近代論の構図（上）――」，『野草』46 号，1990 年。

8. 本野英一：「中国の現状を歴史学はどう説明するか―日米の近刊二書を中心に―」，『東方』107，1990 年。

9. 並木瀬寿：「日本に於ける中国近代史の動向」、小島晋治、並木瀬寿編：『近代中国研究案内』，岩波書店，1993 年。

10. 溝口雄三：「中国思想史における近代・前近代・近世」、「溝口雄三教

授退官記念特集」,『中国哲学研究』第五号,東京大学中国哲学研究会,
1993 年。

11. 伊東貴之:「「挫折」論の克服と「近代」への問い―戦後日本の中国思
想史研究と溝口氏の位置」,『中国哲学研究』5,1993 年。

12. 岸本美緒:「アジアからの諸視覚――「交錯」と「対話」（批判と反
省）」,『歴史学研究』676,1995 年。

13. 伊東貴之:「「他者の来歴」、「現象」としての中国――状況論的、文脈
的、そして、原理的に―」,『現代思想』29（4）,2001 年。

14. 伊東貴之:「解説――伝統中国の復権、そして中国的近代を尋ねて」,
『中国思想のエッセンス II　東西往来』,岩波書店,2001 年。

15. 代田智明:〈書評〉「溝口雄三著　『中国の衝撃』」,『中国研究月報』59
（3）,2005 年。

16. 西野可奈:〈書評〉「溝口雄三『中国の衝撃』」,『北東アジア研究』8,
2005 年。

17. 穐山新:「中国を作る作法と「近代」」,『社会学ジャーナル』32,2007
年

18. 戸川芳郎:「溝口雄三君を悼む」,『東方学』第百二十一集,東方学界
編,2011 年。

19. 子安宣邦:「現代中国の歴史的な弁証論　溝口雄三『方法としての中
国』『中国の衝撃』を読む」,『現代思想』40（14）,2012 年。

20. 王晶:『溝口雄三の中国学研究方法に関する研究――後期の活動を中
心に―』,九州大学大学院比較社会文化学府,2014 年。

21. 戸川芳郎、小島毅など:「先学を語る―溝口雄三先生――」,『東方学』
第百三十集,東方学会編,2015 年。

致　谢

　　该书从构思到最终完成大概用了四年多的时间，在这一千多个日夜里，"沟口雄三"这个名字始终与我相伴。这一部与沟口相关的专著能够完成，我首先要向导师周阅教授表达最诚挚的感谢。从学术规范到治学品格，周老师都身体力行，树立榜样。没有她的支持，这个从一开始就由我自己选择的课题是无法完成的。从平日的授课指导，到闲谈中许许多多不经意间的启示，一切都历历在目。能够跟随这样一位导师，实乃我的幸运。

　　特别感谢东京大学的村田雄二郎教授和林少阳教授。正是他们，才使我更加坚定了研究"沟口雄三"的决心，也正是他们，使我感觉到沟口不再是一位冷冰冰的研究客体，而似乎成为了一位跨越时空的长者与朋友。当第一次来到东京大学驹场校区，村田老师不但带我参观校园，讲述这座历史悠久大学的历史，他还将沟口先生生前的数篇亲笔笔记赠送给我，让我倍感温暖。而林少阳教授是一位充满了学术激情与理想的老师，由于本书的大多数章节都是在日本完成的，在周老师的引荐下，林老师便成为了该书部分章节的第一读者。可以说，没有他的指导与鞭策，我的写作一定步履艰难。

　　感谢杨伟教授和王宗瑜教授对我一贯的关爱与鼓励，感谢赵京华教授、董炳月教授、王志松教授、顾钧教授、李玲教授给予的种种意见与启发。

　　最后，还想借此机会向我的家人表达深埋于心的感谢。我生命中的每一步成长都离不开你们的支持与鼓励，三十年的岁月，不知浸透了家人多少的心血。谢谢你们无私的爱。